ハヤカワ・ミステリ

ALEX MICHAELIDES

サイコセラピスト

THE SILENT PATIENT

アレックス・マイクリーディーズ
坂本あおい訳

TOKYO
HAYAKAWA
BOOKS

A HAYAKAWA
POCKET MYSTERY BOOK

THE SILENT PATIENT
by
ALEX MICHAELIDES

Translated by
AOI SAKAMOTO
First published 2019 in Japan by
HAYAKAWA PUBLISHING, INC.
This book is published in Japan by
arrangement with
ROGERS, COLERIDGE AND WHITE LTD.
through TUTTLE-MORI AGENCY, INC., TOKYO.

装幀／水戸部 功

両親へ

だがなぜ彼女は話さないのか。

エウリピデス『アルケスティス』

サイコセラピスト

おもな登場人物

アリシア・ベレンソン………画家
ゲイブリエル…………………写真家。アリシアの夫
マックス………………………事務弁護士。ゲイブリエルの兄
ジャン＝フェリックス・
マーティン……画廊経営者
バービー・ヘルマン…………アリシアの隣人
リディア・ローズ……………アリシアの叔母
ポール…………………………アリシアの従弟。リディアの息子
ダイオミーディーズ…………〈ザ・グローヴ〉診療部長
インディラ……………………同上級心理療法士
ステファニー…………………同施設長
ユーリ…………………………同精神科看護師長
クリスティアン………………同精神科医
エリフ…………………………同患者
ルース…………………………心理療法士
セオ・フェイバー……………心理療法士
キャシー………………………セオの妻

プロローグ

アリシア・ベレンソンの日記

七月十四日

なんでこれを書いているのかわからない。

それは嘘だ。たぶんわかってはいるけど、自分で認めたくないだけ。

これをどう呼んでいいかもわからない――今、書いているこれのことを。日記というのもちょっと仰々しい気がする。とくに書きたいことがあるわけでもない。

アンネ・フランクとか、サミュエル・ピープスとかは日記をつけた――わたしみたいなのは、日記はつけない。「日誌」と呼ぶのもかたすぎる。毎日記録しないといけない感じだし、そんな気はない――日課にしたら絶対につづかない。

たぶん、名前はつけない。ときどき書く、名なしの何か。そのほうが気分的にいい。だいたい名前をつけてしまうと全体を見ようとしなくなるし、疑問も持たなくなる。言葉だけに目が行って――それはほんの小さな一部、氷山の一角にすぎないのに。わたしはむかしから言葉があまり得意じゃなかった。いつも絵で考えて、イメージで自分を表現する。だから、ゲイブリエルのためじゃなきゃ、これを書きはじめることはなかった。

最近わたしは落ち込んでいる。いくつかのことで。うまく隠しているつもりだったけど、ゲイブリエルは気づいてた。あたりまえといえばあたりまえだ。彼はなんだって気づく。絵の進み具合はどうかと聞かれたから、わたしは進んでないと答えた。グラスワインを持ってきてくれて、彼が料理しているあいだは、わたしは食卓にすわっていた。

キッチンで立ち働くゲイブリエルを見ているのが好き。とても上品なコック――優雅で、バレエのようで、無駄がない。わたしとちがって。わたしはめちゃめちゃにするだけ。

「話してごらん」ゲイブリエルが言った。

「話すことなんてない。ときどき、頭がいっぱいでどうしようもなくなるっていうだけ。泥のなかを必死に進もうとするみたい」

「言葉に書きだしてみたらどうだ。記録のようなものをつけてみたら。役に立つかもしれない」

「ええ、そうかもね。やってみる」

「口だけじゃだめだ、ダーリン。やりなさい」

「わかった」

ゲイブリエルにせっつかれながらも、わたしはなんの行動もしなかった。そうしたら何日かして、これに書くようにと、この小さな手帳をわたされた。黒い革の表紙のついた、白無地の分厚い手帳。最初のページを指でなぞって、なめらかな感触をたしかめた。そして鉛筆を削ってから書きはじめた。

言うまでもなく彼は正しかった。早くも気が晴れてきた――こうやって書くことで解放されて、はけ口や自分を表現する場所を得ることができる。たぶん、セラピーみたいなものなんだと思う。

口では何も言わないけど、ゲイブリエルはわたしを心配していたみたい。そして、正直になるなら――そうすべきでしょうけど――この日記をつけることに同意した本当の理由は、彼を安心させたかったからだ。自分が大丈夫なことを証明したかった。心配をかけていると思うと耐えられない。悲しませたり、不幸にしたり、苦しめたいとは、これっぽっちも思わない。ゲイブリエルを心から愛してる。一生、彼しかいないと言いきれる。何から何まで、どこまでも、愛してる。その気持ちに呑み込まれそうになるくらい。ときどき思うのだけど――

だめ。それは書かないでおこう。

これはわたしの絵心を刺激するアイディアとかイメージとか、わたしの創造性に訴えるいろんなものの楽しい記録にするの。前向きで、幸せで、ふつうの感想だけを書くつもり。

病んだ思いは禁止。

第一部

見る目があり、聞く耳のある者は、人間が秘密を隠しとおせないことを確信するにいたる。口が黙っていても、指がおしゃべりをし、体じゅうの毛穴から秘密がもれだす。

ジークムント・フロイト

1

夫を殺した当時、アリシア・ベレンソンは三十三歳だった。

結婚して七年がたっていた。ふたりはともにアーティスト――アリシアは画家、ゲイブリエルは名の知れたファッション写真家――だった。ゲイブリエルの作風は独特で、半分裸のがりがりの女性を風変わりな見映えのしないアングルで撮影する。彼の死後、写真の値段はとんでもなく高騰した。僕からすれば、彼の作品は、はっきり言って俗っぽくて深みに欠ける。アリシアの傑作に感じられる、本能に訴えてくるような魅力がいっさいないのだ。アリシア・ベレンソンという画家が時代の評価に耐え得るかは、芸術にうとい僕には無論なんとも言えない。彼女については画才よりも悪名がつねに先に立ち、客観的な評価がむずかしい。それに、僕の見方は偏っているという批判もあるかもしれない。僕が示せるのはあくまで自分の感想だけだ。そのうえで言って、アリシアは僕にとってはある種の天才だった。技術面での良し悪しはともかく、彼女の絵には人々の関心を引く、それも喉元を鷲づかみするような凄まじい力があり、それが万力のように締めつけてはなさないのだ。

ゲイブリエル・ベレンソンが殺されたのは六年前。四十四歳のときだった。事件があったのは八月二十五日――記憶している人も多いだろうが、あの夏は猛暑で、観測史上もっとも高い気温が数度更新された。ゲイブリエルが死んだのは、その年で一番暑い日のことだった。

人生最後の日、彼は早朝に起床した。アリシアとともに住む、ロンドン北西部のハムステッド・ヒースに面した家に、午前五時十五分に迎えの車が来て、撮影場所のショーディッチへ向かった。その日は一日『ヴォーグ』用に屋上でモデルの撮影を行った。

アリシアの行動についてはあまり知られていない。近く個展をひらく予定があり、作品が遅れていた。その日は庭の奥の、あずまやを改築した新しいアトリエで絵を描いていたものと思われる。ゲイブリエルの撮影は予定より長引き、夜の十一時になってようやく車で送られて帰宅した。

その三十分後、隣人のバービー・ヘルマンが複数回の銃声を耳にする。バービーは警察に通報し、午後十一時三十五分、ハヴァーストック・ヒル通りの署から警察の車が出動する。そして三分後にはベレンソン邸に到着した。

玄関のドアはあいていた。家は真っ暗で、照明のスイッチはどれもつかなかった。警察は廊下をつたってリビングに入る。懐中電灯をぐるりと一周させて、断片的な光で室内を照らした。すると、アリシアが暖炉のところに立っていた。彼女の白い服が、懐中電灯に照らされて幽霊のようにうかびあがる。アリシアは警察が来たことに気づいていないようだった。凍りついて微動だにせず――その姿はまるで氷の彫像で――見えない恐怖と対面しているような、怯えた異様な顔つきをしていた。

床には銃があった。そばの暗闇にはゲイブリエルがいて、手首足首を椅子にワイヤーで固定されて、じっとすわっていた。警察は最初、彼が生きていると思った。失神しているみたいに、頭がわずかに横にかしいでいた。ところが、ひと筋の光線が、顔に複数の銃弾を受けている事実を照らしだす。ハンサムなマスクは永遠に失われて、ただの焦げた黒っぽい血まみれのぐちゃぐちゃと化していた。うしろの壁には、頭蓋骨のかけらと、脳みそと、毛髪と、それに血が、飛び散っていた。

そこらじゅう血だらけだった。壁の血しぶき、床を流れ床板の木目に入り込んだ黒々した筋。警察はゲイブリエルの血だと考えた。だがそれにしては多すぎる。とそのとき、懐中電灯の光に何かがきらめいた――アリシアの足元にあるナイフ。そしてべつの懐中電灯が、アリシアの白い服に飛び散った血を照らしだした。警察は彼女の両腕をつかんで光にかざした。両方の手首に、静脈を切断する深い傷があった――切りたての傷で、そこから血がほとばしっていた。

アリシアは救命措置を拒否した。警察は三人がかりで彼女を取り押さえた。搬送されたのは、ほんの数分の場所にあるロイヤルフリー病院だった。アリシアはその途中で力尽き失神する。大量の血を失った。だが命は取り留めた。

翌日、彼女は病院の個室のベッドにいた。事務弁護士同席のもと、警察は聞き取りを行った。アリシアは最初から最後までずっと黙っていた。唇は青く血の気がなく、ときおり動くことはあっても、言葉や声が発せられることはなかった。どの質問にも答えなかった。話すことができず、話す気もなかった。夫殺しの罪に問われても、無言だった。逮捕されても沈黙したままで、罪の否定も自白もいっさいしなかった。

アリシアは二度と話さなかった。

彼女が永遠に口を閉ざしたことで、このよくある夫婦間の悲劇は数段大きなものに格上げされた。謎、ミステリ――そしてそれは、その後何カ月も記事の見出しを飾り、大衆の想像をかきたてることになる。

アリシアは沈黙しつづけた――ただし、ひとつだけ主張を行った。一枚の絵画というかたちで。病院を退院し、公判まで自宅軟禁に置かれているあいだに、それは着手された。裁判所がつけた精神科看護師の話では、アリシアは食事も睡眠もろくに取らなかった――

ただひたすらに絵を描いた。

それまでのやり方としては、新しい絵に取りかかるまで何週間、ときに何ヵ月も費やすのが常だった。下絵をいくつも描き、構図を組み立てては見なおし、べつの色やフォルムで試作を重ねる。そうやって長らく腹であたためたあとは、生みの苦しみでもってひと筆ひと筆、時間をかけて描く。ところがこのとき、彼女は創造の手順を一変させ、夫殺害から数日のうちに絵を完成させたのだ。

それは大勢にとって彼女を非難するのに十分な材料となった――ゲイブリエルが死んですぐにアトリエにもどれるとは、まさに彼女の非情さを物語っている。血も涙もない人殺しの所業で、悔恨というものがすっぽり欠如している。

そのとおりかもしれない。ただしアリシア・ベレンソンは人殺しだったかもしれないが、芸術家でもあったことを忘れてはいけない。筆と絵の具を手に取り、複雑な胸中をキャンバスに表現したとしても、少なくとも僕は、おかしいとはまったく思わない。このときに限って絵がすんなり彼女に降りてきたとしても不思議ではない。深い悲しみをすんなりという言葉で表現していいかはわからないが。

それは自画像だった。彼女は絵の題を、キャンバスの左下の隅に水色のギリシア文字で描き込んだ。

ただひとこと。

〈アルケスティス〉と。

2

アルケスティスとは、あるギリシア神話の主人公だ。このうえなく悲しい愛の物語。アルケスティスは夫アドメトスに命を捧げ、周囲のだれもが尻込みするなか、みずから進んで彼の身代わりになって死ぬ。心かき乱される自己犠牲の物語だが、それがアリシアの状況とどう関係するのかは、はっきりしなかった。それが示す本当の意味は、僕にはしばらくわからなかった。やがてある日、真実が明らかになり……

だが、先走りすぎだ。慌てるのはよくない。最初のところからはじめて、出来事そのものに語らせるのがいい。僕が脚色し歪《ゆが》めることがあってはならないし、嘘を言ってもいけない。ゆっくり丁寧に、順を追って進めよう。しかし、どこからはじめればいい？　僕自身の紹介も必要だが、それはあとに譲ろう。この話の主人公ではないのだから。これはアリシア・ベレンソンの物語であり、ゆえにまずは彼女、そして〈アルケスティス〉のことからはじめるべきだろう。

絵は自画像だった。自宅のアトリエにいる、殺人事件後の自分を描いたもので、彼女は絵筆を手に、イーゼルとキャンバスの前に立っている。裸の姿で。身体の部分は、細かいところまで丁寧に描き込まれている。骨ばった肩に垂れる長い赤毛、透きとおった肌の下からのぞく青い静脈、両手首の生々しい傷痕。指には絵筆をはさんでいる。そこから赤い絵の具が垂れている──あるいは血だろうか。絵画制作のひとこまを描いたものだが、キャンバスはまだ白紙で、表情も何も語らない。彼女は肩ごしにふり返り、絵のなかからこちらを真っすぐに見すえている。口はひらき、上下の唇が離れている。言葉を発しないまま。

公判の最中、アリシアが所属するソーホーの小さな画廊の経営者ジャン＝フェリックス・マーティンは、目立ちたがりで悪趣味だという批判を集めつつも、〈アルケスティス〉の展示を決定して物議を醸《かも》した。作者が夫殺しの罪で今まさに裁判にかけられているという事実のおかげで、画廊の長い歴史のなかで、入り口の前にはじめて行列ができた。

ほかののぞき趣味の芸術愛好家とともに僕も列につき、並びのポルノショップの赤いネオンの前で自分の順番を待った。ひとり、またひとりと扉をくぐった。ようやくなかに入れると、僕らは幽霊屋敷のなかを進む遊園地へ遊びにきた興奮した一行さながらに、絵のほうへと誘導された。やがてとうとう列の先頭に来た——そして僕は〈アルケスティス〉との対面を果たした。

絵をながめ、アリシアの顔に注目し、その瞳に宿るものを解釈し、理解しようとした。だが彼女の肖像は僕を寄せつけなかった。アリシアは向こうから僕を見つめ返していた——読み取ることも見透かすこともできない、無表情な顔で。その顔つきからは、有罪とも無罪とも、僕には判断がつきかねた。

わかりやすいと感じた人もいたようだ。

「邪悪そのものね」うしろの女性が小声で言った。「冷酷な悪女よ」

「まったくだわ」連れも同意した。

それは公平でないのでは、と僕は思った——アリシアの有罪はまだ証明されていないのだ。だが現実として、結論は最初から決まっていた。タブロイド各紙は当初からアリシアを悪役に仕立てた——妖婦、毒蜘蛛女。化け物。

起こったことそれ自体は単純だ。アリシアはゲイブリエルの死体とともにひとりでいるところを発見され、銃には彼女の指紋しか残っていなかった。ゲイブリエルを殺したことに疑問の余地はない。一方で、なぜ殺したかは謎のままだった。

事件はメディアで討論され、活字やラジオ、朝のトークショーでさまざまな仮説がならべられた。専門家が呼ばれ、アリシアの行動を解説し、非難し、正当化した。おそらく家庭内暴力の犠牲者で、それがエスカレートして、とうとう爆発したのでは？　性的遊戯が妙なことになったという説もあった——夫は拘束された状態で発見されたのではなかったか？　アリシアを殺しに走らせたのは、古くさい嫉妬ではないかと推理する者もいた——べつの女の影があったのでは？　だが、兄が裁判で語ったところによると、ゲイブリエルは献身的な夫で、妻をこよなく愛していた。では、金銭がらみはどうだ？　アリシアはゲイブリエルの死により多くを得る立場にはなく、むしろ彼女のほうが父親からの相続で財産があった。

そんな調子で——答えは出ず、疑問は増す一方ながら——アリシアの動機とその後の沈黙についての憶測はとどまるところを知らなかった。なぜ彼女は話すのを拒むのか。それは何を意味するのか。何かを隠しているのか。だれかを守ろうとしているのか。だとすれば、だれを？　そしてなぜ？

だれもがアリシアのことを語り、書きたて、議論するなか、狂乱と喧騒の真ん中にあるのは無だと、当時思ったのを憶えている。そこにあるのは沈黙。謎だと。

公判においては、アリシアが発言を拒否しつづけることに裁判官はいい印象を受けなかった。無実の人はみずからの潔白を声高に、そしてくり返し訴える傾向にある、というのがアルヴァストン裁判官の指摘だった。アリシアは黙っているだけでなく、悔恨の念を傍目に示すことさえなかった。裁判中、一度として涙を流さず——その事実はマスコミでおおいに取りあげられた——表情は動かず、冷たかった。氷のように。

弁護側としては、限定責任能力を主張する以外、打つ手はなきに等しかった。アリシアはむかしから精神の健康にさまざまな問題をかかえていて、それはどうやら幼年期にまでさかのぼれるという。裁判官はその多くを伝聞として却下した。ところが、インペリアル・カレッジの司法精神医学教授で、北ロンドンの司法精神科施設〈ザ・グローヴ〉で診療部長を務めるラザルス・ダイオミーディーズ教授に接し、最終的に意見を変える。教授は、アリシアが話すのを拒絶していることを自体が重度の精神的苦痛の証左だと主張した――ゆえに、それ相応の判決がなされるべきだと。

これは、精神科医が直截的に指摘したがらないある事柄を言う、一種の婉曲《えんきょく》表現だった。

要するに、アリシアは精神に異常があると言わんとしたのだ。

それ以外に筋のとおる説明はない――そうでなければ、なぜ、愛する男を椅子に縛りつけ、至近距離から顔を撃ったのか？　そして、なぜその後、後悔の念をあらわさず、説明もせず、しゃべることさえしないのか？　彼女は異常にちがいない。

きっとそうなのだ。

結局、アルヴァストン裁判官は限定責任能力の主張を認め、陪審員にも同様の判断をするよう助言した。アリシアはその後、〈ザ・グローヴ〉に入院した――自身の証言が裁判官の考えに多大な影響をあたえた、ダイオミーディーズ教授その人の監督下に置かれて。

実際、アリシアが異常でなかったとすれば――つまり沈黙がただの演技で、陪審員向けの芝居だったとすれば――その手は成功したということになる。彼女は長い懲役刑を免れたのだ。おまけに着実な回復を示せば、数年で退院となることも考えられる。となると、つぎは当然、回復を偽装しはじめるのでは？　ときどきぽつりぽつりと単語を発し、しだいに多くを話すようになる。そして、徐々に後悔のようなものを周囲に伝えはじめるのでは？　ところが、ちがったのだ。数週間が過ぎ、数カ月が過ぎ、さらに数年が過ぎた――それでもなお、アリシアはしゃべらなかった。

ひたすら沈黙した。

そんなわけで、新たな事実が明らかになることもなく、期待が外れたマスコミはやがてアリシア・ベレンソンに対する興味を失った。いっとき名を馳せた、大勢の人殺しのひとりとなった。顔は憶えていても、名前は記憶に残らないような。

ただし全員が忘れたのではなかった。アリシア・ベレンソンや、彼女の永遠の沈黙に――たとえば僕のように――魅了されつづける者もなかにはいたのだ。ゲイブリエルの死に際し深刻なトラウマを負ったことは、心理療法士《サイコセラピスト》である僕には明らかだ。そしてそのトラウマが沈黙というかたちで出現した。アリシアは自分がしたことを受け入れられず、壊れた自動車のように前へ進めなくなり停止してしまった。僕は彼女の再起を応援したかった――アリシアが自分の物語を語り、癒やされ元気になる手助けをしたかった。彼女を治したかった。

自分を買いかぶるつもりはないが、僕はアリシア・ベレンソンを助けるこれ以上ない人材だという自負があった。司法心理療法士であり、社会のもっとも傷ついた弱者を相手にしてきた経験がある。それに、アリシアの物語のどこかしらに個人的に共鳴するところがあった――僕は当初より彼女に深い共感をおぼえていたのだ。

残念ながらあのころはまだブロードムア精神科病院で働いていたので、アリシアを診察することはただの虚しい夢だったし、それは夢のままで終わるはずだった――運命のいたずらがなければ。

アリシアの入院からおよそ六年がたったころ、〈ザ・グローヴ〉の司法心理療法士のポストに空きが出たのだ。募集の知らせを目にするや、自分に選択の余地はないと思った。僕は本能に従った――そして職に応募した。

3

僕はセオ・フェイバー。四十二歳。病んでいたために心理療法士になった。それが真実だ——就職面接の質問で言ったのは、べつの答えだったが。

「心理療法の何に引かれたと、自分では思っていますか?」インディラ・シャルマが眼鏡の縁ごしに僕を見て言った。

インディラはザ・グローヴにおける上級心理療法士《コンサルタント》だ。五十代後半の感じのいい丸顔の女性で、長くのばした真っ黒い髪には白いものが交ざっていた。彼女は僕に小さく笑いかけた——簡単な質問でしょうと安心させるように。いわばウォームアップのボレーで、このあとには油断のならないショットが待っている。

僕は口ごもった。面接団のほかの面々の視線を感じた。目をしっかり合わせることを意識しつつ、練習してきた答えをとつとつと語りはじめた。十代のころに介護施設でアルバイトをしたという、共感を得やすいエピソード。そして、その経験から心理学に興味を持ち、さらに大学院で心理療法を学んで、云々。

「人の助けになりたかったんだと思います」肩をすくめて言った。「単純にそんなところです」

嘘っぱちだ。

いや、人の助けになりたいと思ったのはたしかだ。ただし、それはふたつ目の理由だった——とくに勉強をはじめた当初においては。真の動機はまったく利己的なものだった。僕は自分を助ける方法を模索していたのだ。メンタルヘルスの分野に進む大半の人間には、おなじことが当てはまるのではないだろうか。傷を負っているからこそ、この特定の職業に引きつけられる——われわれは自分を癒やしたくて心理学を学ぶのだ。

本人にそれを認める気があるかどうかは、またべつの問題だが。

人間の最早期の数年は、記憶以前の世界にある。海の泡から完璧な姿で立ちあらわれるアフロディーテよろしく、人間も人格がすっかりできあがった状態でそうした原初の霧のなかから登場すると、自分たちとしては思いたい。ところが、脳発達研究の進歩により、それが事実でないことがわかってしまった。人は形成途中の脳とともに生まれてくる――オリンポスの神々どころか、むしろぐちゃぐちゃの粘土の塊だ。精神分析医ドナルド・ウィニコットがいみじくも言ったが、〝ひとりの赤ん坊というものは存在しない〟。人は個としてではなく、他者と関わり合うなかで、人間性を発達させる――自分の目で見ることのない、記憶されない力、すなわち親の手により、完成をみるのだ。

自明の理由から、これは恐ろしいことだ――この記憶以前の世界において、どんなふうに乱暴に扱われ、痛めつけられ虐待されたか、本人は知りようがないのだから。自分の知らないなかで自分の人格が形成される。僕の場合は、ぴりぴりしたものや、恐怖や不安を感じながら育った。この不安は僕以前から、僕とは無関係に存在していたように感じられた。けれどもおそらくは、そばにいると一瞬も気の休まらない父との関係に、その起源があったにちがいない。

唐突で起伏の激しい父の怒りは、どんな穏やかな状況をも潜在的な地雷原に変えた。何気ない発言や反論が父の怒りに火をつけ、そこから逃れようのない爆発の連鎖が起こる。父の怒鳴り声で家が揺れ、声は二階の部屋まで僕を追いかけた。僕はいつもベッドの下に逃げ込んで、奥の壁ぎわまで這い進んだ。そして息を殺し、このままレンガに呑み込まれて消えてしまいたいと願った。だが父の手が僕をむんずとつかみ、運命の待つ外へと引っ張りだすのだ。ベルトが腰から抜かれて、シュッという音とともに振りおろされる。そのたびに僕は右へ左へと振られ、焼けるような痛みが肉に走った。やがて、やはり唐突に鞭打ちは終わる。僕は床にどさっと投げ捨てられる。機嫌の悪い子供に捨てられたぼろ人形のように。

何をしてこんなに怒らせたのか、自分は怒られて当然の何かをしたのか、いつも釈然としなかった。どうして父はいつも僕に怒っているのか母にたずねることもあった。すると母は絶望したように肩をすくめて言うのだ――〝わかるわけないでしょ。父さんは完全にイカれてるんだから〟と。

イカれてる、という表現は軽口などではなかった。今日の精神科医にかかれば、父はおそらくパーソナリティ障害という診断がつくのだろう。そしてその病気は、生涯治療せずに放置された。その産物が、激情と身体的暴力に支配された、とある人物の幼年期と思春期だったというわけだ。恐怖と涙と割れたガラスの。

もちろん、僕にも幸せなひとときはあった。だいたいが父の留守中のことだ。父が一ヵ月のアメリカ出張に出ていた、ある冬を思いだす。母と僕は、三十日のあいだ父の監視の目を気にすることなく自宅と庭を自由にできた。その十二月はロンドン一帯は大雪で、庭は真っさらな白い毛布で分厚くおおわれた。母と僕は雪だるまをつくった。無意識か、意識してか、僕らはその雪だるまを留守中のわが家のあるじに似せた。僕が〝父さん〟という名をあたえると、腹をでっぱらせ、ふたつの黒い石粒を目にはめ、二本の小枝を斜めにして眉をつりあげたそれは、不気味にも本物の父のように見えてきた。本人の手袋、帽子、傘を雪だるまにそえて、父もどきは完成した。その後、僕らは悪ガキのようにくすくす笑いながら、雪だるまに力いっぱい雪玉を投げつけた。

その晩は激しい吹雪《ふぶき》になった。母は床《とこ》に就き、僕はいったん寝たふりをしたあと、こっそり庭に出て、降りしきる雪の下に立った。両手をひろげて雪をつかまえ、それが指の先で消えていくのをながめた。楽しいと同時にもどかしくて、そのさまはどう説明していいかわからないが、何かの真実を語っていた。僕は語彙があまりに限られていたし、僕の言葉の網はそれをつかまえるには目が粗かった。消えていく雪をつかむのは、幸せをつかむのとどこか似ている――一瞬後には無となる所有の行為。この家の外に世界があるんだと、おかげで僕は思いいたった。広大で想像を超えた美の世界。今はまだ僕の手のとどかない世界。そのときの記憶は、その後何年にもわたりくり返し頭によみがえった。惨めさにつつまれていたせいで、あの自由の一瞬がひときわ明るく燃えあがったのかもしれない。闇のなかの小さな光のように。

生きのびる唯一の道は避難することだ、そう僕は気づいた――精神的にも物理的にも。どこかに逃げなければ。どこか遠くへ。それでやっと安心できる。ついに十八になった僕は、大学の籍を確保できるだけの成績を取った。そして隣家と壁一枚をへだてたサリー州の監獄をあとにした――自由になれたと思った。

まちがいだった。

当時はわからなかったが、すでに遅かったのだ――僕は父を内在化させて自分に取り込み、無意識の深い場所に宿していた。どれだけ遠くへ逃れようと、行く先々に自分で父を連れてきていた。厳しく容赦のない怒号の合唱が僕を追いかけた。全部が父の声だ――おまえは役立たずで、情けない出来損ないの人間だと、声は叫んでいた。

大学に入って最初の学期の、あの寒い冬のあいだに、その合唱はますますひどくなり、僕を萎縮させ、支配するまでになった。恐怖に身がすくみ、外出も、人付き合いも、友達づくりもできなかった。これではなんのために実家を出てきたのか。絶望的だった。僕は敗北し、敵の手に落ちた。万事休す。逃げ道はない。

そんななか、唯一の解決策がうかびあがった。

僕は薬局をはしごして鎮痛剤《パラセタモール》を買い集めた。濫用を疑われないように少量ずつに分けて購入した――だが、そんな心配は無用だった。僕などには、だれも少しの注意もはらわない。自分で感じていたとおり、僕はどうやら目に見えない存在だったらしい。

冷えきった自分の部屋で、感覚のないかじかんだ手で包みを破った。錠剤全部を飲み込むのは大変な苦労だった。それでもがんばって一錠ずつ口に入れた。そして寝心地の悪い狭いベッドに這いあがった。目を閉じて、死の訪れを待った。

ところが、死は来なかった。

かわりに焼けるような強烈な痛みが内側から襲った。身体を折りまげて嘔吐し、自分の上に胆汁と消化途中の錠剤をぶちまけた。胃を火で焼かれながら、永遠が過ぎるまで暗いなかで横になっていた。その闇につつまれながら、やがてあることに徐々に気づきはじめた。

死にたくない。まだ早い――ろくに生きてもいないのに。

そしてその気づきが、曖昧でつかみどころがないながら、僕にある種の希望をあたえた。ともかくそれが後押しとなり、ひとりではどうにもできないという認識にいたった。僕には助けがいる。

そしてそれを見つけた――大学のカウンセリングを通じて紹介された、心理療法士のルースという助けを。ルースは白髪でふくよかで、おばあちゃんのような雰囲気があった。笑顔が優しかった――信頼したくなる笑顔だった。はじめは、ルースはあまり多くは話さなかった。僕が話すのをただ聞いていた。子供のころのこと、家のこと、両親のこと。そしてそうやって話すうちに、僕はどんなつらい詳細に話がおよんでも何も感じなくなっていることに気づいた。自分が感情から切りはなされていた。手首から切り落とされた手のように。つらい記憶や自殺の衝動の話もした――けれど、つらさも衝動も感じなかった。

それでも、ときどき目をあげてはルースの顔を見た。するとも驚くことに、聞いている彼女の目に涙がたまっていた。理解しづらいことかもしれないが、それはルースの涙ではない。

僕の涙だったのだ。

当時の僕にはわからなかった。だがそういう仕組みの療法なのだ。患者は自分では受け入れられない感情をセラピストに託す。そしてセラピストは、患者が恐れて感じたがらないものを一手に引き受けて、患者のかわりに感情をおぼえる。そしてその後、ごくゆっくりと本人に感情をもどしていく。ルースが僕にもどしたように。

ルースと僕との面談は、数年にわたりつづけられた。ルースは僕の人生における不動の定点でありつづけた。彼女を通して、僕は他者との新たな関係を習得することができた。たがいの尊重、誠実さ、優しさを基盤とする関係だ——非難、怒り、暴力ではなく。心の内面も少しずつ変わってきたようだった。虚しさが減り、感じる力が増し、不安が減った。忌々《いまいま》しい内なる合唱は、完全にはやまなかった。けれど、それを打ち消すルースの声を手に入れた僕は、さほど気にしなくなった。その結果、頭のなかの声はしだいに小さくなって、ときどき消えるようになった。僕は心安らかだった——幸せだと感じるときすらあった。

心理療法が、文字どおり僕の命を救ったのはまちがいなかった。そしてもっと重要なことに、その命の質をも変えたのだ。談話療法は生まれ変わった僕の柱だった——とても深いところで、それが僕を特徴づけた。

これこそ天職だ、そう悟った。

大学を出たあとは、ロンドンで心理療法士になる訓練を積んだ。そのあいだもルースとの面談はつづけた。彼女は変わらずに僕を支え応援してくれたが、進もうとしている道をもっと現実的な目で見てみなさいと忠告した——「暢気《のんき》に歩ける道じゃないのよ」と、そんな言い方をして。そのとおりだった。患者と向き合い、汚い仕事もして——たしかに、気楽とはほど遠かった。

はじめて司法精神科施設を訪れたときのことを思いだす。到着して数分というときに、ひとりの患者がズボンをおろし、僕の前でしゃがんで排便したのだ。目の前には悪臭を放つ糞の山。さらに、そこまで忌まわしくはないながら、その後もつづくおなじくらい衝撃的な出来事の数々——失敗して悲惨なことになった自殺未遂、自傷行為、自制のないヒステリーに泣きわめく声。どれもこれも我慢の限界を超えているように思えた。ところがなぜだか僕は、自分のなかで眠ったままだった回復力をそのたびに発揮した。だんだん余裕もできてきた。

精神科施設という奇妙な新世界に、人があっという間になじめるのは不思議なものだ。しだいに異常さが心地よくなる——それも他人だけでなく、自分の異常さが。思うに人はみんな頭がおかしいのだ。方向性が異なるだけで。

そんな理由と経緯で、僕はアリシア・ベレンソンとつながった。僕は幸運な部類だった。若いうちからうまくセラピーに接することができたおかげで、精神的暗黒の縁から引きもどされた。だが僕の頭のなかでは、もうひとつの筋書きも可能性として永遠に消えなかった——自分は精神を病んでいたかもしれない。そしてアリシアのように、施設に閉じ込められる日々を送っていたかもしれない。神の恵みがなかったら……。

なぜ心理療法士になったのかと言われても、もちろんインディラ・シャルマ相手にこんな話はできない。これは就職の面接なのだ。ともかくゲームの進め方ならわかっている。

「結局のところ」僕は言った。「人は訓練によって心理療法士になるんだと思います。当初の意図がどうであれ」

インディラは思慮深くうなずいた。「ええ、そのとおりね。真実をついているわ」

面接はうまくいった。ブロードムア病院での勤務経験はあなたの売りだと、インディラは言った。極度の精神的苦痛にも対処できる証《あかし》だから。採用はその場で決まり、僕は職を引き受けた。

一ヵ月後、僕はザ・グローヴに向かっていた。

4

凍てつく一月の風に背中を押されて、僕はザ・グローヴに到着した。裸の木が骸骨のように道にそってならんでいる。降りそうで降らない雪のせいで、空は白っぽく、低く垂れ込めていた。

入り口の前に立ち、ポケットのタバコに手をのばした。一週間以上、吸っていなかった――今度こそ、これを最後にすっぱりやめると自分に誓った。なのに、もうこうしてあきらめようとしている。自分にいらつきながら、一本に火をつけた。喫煙とは解決できていない依存の行為だと、セラピストは見る傾向にある――セラピストなら、努力して克服しておいてしかるべきものだと。においをさせながら入っていきたくはないので、ミントの粒を口に入れ、噛みながらタバコを吸い、その場で足踏みをした。

身体がふるえた――正直に認めるなら、寒さより緊張のせいだ。いろいろ不安があった。ブロードムア病院の僕の上司は、おまえのやろうとしていることはまちがいだと、憚《はばか》りもなく言った。ブロードムアを出ていけば前途あるキャリアが打ち切られるとほのめかし、さらにザ・グローヴを、とりわけダイオミーディーズをけなす発言をした。

「本流にいる男じゃない。ダイオミーディーズは集団関係の研究に入れ込んだ――フークスともしばらく組んでいた。八〇年代には、ハートフォードシャーで代替的な治療共同体のようなものの運営にのりだした。そういう治療モデルは経済的に成り立たないし、とくに今は……」上司は言いよどみ、やがて声を落として先をつづけた。「脅そうとしているわけじゃない、セオ。ただ、あの場所は縮小されるという噂を聞いた。半年とたたずに無職になる可能性もある……。考えなおしたほうがいいと思わないか」

僕は即答はしなかったが、失礼にならないようにと思っただけだ。

「考えは変わりません」僕は言った。

上司は首を振った。「みずからキャリアをつぶす行為に思えるがね。しかし、心を決めたというなら……」

アリシア・ベレンソンのことや、彼女を治療したいという思いのことは話さなかった。理解を得やすい説明をならべることもできた――ゆくゆくは彼女と関わった経験を本や何かで発表できるかもしれない、とか。ただし、言ってもあまり意味がないのもわかっていた。やっぱりおまえはまちがっていると返されるのがおちだ。そのとおりかもしれない。答えはいずれわかる。

僕はタバコをもみ消し、緊張をはらいのけ、なかに入った。

ザ・グローヴはエッジウェア病院のもっとも古い一画にある。建設当初からの赤レンガをまとうビクトリア朝様式の建物は、だいぶ前からより大きな、たいていはより醜い増築部や拡張部に周囲をかこまれて埋没していた。ザ・グローヴはこの寄せ集め建築の中心部に位置している。剣呑《けんのん》な住人の存在を示すのは、猛禽類のように柵の上から目を光らせている、ずらりとならぶ防犯カメラのみだ。受付の内部は、親しみやすさを演出するためのあらゆる努力がなされていた。大きな青いソファ、壁にテープで貼られた、患者の稚拙《ちせつ》で子供じみた絵画作品。司法精神科施設というより、さながら幼稚園だ。

となりに長身の男があらわれた。にやりと笑って、片手をさしだした。精神科看護師長のユーリだと名乗った。

「ザ・グローヴにようこそ」ユーリは言った。「歓迎団というにはささやかで申し訳ない。おれひとりだ」

ユーリは整った顔立ちにがっちりした身体つきをした、三十代後半の男だった。髪は黒く、襟からはトライバル柄のタトゥーがのぞいている。タバコのにおいと、甘すぎるアフターシェイブのにおいが漂った。話す英語は、訛りはあるが完璧だった。

「七年前にラトビアから移住してきたんだ」ユーリは言った。「来たときはひとことも英語が話せなかった。でも、一年もしないうちにぺらぺらになった」

「それは、たいしたもんだ」

「そうでもないさ。英語は簡単な言語だ。ラトビア語を学んでみるといい」

ユーリは笑い、ベルトにじゃらじゃらさげた鍵の束に手をのばした。ひと組はずして、僕にくれた。

「各部屋に入るのにそれぞれが必要だ。それから、病棟に入るためのコードも知っておかないと」

「すごい数だな。ブロードムアでは、鍵はこんなに持たなかった」

「だろうね。最近、かなりセキュリティが強化されたんだ――ステファニーが来て以来」

「ステファニーというのは?」

ユーリは答えず、受付の奥の事務室から出てきた女性にうなずきかけた。髪を鋭角的なボブカットにした、四十代半ばのカリブ系の女性だった。「ステファニー・クラーク」彼女は言った。「ザ・グローヴの施設長です」

ステファニーは僕におざなりに笑いかけた。握手する手はユーリより強くしっかりしていたが、歓迎の気持ちがあまり込められていないのに僕は気づいた。

「この施設の長としては安全が最優先事項です。患者とスタッフの両方の安全が。自分が安全でなければ、自分の患者も安全でないということです」僕に小さな装置を手わたした。携帯用防犯ブザーだ。「これをつねに持ち歩いてください。オフィスに置きっぱなしにしないように」

僕はつい〝はい隊長〟と答えそうになるのをこらえた。面倒を避けたいなら、この人物とはうまく付き合ったほうがいい。威張った病棟長相手には、これまでもそういう戦略でやってきた――対決を避け、目をつけられないようにする。

「よろしくお願いします、ステファニー」僕は笑顔で言った。

ステファニーはうなずいたものの、笑顔は返ってこなかった。「ユーリがあなたの部屋まで案内します」そう言うとそのまま背を向け、去っていった。

「さあ、こっちだ」ユーリが言った。

病棟の入り口――大きな鉄の強化扉――までいっしょに歩いていった。横には金属探知機が置かれ、担当の警備員がひとりついていた。

「制限事項は当然知ってるね」ユーリは言った。「鋭利なもの、武器になるものは、持ち込み禁止」

「ライターもだ」警備員が身体検査をしながら言い足

し、非難の顔つきで僕のポケットからライターを出した。

「失礼」僕は言った。「持ってるのを忘れてた」

ユーリが手招きした。「きみのオフィスはこっちだ。今はみんなコミュニティ・ミーティングに出てるから、静かなもんだ」

「参加してもいいかな」

「ミーティングに？」ユーリは驚いた顔をした。「まずは落ち着きたいかと思った」

「落ち着くのはあとでもできる。きみがそれでかまわなければ」

ユーリは肩をすくめた。「好きにすればいい」

ユーリは僕を引き連れて、施錠した扉で仕切られた廊下をいくつも通り抜けた。扉を閉める音、ボルトの音、錠がまわる音が、そのつど響いた。進みはのろかった。

数年来、建物の維持にあまり金をかけてないのが一目瞭然だった。壁のペンキはめくれ、廊下はかびや腐食のもわっとするにおいがした。

ユーリは閉じられたドアの前で足を止めてうなずいた。「みんなここにいる。さあ、入って」

「ああ、ありがとう」

僕はいったん気持ちの準備をした。そして、ドアをあけてなかに入った。

5

ミーティングが行われているのは長細い部屋で、上までがあいた鉄格子の窓からは赤レンガの壁が見えた。コーヒーのにおいが漂い、それがユーリのアフターシェイブの残り香と混ざり合っていた。三十人ほどが輪になってすわっている。ほぼ全員が紅茶かコーヒーの紙コップを手に、あくびしながら眠気をどうにかこらえている。飲み終わった空《から》のコップをもてあそび、つぶしたり、ちぎったりしている者も何人かいた。

ミーティングは毎日一、二度ひらかれる。事務会議と集団療法のセッションとの中間のようなものだ。施設の運営や患者の治療に関することが議題として取りあげられる。ダイオミーディーズ教授いわく、これは患者をみずからの治療に参加させ、自身の健康に責任を持たせるための試みとのことだが、言うまでもなく試みはつねにうまくいくとはかぎらない。集団療法の経験が豊富なだけに、教授はあらゆる種類のミーティングが大好きで、グループワークを最大限、奨励した。言うなれば、彼は観客といるのが幸せなのだろう。立って手をひろげて僕を歓迎し、こっちへと手招きする様子にも、どこか芝居の座長然としたところがあった。

「セオ。来たか。さあさあ、なかへ」

ほとんどわからない程度だが、かすかなギリシア訛りが聞き取れる。三十年を超すイギリス生活で、ほとんどの名残は消えた。男前で、年齢は六十代だがもっとずっと若く見える。青年のような茶目っ気があり、精神科医というよりは、遠慮のない親戚のおじさんといった雰囲気だ。と言っても患者の治療に不熱心なわけではない。朝は清掃員が来る前から出勤し、昼の職員と夜勤とが交替したあとも残って、自室のソファで夜を過ごすこともある。二度の離婚経験のある彼は、三度目にしてもっとも成功した縁組みは、ザ・グローヴとの結婚だ、というのがお気に入りの台詞だった。「ここにすわるといい」横のあいた椅子を示して言った。「さあ、さあ、ほら」

僕は従った。ダイオミーディーズは仰々しい身ぶりを交えて僕を紹介した。「新しい心理療法士をみなさんにご紹介しよう。セオ・フェイバーだ。全員で彼を歓迎し、このささやかな所帯に迎え入れ――」

しゃべっているあいだに、僕は一同を見まわしてアリシアの姿をさがした。けれども見つからなかった。スーツとネクタイできっちり決めたダイオミーディーズ教授以外は、大半が半袖のシャツかTシャツという格好だった。だれが患者でだれが職員なのか、見分けるのがむずかしい。

知っている顔が、二、三あった。ひとりはクリスティアン。ブロードムア病院からの顔見知りだ。折れた鼻と黒いあごひげが特徴の、ラグビー好きの精神科医。つぶれ具合が味になって美男子に見える。クリスティアンは僕とほぼ入れちがいにブロードムアを去った。あまり好きな相手ではないが、公平に言うなら、長くともに働いたわけじゃないので、彼のことは詳しくは知らない。

面接をしたインディラのことは、もちろん憶えている。彼女は笑いかけてくれ、僕にはそれがありがたかった。好意的な顔は彼女の笑顔だけだった。患者の多くは、疑り深そうな不機嫌な顔でこっちをにらんでいる。しかたがない。彼らが経験してきた肉体的、精神的、性的虐待を思えば、僕を信頼するにいたるまでに長い時間がかかるのは当然だ――いつかその日が来るとして。患者はみんな女性だった。そしてほぼ全員が、しわや傷痕のあるごつい顔をしていた。大変な人生を送り、精神疾患という無人地帯に引きこもるほどの恐怖を経験したのだ。苦難の遍歴は見逃しようもなくそれぞれの顔に刻まれている。

だが、アリシア・ベレンソンは？　彼女はどこにいる？　あらためて一同を見まわしたが、見つけることはできなかった。と、そのとき気づいた――僕は目の前に彼女を見ていた。アリシアは輪の真正面にすわっていた。

影が薄くて目に入らなかったのだ。

アリシアはうなだれた姿勢で椅子にかけていた。鎮静剤を多量に投与されているのは明らかだ。紙コップにはお茶が満杯に入っていて、ふるえる手でにぎったコップから中身が床にこぼれつづけている。僕は行って紙コップを真っすぐに立てたいところを我慢した。アリシアは完全に朦朧《もうろう》としていて、僕がそうしたとしても気づかなかっただろう。

ここまでひどいことになっているとは、予想外だった。かつて美しい女性だったことをうかがわせるものはある。吸い込まれそうな青い瞳。みごとに左右対称な顔立ち。けれども今はあまりに痩せ細り、不潔に見えた。長い赤毛は、汚らしくもつれて肩に垂れている。爪は嚙んで割れている。両手首の薄くなった傷痕も認められた。〈アルケスティス〉の自画像に忠実に再現された、あの傷だ。指のふるえは止まらず、それが多剤服用の副作用なのは明らかだ。リスペリドンやその類《たぐい》の強力な抗精神病薬だろう。あいた口のまわりには唾がたまって光っている。自分で制御できない涎《よだれ》もまた、薬の残念な副作用だ。

気づくとダイオミーディーズがこっちを見ていた。僕は注意をアリシアからもどした。

「わたしより本人のほうが、うまく自己紹介できるだろう」教授は言った。「セオ、ひとこと、どうだ？」

「ありがとうございます」僕はうなずいた。「つけくわえることは、もうありません。とにかく、ここに来られてとても嬉しく思っています。わくわくと、不安と、期待でいっぱいです。それから、この先みなさんと知り合いになるのを楽しみにしています――とくに患者のみなさんと。僕は――」

いきなり大きな音とともにドアがひらいて、僕はさえぎられた。最初は亡霊でも見ているのかと思った。二本の尖った木の杭を持った巨人が乱入し、それを頭上高くにかかげ、槍のようにして僕らめがけて投げつけたのだ。ひとりの患者が目をおおって悲鳴をあげた。だれかに刺さるかと思ったが、槍はわれわれの輪のなかの床に勢いよくあたった。と同時に、それが槍などではないのがわかった。ふたつに折れたビリヤードのキューだった。髪の黒い四十代のトルコ系と思われる巨大な患者は叫んだ。「クソむかつくんだよ。ビリヤードのキューが先週から折れてんのに、なんで新しいのがまだ来ない」

「言葉遣いに気をつけるんだ、エリフ」ダイオミーディーズが言った。「こうやって遅れてきた者をミーティングに参加させていいかみんなで決めるまで、キューの問題を話し合うことはしないよ」それからいたずらっぽくふり返って、質問を僕に投げた。「きみはどう思う、セオ？」

僕は目をしばたたき、少ししてようやく声が出た。「時間の区切りを守ることは大切で、ミーティングに遅れずに来ることは――」

「自分みたいにか？」輪の向こうから男の声が言った。見ると発言の主はクリスティアンだった。みずからのジョークを面白がって笑っている。僕は無理に笑顔をつくり、それからエリフに顔をもどした。

「彼の言うとおり。僕も今日は遅刻した。だから、これを機におたがい気をつけるのがいいかもしれない」

「何言ってんだかさ」エリフは言った。「ていうか、あんた、だれだ」

「エリフ。言い方に気をつけて」ダイオミーディーズが言った。「独りで頭を冷やしてもらわないといけなくなる。すわりなさい」

エルフは立ったままだった。「で、キューはどうなるのさ」

その質問はダイオミーディーズに向けられた。すると彼はこっちを見て、僕がそれに答えるのを待った。

「エリフ、あなたはキューのことで怒っている」僕は言った。「そのキューを折っただれかも、きっと怒っていたんじゃないだろうか。今回のことは、こうした施設のなかで、みんなが怒りの感情にどう対処したらいいかという、いい問題提起になる。この点に注目して、しばらく怒りについて話し合うのはどうだろう。よかったら、すわって」

エリフは呆れたように目をぐるりとまわした。だがともかく席にはついてくれた。

インディラは満足げな顔でうなずいた。われわれは――少なくともインディラと僕は――怒りについての話をはじめ、患者たちをどうにか会話に引き入れてそれぞれの怒りの感情について語らせようとした。全体としてなかなかうまくやれたと思う。僕の仕事ぶりを品定めするダイオミーディーズの視線が感じられた。満足しているように見えた。

アリシアのほうを見た。すると驚いたことに、彼女はこっちを、少なくともこっちの方向を見ていた。表情は少しぼんやりしている。焦点を合わせてものを見るのが困難な様子だった。

このぼろぼろの抜け殻が、輝きと魅力と活力に満ちていたと知人が口をそろえる、才気あふれるアリシア・ベレンソンだと人から聞かされても、僕はにわかには信じなかっただろう。今この瞬間、ザ・グローヴに来るというおのれの決断が正しかったことを知った。迷いはすべて消えた。何があっても自分がアリシアの担当になると、僕は決意を固くした。

無駄にしていい時間はない。アリシアは失われた。どこかに行ってしまった。

僕は彼女を見つけてみせる。

6

ダイオミーディーズ教授のオフィスは、病院のもっとも老朽化した一角にあった。隅には蜘蛛の巣がかかり、廊下の照明は二、三を除き全部壊れていた。ドアをノックすると、やや間があったのち、なかから本人の声がした。

「どうぞ」

取っ手をひねると、ドアが軋《きし》んでひらいた。そのとたんに部屋のにおいが僕を襲った。病院のほかの場所とはちがうにおいだった。消毒や漂白の薬品臭はせず、むしろ妙なことにオーケストラピットのようなにおいがした。木、弦、弓、ポリッシュ、ワックス。しばらくして薄暗さに慣れてくると、壁ぎわにアップライトピアノがあるのが目に入った。病院にはおよそ場ちがいな代物だ。暗がりでは、二十ほどの金属の譜面台が光を反射し、テーブルには楽譜が山と積まれていた。空へとのびる、ぐらつく紙の塔だ。べつのテーブルにはバイオリンが置いてあり、横にはオーボエとフルートまである。さらにそのわきには、優美な木枠と何本もの弦を持つ大きな物体、ハープがあった。

僕は口をあけて、そうしたすべてをながめた。ダイオミーディーズは笑った。

「これらの楽器はなんなのかと思ってるんだろう」彼は言った。楽しげな顔をして机の前に腰をおろした。

「全部、ご自分のですか?」

「そうだよ。音楽が趣味でね。いや、嘘を言った。音楽はわたしの情熱だ」ドラマチックに指で宙をさした。教授はいつも活気あふれるしゃべり方をし、話にあらゆる手の動きをそえ、言葉を強調する。見えないオーケストラを指揮するように。

「内輪の楽団を主宰している」彼はつづけた。「だれでも参加できる——職員、患者を問わず。音楽はもっとも効果的な治療のツールだと、わたしは思うね」いったん区切り、歌うような抑揚をつけて暗唱した。「〝音楽には荒くれた心をもなだめる魔力があり〟……そう思わないか」

「おっしゃるとおりだと思います」

「ふむ」一瞬まじまじと僕を見た。「楽器はやらないか？」

「なんの楽器ですか？」

「なんでもだ。まずはトライアングルでも」

僕は首を振った。「あまり音楽の才能がなくて。子供のころ学校でリコーダーを少しやりました。そんな程度です」

「じゃあ、譜が読めるんだな。それなら早い。よし。好きな楽器を選ぶといい。わたしが指導しよう」

僕は笑い、あらためて首を振った。「すみませんけど、あんまり辛抱がつづくほうじゃないんで」

「辛抱がつづかない？　セラピストとしては、辛抱は身につけておくべき長所だぞ。わたしは若い時分、音楽家になるか、聖職者になるか、医者になるかで迷った」ダイオミーディズは笑った。「そして今、その全部をやっているというわけだ」

「そのとおりかもしれませんね」

「ところで」ひと呼吸置く素振りすら見せずに話題を変えた。「きみの面接では、わたしのひと声が採否の決め手となった。いわば、キャスティング・ヴォートだ。きみを強く推した。理由がわかるか？　つまりこうだ——セオ、きみには見どころがあった。わたしと通じるものを感じた……。ことによれば、数年後にはきみがここを率いているかもしれない」そこであえて言葉を切って、少ししてため息まじりに言った。「この場所がまだあればの話だがね」

「なくなると思ってるんですか」

「どうなることか。患者は少なすぎ、職員は多すぎる。われわれはここを運営するトラストと緊密に連携を取りながら、より〝採算の取れる〟モデルを模索している。言い換えれば、つねに監視され、評価され——見張られているということだ。そんな状況にあって、どうやって治療に専念できるかと思うだろう。ウィニコットの言うとおり、火事場で治療は施せない」ダイオミーディーズは首を振り、にわかに年齢なりに老け込んだ。憔悴し、疲れきって見えた。声を落とし、ひそひそ声で言った。「施設長のステファニー・クラークはどうやら連中と結託している。そもそも彼女の給料はトラストから支払われているんだ。彼女には気をつけろ。わたしの言わんとすることが、じきにわかるだろう」

いくらか誇大妄想的な言い方にも聞こえたが、理解できなくもない気がした。僕はまちがったことは言いたくなかったので、少しのあいだ、そつなく口をつぐんでいた。そのあとで切りだした。

「お願いがあります。アリシアのことで」

「アリシア・ベレンソン？」ダイオミーディーズは怪訝《けげん》そうに僕を見た。「彼女がどうした」

「現在どんな治療が行われているのか興味があるんです。個別の治療は受けていますか？」

「いや」

「何かの理由があって？」

「治療の試みはなされた——そして放棄された」

「なぜですか？　担当していたのはだれです。インディラ？」

「ちがう」首を振った。「じつは、わたし自身が担当していた」

「そうでしたか。何があったんですか」

ダイオミーディーズは肩をすくめた。「わたしの部屋に来ようとしないので、こっちから本人の部屋に出向いた。セッションのあいだは、ベッドにすわって、ずっと窓の外をながめている。もちろん、何も話そうとしない。わたしを見ようともしない」いらいらと両手を投げだした。「すべては時間の無駄だと、わたしは結論した」

僕はうなずいた。「思うんですけど……その、感情転移という観点からすると……」

「ほう」興味を引かれた目で僕をじっと見た。「つづけて」

「あなたのことを権威的存在として見ていたとは考えられませんか？　たとえば——潜在的な懲罰者として。彼女と父親との関係がどのようなものだったかは知りませんけど……」

教授はジョークのおちを待つような小さな笑みをうかべて話を聞いていた。「だがもっと若い相手なら、彼女も話しやすいかもしれない？　そうだな……たとえば、きみのような？　助けられると思うのか、セオ？　アリシアを救えると思うか？　話をさせる自信があるのか？」

「救えるかはわかりませんが、助けたいと思っています。やってみたいんです」

ダイオミーディーズは面白がる表情のまま微笑んだ。「そう考えたのはきみが最初じゃない。わたしもうまくやれると思った。アリシアは沈黙のセイレーンだ。われわれを岩礁に誘い寄せ、治療の野心はそこであたって砕け散る」彼は笑った。「おかげで、失敗についての貴重な教訓を得た。きみもおなじ教訓を学ぶ必要がありそうだ」

僕は挑戦的に相手の目を見た。「もちろん、成功させればいいことです」

ダイオミーディーズの笑みが消え、読み取りがたいものがうかんだ。しばし黙り込み、決断をくだした。「よし、やってみるか。まずはアリシアに会うことだ。まだ紹介されてないだろう」

「ええ、まだです」

「だったらユーリに段取りをつけてもらえ。その後の報告を待つ」

「わかりました」僕は興奮を押し隠して答えた。「そうします」

7

セラピールームは細長い四角形の狭い部屋で、刑務所の房なみか、それ以上に殺風景だった。窓は閉じられ格子がはめてある。小さなテーブルの上の、派手なピンク色をしたティッシュケースだけが、妙に楽しげで浮いていた。インディラが置いたのだろう。クリスティアンが自分の患者にティッシュを勧めるところは想像できない。

二脚ある色あせたぼろぼろのひじ掛け椅子のうちのひとつに、僕は腰をおろした。アリシアがあらわれる気配はない。もしかしたら、来ないつもりだろうか。もしかしたら、僕との面談を拒否したのかもしれない。当然の権利だ。

いらだちと不安と緊張から、僕はすわっていられず窓の前に立った。格子のあいだから外をのぞいた。
三階下が中庭だった。テニスコートほどの広さで、赤レンガの高い塀にかこまれている。試みた者はまちがいなくいただろうが、よじ登るにはあまりに高い。患者は望むと望むまいと、毎日午後に三十分間、新鮮な空気にあたるため外に出されるが、こんな凍える寒さの日には、しぶったとしても責められない。ぶつぶつひとりで何かをしゃべっている者、落ち着きのないゾンビのように目的もなく行き来する者。何人かでかたまって、おしゃべりし、タバコを吸い、言い合いをしている患者たちもいる。話したり叫んだりする声や、奇妙な興奮した笑い声が、僕のいるここまであがってきた。

最初、アリシアの姿は見えなかった。だが少しして見つけた。中庭の一番奥の壁ぎわに、ぽつんと立っていた。彫像のように微動だにしない。庭を突っ切ってそっちへ向かうユーリの姿が見えた。少し離れて立つ看護師に声をかけている。看護師はうなずいた。ユーリは慎重にゆっくりアリシアに近づいた。予測のつかない動物に近づくときのように。

あまり詳しい説明はしないようにと、ユーリには頼んでおいた。新しく施設にやってきた心理療法士が会いたがっているとだけ伝えるようにと。それも命令ではなく依頼に聞こえるような言い方で。ユーリに話しかけられても、アリシアはじっと立っていた。だが、首を縦にも横にも振らず、話が聞こえた素振りさえ見せない。しばしの間があり、やがてユーリは背を向けて歩きだした。

これで終わった、と思った。彼女は来ない。クソ、想像はついたはずだ。何もかもが時間の無駄だった。

とそのとき、驚いたことにアリシアが一歩足を踏みだした。少々ふらつきながらユーリに従い、うしろを歩いて中庭を横切り——やがて、窓の下の見えない場所へ消えていった。

つまりアリシアは来るのだ。僕は緊張をこらえ、自分を落ち着かせた。頭のなかの否定的な声を必死に押さえ込んだ。父の声が言う――おまえにこの仕事は務まらない。おまえは役立たずで、ペテン師だ。黙れ、黙れ、黙れ――。
二、三分して、ドアをノックする音がした。
「どうぞ」僕は言った。

ドアがひらいた。ユーリといっしょにアリシアが廊下にいた。僕は彼女を見た。だが向こうはこっちを見ない。視線は下に向けられたままだった。

ユーリが誇らしげに僕に笑いかけた。「ほら、来たよ」

「ああ。そのようだ。こんにちは、アリシア」

反応はなかった。

「さあ、なかへ」

ユーリは背中を押すようにアリシアの顔をのぞき込んだが、実際に身体にふれることはしなかった。ただささやきかけるにとどめた。「ほら、アリシア。入って、椅子にかけて」

アリシアは一瞬ためらった。ユーリに目をやり、やがて心を決めた。わずかにふらつきながらドアをくぐった。猫のように静かに椅子にすわり、ふるえる両手をひざの上に置いた。

僕はドアを閉めようとしたが、ユーリが去ろうとしなかった。僕は声を低くして言った。

「あとは大丈夫だ。ありがとう」

ユーリは心配そうな顔をした。「そうは言っても、彼女は一対一《ワンオンワン》での対応だ。それに教授からは――」

「責任は全部負う。心配はいらない」僕は防犯ブザーをポケットから出した。「ほら、これがある――必要はないだろうが」

アリシアに目をやった。僕の声が聞こえている様子さえまったくない。ユーリはいかにも不服そうに肩をすくめた。

「何かのときのために、ドアの向こうにいるよ」

「ありがとう。でもその必要はない」

ユーリは去り、僕は扉を閉じた。ブザーをデスクに置いて、アリシアの向かいにすわった。彼女は目をあげなかった。僕はしばらく観察した。アリシアの顔は無表情で虚ろだった。薬のせいで仮面のようになっている。その下には何が隠されているのか。

「よく面談を承諾してくれましたね」僕は言った。

反応を待った。ないことはわかっていた。先をつづけた。「きみは僕を知らなくても、僕はきみのことを知っている。有名人だからね——画家として。じつは、絵のファンなんだ」反応なし。僕は椅子の上で少し体勢を変えた。「ふたりで話せないかダイオミーディーズ教授にお願いして、この面談を組んでもらったんだ。承諾してくれて、ありがとう」

何かしら聞こえた証拠があらわれることを期待して、少し待った——瞬《まばた》きとか、うなずきとか、眉をひそめる動きとか。皆無だった。何を考えているのか想像した。薬で朦朧《もうろう》としていて、何も考えていないのかもしれない。

自分のかつてのセラピスト、ルースのことを思った。彼女ならどうするか。ルースはこんなことをよく言っていた。人間はいい面、悪い面、さまざまな部分から成り立っていて、健康な心はそうした矛盾を受け入れ、いいも悪いも両方併せ呑むことができる。精神疾患というのは、まさにそうした統合の欠如なのだ——最終的には、自身の我慢ならない面との断絶が生じてしまう。僕がアリシアを助けようとするなら、彼女が意識の外に追いやって自身の目から隠しているものを、いっしょに見つけださないといけない。そして、彼女の心の地図のなかの点と点をつなげる必要がある。それができてようやく、夫殺害の晩にあった恐ろしい出来事を、より大きな全体像のなかでとらえることができる。地道で面倒な道のりだ。

新たに患者に向き合うときには、ふつう先を急ぐことは考えず、治療のスケジュールを事前に設定することもない。通常は、まずは何カ月か話し合いを重ねるところからはじめる。理想的には、アリシア本人が自分のこと、これまでの人生、子供時代の話をする。僕は聞き役となり、正確で有用な解釈が可能になるまで、時間をかけて全体像を築きあげていく。ただし今回の場合は、話されることはない。聞くこともない。つまり必要な情報を非言語的なヒントから集めなくてはならないということで、たとえば僕が起こす逆転移――セッション中にアリシアが僕の側に呼び起こす感情――など、あらゆるところから手がかりを得る必要がある。

言い換えると、僕は具体的な進め方がわからないままに、アリシアを助ける計画に着手してしまったということだ。だから、ともかくやり遂げなくては。ダイオミーディーズに自分を証明するためだけじゃない。むしろはるかに重要なことだが、アリシアに対する自分の務めを果たすため、つまり、彼女を助けるためだ。

薬で朦朧とし、口のまわりに涎をため、汚らしい蛾《が》のように指を動かしている目の前の彼女を見ているうちに、僕はふいに思いがけない悲しみに襲われた。彼女や、彼女のような人たちに――僕ら全員、傷つきぼろぼろになった者たち全員に――激しい哀れをもよおした。

もちろん、そんなことは口にはしなかった。ただ、ルースがしただろうことをした。

僕らは無言のまますわっていた。

8

デスクにアリシアのファイルをひろげた。ダイオミーディーズが自分から提供してくれたのだ。「わたしの記録を読むといい。きっと役に立つ」と言って。隅々まで目を通すつもりはなかった。教授の見解はもうわかっている。僕は僕なりの見解を見出さなければ。だがともかくファイルは丁重に受け取った。

「ありがとうございます。とても助かります」

僕の部屋は建物の奥まった場所の、非常口のそばにあり、狭くて家具の類もほとんどなかった。窓から外をながめた。小さなムクドリモドキが地面の凍った芝をつついていた。元気もなく、たいしてあてもなく。

身体がふるえた。部屋は冷えきっていた。窓の下の小さな暖房機は故障している。ユーリは修理してみるが、一番早いのはステファニーに言うことで、それでだめならミーティングで話題にするといいと言った。僕はエリフと、折れたキューを交換させようとするエリフの闘いに、痛いほどの共感をふとおぼえた。

あまり期待せずにアリシアのファイルをざっとながめた。必要な情報のほとんどは、オンラインのデータベース上にある。だが高年齢の職員のご多分にもれず、ダイオミーディーズも報告書を手書きしたがり、やめるようにとのステファニーの再三の要請を無視して、それに固執した。そんなわけで、使い込まれたファイルが僕の前にあった。

ダイオミーディーズの記録をぱらぱらめくって、古めかしい感のある精神分析的解釈は読み飛ばし、アリシアの日々の行動を記した看護師の引き継ぎ日誌に注目した。最後まで慎重に目を通した。ほしいのは事実、数字、詳細だ——自分が何に飛び込もうとしているのか、何に対処しなくてはいけないのか、ひょっとして意外な事実が隠れていないか、きちんと知る必要があった。

結局のところ、ファイルから得られたのはごくわずかだった。入院した当初、アリシアは二度手首を切り、入手できるあらゆるもので自傷行為におよんだ。最初の半年は、二対一の監視下に置かれた。つまり、ふたりの看護師がつねに目を光らせていたということだが、やがて条件がゆるめられて一対一の対応となった。自分からは患者や職員らといっさい交流しようとせず、つねに引っ込んで孤立していた。そして、ほかの患者たちも、たいてい彼女を放っておいた。話しかけても返事がなく会話にもならないとなれば、相手がそこにいるのを人はすぐに忘れるものだ。アリシアはたちまち背景に溶け込んで、透明になった。

ひとつだけ僕の目を引いた事件があった。アリシアが入院して数週間後、食堂での出来事だ。アリシアに席を横取りされたとエリフが騒いだのだ。具体的に何があったかはわからないが、対立はたちまちエスカレートした。アリシアが暴力的になったらしい。彼女は皿を割り、尖った角でエリフの喉を切ろうとした。そのため拘束されて、鎮静剤を投与され隔離された。

なぜこの件に注意を引かれたのかは、自分でもよくわからない。ただ、どうもしっくりいかないものを感じた。エリフにあたって聞いてみようと思った。

メモパッドの紙を一枚はがして、ペンを手に取った。大学時代からの古い習慣だ。紙にペンを置くという手順の何かが、頭の整理を助けてくれる。むかしから、書き留めないとなかなか自分の考えがまとめられない質《たち》だった。

考えたこと、気づいたこと、目標を書きはじめる——そして実行計画を練った。アリシアを助けるには彼女を理解し、彼女とゲイブリエルの関係を理解する必要がある。ゲイブリエルのことは愛していたのか？

嫌っていたのか？　それに、なぜ殺害についても、それ以外のどんなことについても、しゃべろうとしないのか？　答えはない。今はまだ疑問ばかりだ。

単語を書き、下線を引っぱった。〈アルケスティス〉。

あの自画像――あの絵がなんらかの重要な意味を持っているのはたしかで、なぜ重要かを解明することが、このミステリを解く主要な鍵となる。あの絵はアリシアのたった一度の意思表示、唯一の証言なのだ。そして、僕がまだ理解できない何かを語っている。もう一度画廊にあの絵を見にいくこと、僕はそうメモを書いた。

もうひとつ単語を書いた。〈子供時代〉。夫殺しを解明するためには、アリシアが殺害におよんだ晩のことだけでなく、遠い過去の出来事も理解しないといけない。夫を撃ったあの数分間にあったことの種は、おそらく何年も前に蒔《ま》かれていたはずだ。殺意をいだくほどの怒り、人を殺すほどの怒りは、現在において生じるものではない。幼くして虐待を受けた記憶以前の世界、幼少期の世界に端を発していて、それが年月をかけて徐々にふくらんで、ついに爆発するのだ――しばしば誤った対象をターゲットにして。幼少期にどんな人格形成がなされたかを知る必要がある。アリシア本人が語れず、語ろうとしないなら、かわりに話のできる人間をさがさなければ。事件以前からアリシアを知っていて、彼女の生い立ち、人となり、あんな結末を迎えるにいたった経緯について、僕の理解を助けてくれる人間を。

ファイルには、アリシアの近親者として叔母のリディア・ローズの名が記載されていた。母親を自動車事故で亡くしたあとのアリシアを育てた人物だ。車にはアリシアも同乗していたが、事故を生きのびた。そのトラウマは幼い少女に深刻な影響を残したにちがいない。リディアからその話が聞けるといいのだが。

連絡できそうな相手は、あとはアリシアの事務弁護士マックス・ベレンソンしかいなかった。マックスはゲイブリエル・ベレンソンの兄だ。要するに、ふたりの結婚生活を間近に観察する好位置にいた。僕に話をしてくれるかは、またべつの問題だが。アリシアを担当する心理療法士がだれに頼まれたわけでもないのに家族と接触するというのは、ひかえめに言って常識外だ。ダイオミーディーズは認めないだろうというかすかな予感が僕にはあった。否定されるといけないので、あえて許可は求めないことにした。

あとから思えば、これがアリシアと向き合うなかで僕が最初におかした職業上の違反だった――未来に向けて不幸な先例をつくってしまった。ここでやめるべきだった。ただし、もうやめるには遅すぎた。多くの観点から言って、僕の運命はすでに決まっていたのだ――ギリシア悲劇の物語のように。

電話に手をのばした。アリシアのファイルに書かれた連絡先電話番号を見て、マックス・ベレンソンの事務所にかけた。数度の呼び出し音ののち、応答があった。

「エリオット、バロー、ベレンソンの事務所です」ひどい風邪をひいた受付係が言った。

「ミスター・ベレンソンをお願いします」

「どちらさまですか」

「セオ・フェイバーといいます。ザ・グローヴの心理療法士です。義理の妹さんのことについて、少しお話しできないかと思いまして」

答えるまでにわずかに間があった。

「そうですか。その、ミスター・ベレンソンは今週は事務所にはもどりません。エディンバラのクライアントのところに行っているので。連絡先を教えてくだされば、帰ってから電話をさせますが」

僕は自分の番号を伝えて通話を切った。

つぎにファイルにあった、もうひとつの番号にかけた――アリシアの叔母、リディア・ローズ。今度は一回目の呼び出し音で相手が出た。年配の女性の声は息が切れて、少々いらだっていた。

「もしもし？　なんの用？」

「ミセス・ローズですか？」

「あんたは？」

「姪のアリシア・ベレンソンさんのことで電話しました。心理療法士の――」

「かけてくるんじゃないよ」彼女はそう言って電話を切った。

僕は顔をしかめた。

好調な出だしとは言いがたい。

9

無性にタバコが吸いたかった。ザ・グローヴを出てコートのポケットをあさったが、見つからなかった。

「さがしものかな」

ふり返った。すぐうしろにユーリがいた。音がしなかったので、こんなに近くにいたことに少々驚いた。

「ナースステーションにあったよ」ユーリはにやりと笑い、タバコのパックを出した。「ポケットから落ちたんだろう」

「ありがとう」

僕は受け取って一本に火をつけた。ユーリにも勧めたが、彼は首を振った。

「吸わない。タバコはね」彼は笑った。「酒がほしそうな顔をしてるな。一杯おごるよ」

正直言って迷った。本音では断りたかった——僕は職場の人間と親しく交わるタイプじゃない。それに共通の話題がたいしてあるとも思えなかった。とはいえ、ユーリはザ・グローヴのだれよりもアリシアについて詳しそうだ——それに、何か参考になる意見が聞けるかもしれない。

「いいね」僕は言った。「ぜひとも」

向かったのは駅から近い〈スローターード・ラム〉というパブだった。暗く陰気な場所で、かつてあっただろう活気ももはやない。飲みかけのビールを前にぼんやりする中高年たちにも、おなじことが言えた。ユーリがふたり分のビールを買ってきて、僕らは奥のテーブルにすわった。

ユーリは長々とひと口飲んで口をぬぐった。

「で？　アリシアはどうだった？」

「アリシア？」

「彼女はどんなふうに見えた？」

「何かが見えたとは思えない」

ユーリは訝《いぶか》しげな視線を僕に向け、少しして表情をくずした。「見られたがらなかった？　ああ、たしかに。彼女は隠れてる」

「ふたりは親しそうだな。それはわかる」

「特別に世話をしてるから。おれはだれよりも彼女を知っている。ダイオミーディーズ教授よりもね」

声に誇らしさがにじんだ。なぜだか神経が逆なでされた——実際ユーリはどれほど彼女を知っているのだろう。それとも、ただ自慢げに言っているだけなのか。

「あの沈黙については、きみはどんなふうに考える。何を意味してると思う」

ユーリは肩をすくめた。「まだ話す覚悟ができてないってとこだろうな。覚悟ができたら話すようになるさ」

「なんの覚悟が？」

「真実に対する覚悟だ」

「真実というのは？」

ユーリは首を少し傾けて、しげしげと僕を見た。彼の口から出てきたのは、意表をつく質問だった。

「結婚してるかい、セオ」

僕はうなずいた。「ああ、してる」

「だろうと思った。おれもむかしは結婚してた。夫婦でラトビアから移ってきたんだ。だけど、おれとちがって妻はなじまなかった。自分でひとつの努力もしないんだ。英語も学ぼうとしない。とにかく結婚は……おれは幸せじゃなかった——でもそれを否定して自分に嘘をついて……」ビールを飲み干してから、文を締めくくった。「……そして、やがて恋に落ちた」

「奥さんと、という意味じゃなさそうだな」

ユーリは笑って首を振った。

「ちがうよ。近所に住んでた女性だ。とてもきれいな人だった。ひと目惚れだ……通りで見かけて。勇気を出して話しかけるまで、長いことかかった。あとをついてったり……気づかれないようにこっそり観察したり。窓辺に出てこないか、家の前で見ていることもあった」ユーリは笑った。

聞いていて居たたまれなくなってきた。僕はビールを飲み干し、察してくれることを期待して腕時計を見たが、無駄だった。

「ある日」ユーリはつづけた。「話しかけようとした。でも、向こうはおれには興味がなかった。何度かがんばった……。だけど、しつこくするのはやめてくれと言われた」

相手は悪くない、と僕は思った。何か言い訳をして帰ろうと思ったが、ユーリはしゃべりつづけた。

「どうしても受け入れられなかった。いっしょになる運命だと信じてたんだ。心を踏みにじられた。激しい怒りをおぼえた。彼女が憎かった」

「それでどうなった？」僕はつい興味がわいて言った。

「何も」

「何も？　その後も奥さんとの暮らしをつづけた？」

ユーリは首を振った。「いや。妻とは終わった。でもそう認めるのには、その女性と恋に落ちる必要があった……自分と妻との真実に向き合うには。正直になるには勇気と、それに、時間が必要だ」

「なるほど。つまりアリシアも、自分の結婚の真実に向き合う覚悟がまだできてないというんだな。言いたいのはそういうことか。たしかにそうかもしれない」

ユーリは肩をすくめた。「それで今は、ハンガリー出身のすてきな子と婚約中だ。スパで働いてるんだ。英語も上手に話す。似合いのふたりだ。楽しくやってるよ」

僕はうなずいて、もう一度腕時計を見た。コートを取った。「もう行かないと。妻との待ち合わせに遅れる」

「もちろんだ、行ってくれ……名前はなんて？　奥さんの名前は」

なぜだか言いたくなかった。ユーリには彼女のことを何ひとつ知られたくなかった。でもそんなふうに思うのはばかげている。

「キャスリンだ」僕は言った。「名前はキャスリン……。だけどキャシーと呼んでる」

ユーリは妙な微笑みをうかべた。

「アドバイスさせてもらうよ」彼は言った。「奥さんのいる家に帰るんだ。自分を愛してくれるキャシーのいる家に……。アリシアのことは忘れてさ」

10

キャシーと落ち合うため、僕はテムズ南岸のナショナル・シアターのカフェに向かった。リハーサル後に役者たちがよくたまり場にしている店だ。キャシーは女優仲間ふたりと奥の席にいて、おしゃべりに夢中になっていた。近づいていくと、みんなが顔をあげて僕を見た。

「耳が火照《ほて》ってない、ダーリン？」キャシーは僕にキスをして言った。

「そうなる理由でも？」

「あなたのことをいろいろ話してたの」

「そう。帰ったほうがいいかな」

「ばかな。ほら、すわって——ベストタイミングよ。わたしたちがどんなふうに出会ったか、その話に入ったところ」

僕は椅子に腰をおろし、キャシーは自分の物語をつづけた。いつも面白がって披露する話だ。ときどき僕に目をやり、引き込もうとするように笑いかける——ただし、かたちだけの仕草だ。これはキャシーの物語であって、僕の物語じゃない。

「わたしがバーにすわっていると、とうとうその人があらわれたの。もう見つからないと、希望を捨てたその矢先——彼が入ってきた。夢に見た理想の人が。遅れても来ないよりまし、ってね。ほんと言うと、自分は二十五歳になるまでに結婚するんだって思ってた。三十でふたりの子供と、小さな犬と、大きな住宅ローン。でも、そのときもう三十三ぐらいで、物事は計画どおりとはいかなかった」キャシーはいたずらっぽく笑って、仲間たちにウィンクした。

「話をもどすと、わたしはそのダニエルっていうオーストラリア人と付き合ってた。でも、彼は結婚も子供もすぐには考えてなかったから、時間の無駄なのは自分でもわかってたの。そんななか、ある晩デートに出かけて、突然よ——運命の人が入ってきたの……」キャシーは僕ににっこり微笑み、それからぐるりと目をまわして呆れ顔をした——「ガールフレンドといっしょにね」

聞き手の共感が離れないためには、話のこの部分は慎重に進めないといけない。平たく言えば、キャシーも僕も出会ったときはべつの相手がいたわけだ。付き合いのきっかけとして、ダブル浮気というのはきれいでも、めでたくもない。たがいの当時の恋人から紹介されたとなれば、なおさらだ。詳しいことは憶えてないが、ふたりは何かの理由で知り合いだった——ダニエルのルームメートとむかしマリアンがデートしたことがあるとか。その逆だったかもしれない。どんなふうに紹介されたか具体的なことは忘れたが、キャシーに会った瞬間のことは憶えている。電気ショックを受けたみたいだった。ロングの黒髪、力強い緑の目、そして唇——彼女は美しくて輝いていた。天使だった。

話がその場面におよぶと、キャシーはいったん口をつぐみ、にっこり笑って僕の手を取った。「憶えてる、セオ？どんな話をしたか。あなたは精神科の研修中だと言った。そしてわたしは、自分は頭が変なんだって言った——だからわたしたちは、ぴったりのふたりだったの」

このひとことで仲間たちは爆笑した。キャシーも笑い、僕を見て誠実そうに、不安そうに、目をのぞき込んだ。「冗談よ。だけど……ダーリン……まさにひと目惚れだった。そうでしょ？」

僕へのキューだ。僕はうなずいてキャシーの頬にキスをした。「そのとおりだった。本物の愛だ」

そう言うと、彼女の友達から異議なしという目が返ってきた。といっても芝居だったわけじゃない。キャシーの言うとおりで、本当にひと目惚れだった——ともかく、ひと目で欲望をあおられたのはまちがいない。あの晩はマリアンがいっしょだったというのにキャシーから目がはなせなかった。ダニエル相手に興奮ぎみにしゃべる彼女を、僕は遠くから見つめた——するとそのとき、彼女の唇が「ファック・ユー」と動くのが見えた。ふたりは喧嘩をしていたのだ。かなり熱くなっている様子だった。ダニエルは背を向け、外へ出ていった。

「ずいぶん静かかね」マリアンが言った。「どうしたの？」

「べつに」

「なら、うちに帰ろうよ。もう疲れた」

「まだ帰らない」僕は適当に聞き流して言った。「もう一杯飲もう」

「すぐ帰りたい」

「なら帰ればいい」

マリアンは傷ついた目で僕を見て、上着をつかんで出ていった。あしたは喧嘩になると思ったが、気にしなかった。僕はキャシーのいるカウンターまで歩いていった。

「ダニエルはもどってくる？」僕はたずねた。

「こないわ」キャシーは言った。「マリアンは？」

首を振った。「もどらない。もう一杯、どう？」

「いいわね」

そして、僕らは飲み物を追加で二杯注文した。カウンターの前で立ったまま話をした。心理療法の研修の話をしたのを憶えている。そしてキャシーは演劇学校時代の話をした。長くは通わなかった。初年度の終わりにはエージェントと契約したからで、彼女はそれ以来ずっとプロとしてやってきた。なんの根拠もないが、なかなかいい役者なのだろうと僕は想像した。

「勉強は向いてなかったの」彼女は言った。「とにかく外に出て、実践したかった——わかる？」

「何を？　芝居を？」

「そうじゃない。生きることを」キャシーは頭を傾けて、黒いまつ毛の下から僕を見た。エメラルドグリーンの瞳がいたずらっぽくこっちをうかがっていた。

「ねえ、セオ。忍耐はどこから来るの？　勉強をつづける忍耐は」

「たぶん外に出て、生きる、というのが嫌なんだろう。たぶん、臆病なんだ」

「嘘よ。臆病なら自分の彼女と家に帰ってた」

キャシーは笑った。驚くほど意地悪な笑いだった。乱暴に引き寄せて激しくキスをむさぼりたいと思った。そんな我慢できないほどの欲望をおぼえるのははじめてのことだった。抱き寄せて、唇にふれ、彼女の身体の熱を全身で感じたかった。

「ごめんなさい」キャシーは言った。「そんな言い方、ないわよね。頭にうかんだことを何でも口にしちゃうの。言ったでしょ、ちょっと頭が変だって」


キャシーはよくそんなふうに自分の異常性を主張した――「おかしい」「頭が変」「イカれてる」。だけど僕はまったく信じなかった。すぐに笑い、しょっちゅう笑うところからして、僕が味わったような闇に苦しんだとは考えられなかった。のびのびしていて、陽気な雰囲気があった――暮らしを楽しみ、人生をとことん面白がった。本人がどう言おうと、彼女は僕の知るなかでイカれているのとは一番遠い人間だった。いっしょにいると、自分がいつもより正気に感じられたくらいだ。

キャシーはアメリカ人だった。マンハッタンのアッパーウエストサイドで生まれ育った。母親がイギリス人であるおかげで二重国籍を持っていた――といっても本人はちっともイギリス人らしくなかった。断固として、わかりやすく、非イギリス的だった。しゃべり方だけでなく、物事の見方、対処の仕方までが。みなぎる自信、あふれる元気。こんな人は見たことがなかった。

　僕らはバーを出、タクシーを停めて僕のフラットの住所を告げた。短い道中は、ふたりとも無言だった。到着すると、彼女はそっと唇を押しつけてきた。僕は自制を捨てて彼女を引き寄せた。玄関の鍵を手さぐりするあいだも、キスをやめなかった。ほとんどなかに入らないうちから服を脱いで、転がるように寝室に行って、ベッドになだれ込んだ。

　その夜は、僕の人生のなかでもっともエロチックで幸せに満ちた夜だった。何時間もキャシーの身体をまさぐった。夜が明けるまで、ひと晩じゅう愛し合った。そこらじゅうに白があふれていたのを憶えている。カーテンの端から顔をのぞかせる白い日光、白い壁、白いシーツ。彼女の目の白いところ、彼女の歯、彼女の肌。肌がこんなふうに輝き、透きとおるものだとは、僕は知らなかった。白い大理石に色の糸が混ざったように、象牙色の肌の下から青い静脈がところどころ透けて見えていた。彼女は彫像だった。僕の手のなかで命を宿したギリシアの女神だった。

　僕らはたがいの腕につつまれて横になった。キャシーはこっちを向いていて、距離が近すぎて目の焦点が合っていなかった。僕はぼんやりした緑の海をのぞき込んだ。

「それで？」「それで？」と彼女は言った。

「マリアンはどうするの？」

「マリアン？」

　一瞬、顔がほころんだ。「あなたの彼女」

「ああ、そう。そうだった」僕は迷って口ごもった。

「マリアンのことはわからない」

　キャシーは目で天井をあおいだ。「ダニエルは？」「ダニエルなんて忘れて。わたしはもう忘れた」

「ほんとに？」

　キャシーは答えのかわりにキスをした。

　帰る前にキャシーはシャワーを浴びた。僕はそのあいだにマリアンに電話をかけた。ちゃんと会って伝えたかった。けれどもマリアンは腹を立て、この電話で用事をすませてくれと言い張った。別れを告げられるとは思っていなかったのだ。だが、実際はそういうことで、僕はできるだけ傷つけないように気を使った。マリアンは泣きだし、やがて取り乱し、怒りだした。結局、僕から一方的に電話を切ることになった。残酷だった、それはたしかだ――それに思いやりがなかった。あの電話は褒められたものじゃない。それでもあのときは、それが唯一の誠実なやり方のように思われた。ほかにどんなやりようがあったか、今でもわからない。

正式な初デートの場所はキュー植物園《ガーデン》だった。キャシーの案だ。僕が行ったことがないのを知ると、彼女は驚いた。「嘘でしょう？　あそこの温室に行ったことがないの？　熱帯の蘭《らん》全部を集めた大きな温室があって、年じゅうあたたかくしていてオーブンみたいなの。演劇学校に通ってたころ、よくあったまるためだけに行って、ぶらぶらしたわ。あなたの仕事帰りにそこで待ち合わせるのはどう？」それから急に自信なさそうに口ごもった。「それとも遠すぎ？」

「きみのためならキューガーデンより遠くだって行くよ、ダーリン」僕は言った。

「ばかね」彼女は僕にキスをした。

僕が着くと、キャシーはだぶだぶのコートにマフラーという格好で入り口で待っていて、子供のようにはしゃいで手を振った。「こっちよ、さあほら。ついてきて」

彼女は僕を引き連れ、熱帯植物のある大きなガラスの建物まで凍った泥道を進んでいって、ドアを押してなかに飛び込んだ。あとにつづくと、温度が一気にあがって、僕は熱波の猛攻を受けた。むしり取るようにマフラーとコートを脱いだ。キャシーはにっこり笑った。

「ほらね？　サウナみたいでしょう。すごくない？」

ふたりは上着を腕にかかえ、手をつないで通路を歩き、エキゾチックな花を見てまわった。

彼女といっしょにいるだけで、僕は未知の幸せを感じた。秘密の扉がひらかれ、キャシーがその向こう側に導いてくれたようだった——温もりと、光と、色の、そして数百もの蘭が青、赤、黄のまばゆい紙吹雪のように舞う、魔法の世界へと。

暑さでとろけ、角が取れていくような心地がした。長い冬眠のあと太陽の下に出て、目を覚まそうと瞬きする亀の気分だった。キャシーのおかげだ——キャシーは僕のもとにとどいた人生への招待状だった。僕は両手でそれをしっかりつかまえた。

これなんだ、そう思ったのを憶えている。これが愛なんだと。

なんの疑問もなくそれがわかった。そういう経験が過去になかったのはたしかだ。それまでのロマンチックなお付き合いは、期間も短かったし、双方の側にとって物足りないものだった。学生だった僕は勇気をかき集め、大量の酒の力を借りて、メレディスという社会学のカナダ人学生を相手に童貞を捨てた。彼女は尖った歯列矯正金具をしていて、キスをするたびにそれで唇を切った。その後は、何人かとの退屈な付き合いを経験した。望んでいたような特別な絆《きずな》は、永遠に見つかりそうもなかった。自分はあまりにぼろぼろで、人と親密になる能力がないのだとずっと思い込んでいた。それが今は、キャシーの伝染性の笑いを聞くたびに、興奮の波が身体を走り抜ける。彼女の若々しい元気と、気取りのなさと喜びを、僕はある種、肌から吸収した。彼女のすべての提案、すべての気まぐれに、僕はイエスと応じた。こんな自分は知らなかった。この新しい人物が気に入った。キャシーのおかげであらわれた、この臆することを知らない男が。ふたりは始終愛し合った。僕は肉欲におぼれ、飢えたようにつねに彼女を求めた。ふれないではいられなかった。どんなにくっついていても、くっつき足りなかった。

その年の十二月、キャシーは僕のところ、僕のケンティッシュ・タウンのひと間のアパートメントに転がり込んだ。分厚いカーペット敷きのじめじめした地下室で、窓はあっても外は見えない部屋だった。ふたりで過ごす初クリスマスはちゃんと祝おうということになった。僕らは地下鉄駅の近くの出店でツリーを買い、クリスマスマーケットで仕入れた飾りやライトでごてごて飾りつけた。

松葉、木、燃えるろうそくの香りは、今もありありとよみがえる。そして僕を見つめるキャシーの瞳がツリーのライトのように輝き、きらめいていたことも。僕は何も考えずにしゃべった。単純に言葉が口からこぼれてきた。

「結婚しないか」

キャシーは目を丸くした。「え？」

「キャシー、愛してるよ。結婚しよう」

キャシーは笑った。それから嬉しいことに、それに驚いたことに、彼女はイエスと答えた。

翌日、ふたりは出かけていって、彼女は指輪を選んだ。すると現実味が胸にわいた。僕らは婚約したのだ。

奇妙にも、まず思ったのはうちの両親のことだった。キャシーを紹介したかった。こんな幸せな自分を見てほしかった。ようやく逃げられたのだ。僕は自由だった。だからふたりでサリー行きの列車に乗った。あとから思えばまちがいだった。おかげで最初からケチがついてしまった。父は相変わらずの敵意で僕を迎えた。

「ひどい姿だな、セオ。痩せすぎだ。髪が短すぎる。まるで服役囚じゃないか」

「ありがとう、父さん。僕も会えて嬉しいよ」

母はいつもより憂鬱そうだった。いつもより静かで、なぜか小さくて、そこにいないかのようだった。無愛想で怖い目をした、にこりともしない父の存在が、ますます重苦しかった。父は最初から最後までキャシーを冷たい険しい目で見ていた。苦痛な昼食だった。両親はキャシーを気に入ったふうでもなく、僕らのことを喜んでいる様子もなかった。そのことになぜ驚いたのか、自分でもわからない。

昼食がすむと、父は自分の書斎に消えた。それきりいっさい出てこなかった。別れの言葉を告げるとき、母は僕をいつも以上に長く、強く抱きしめ、そして母の足はふらついていた。僕は絶望的なほどの悲しみに襲われた。キャシーと家を出るとき、僕の一部はいっしょに帰らずにその場に残った——囚われた永遠の子供として。途方に暮れ、絶望し、泣きそうになった。そのとき、いつもながらにキャシーが僕を驚かせた。彼女は両腕を巻きつけて僕を抱きしめ、耳元でこうささやいたのだ。「これでやっとわかった。全部わかった。ますますあなたを愛してるわ」

それ以上の説明はなかった。その必要はなかった。

僕らは四月に、ユーストンスクエアの近くの小さな登記所で結婚した。両親たちは招かれなかった。神も招かれなかった。キャシーの主張で宗教的ないっさいを排除したのだ。それでも式のあいだに、僕は密かに祈りの言葉を唱えた。こんな思いがけない、僕にはもったいない幸せをくださったことに、心のなかで神に感謝した。今では物事がはっきり見え、神のより大きな意図を理解することができた。ひとりぼっちで怯えていた子供時代の僕を、神は見捨てたのではなかった——キャシーを袖のなかに隠し、マジシャンのようにあざやかに出現させるときを待っていたのだ。

彼女とともに過ごす一瞬一瞬に、そうした謙虚な気持ちと感謝の念がわいた。こんな愛を得られた自分はとてもラッキーで、ものすごく幸運だという自覚があった。これはめったにないことだし、そういう運に恵まれる者ばかりじゃないこともわかっていた。僕の患者の多くは愛されなかった。アリシア・ベレンソンもそうだ。

キャシーとアリシア以上に両極端な女性は想像できない。キャシーは光、温もり、色彩、笑いを連想させる。アリシアのことを思うと、頭にうかぶのはただ深い淵と、暗闇と、悲しみ。

そして沈黙だ。

第二部

表現されない感情が死ぬことはない。生き埋めにされ、時を経てもっと醜いかたちで外に出てくる。

ジークムント・フロイト

1

アリシア・ベレンソンの日記

七月十六日

雨が恋しくなるなんて、思いもしなかった。熱波が来て四週間、まるで我慢大会。日ごとに暑さが厳しくなる感じがする。イギリスじゃないみたい。むしろ外国のよう――ギリシアとかの。

今はハムステッド・ヒースでこれを書いている。公園のどこに行っても、ここはビーチか戦場かというほど、赤い顔をした半分裸の人間が敷物やベンチでごろごろし、芝生の上でのびている。わたしは木の下の、陰のところにすわっている。今は六時で、そろそろ涼しくなってきた。金色の空では、沈みかけの太陽が真っ赤に染まっている。そんな光のなかではヒースもちがって見える。影はより濃く、色はよりあざやか。草は燃え、わたしの足元で炎がちらちら揺れているよう。

来る途中、靴を脱いで、裸足でここまで歩いてきた。それで、よく外で遊んでいた小さいときのことを思いだした。そこからまた、今年とおなじように暑かった、べつの夏を思いだした――母が死んだ夏。ポールといっしょに外で遊び、野生のデイジーの咲く金色の野原を自転車で走り抜け、空き家や、幽霊の出る果樹園で肝試《きもだめ》しをした夏。記憶のなかでは、その夏は永遠につづいている。母のことも、母がいつも着ていた、黄色いひもみたいなストラップのついた、カラフルなトップスのことも憶えている。か細くて頼りないストラップだった——本人のように。母はすごく痩せていて、小鳥みたいだった。よくラジオをつけて、わたしを抱きあげてポップソングに合わせて踊った。シャンプーと、タバコと、ニベアのハンドクリーム、それに、いつもほんのりウォッカのにおいをさせていたのを憶えている。あのとき何歳だったのだろう？　二十八？　二十九？　今のわたしよりも若かった。

考えると不思議な感じ。

来る途中、遊歩道の木の根っこのところに、小さな鳥が寝ていた。巣から落ちたんだと思った。動かないから、羽が折れたのかもしれないと思った。そっと指で頭をなでてみた。反応がなかった。つついて、ひっくり返した——そしたら、下半分は食われてなくなっていて、できたくぼみに蛆《うじ》がぎっしりつまってた。まるまる太った、白いにょろにょろした蛆……身をよじったり翻したり、のたくったり……。胃のなかのものがこみあげた——吐きそうになった。すごくぞっとして、すごく気持ち悪かった——言葉にならないほど。

それがどうしても頭から離れない。

七月十七日

わたしは暑さから避難して、繁華街のエアコンの効いたカフェに通うようになった。名前は〈カフェ・デル・アルティスタ〉。店は氷のように冷えていて、冷蔵庫のなかに入るみたい。わたしのお気に入りは窓辺の席で、そこでアイスコーヒーを飲む。読書したり、スケッチを描いたり、メモを取ったりすることもある。でもたいていはただぼうっとして、涼しさにひたった。カウンターの向こうの若いきれいな店員は退屈そうで、携帯電話を見て、時計をチェックして、一定の時間ごとにため息をつく。昨日の午後は、そのため息がとくに長いように感じられた。それで気づいたのだけど、閉店したくてわたしが帰るのを待ってたらしい。だから残念だけど店を出た。

この暑さでは、歩くのもひと苦労。ぐったりして、くたびれ果てて、へとへとになる。わたしたちのこの国には、それ用の設備がない――ゲイブリエルとわたしの家にはエアコンがない。というか、ある人なんている？ でもエアコンなしに寝るのは無理。わたしたちは夜は上掛けをはいで、真っ暗ななか裸になって汗だくで横になる。窓はあけてあるのに、そよ風さえ入らない。暑い空気が滞っているだけ。

昨日、扇風機を買った。ベッドの足元のチェストに置いたら、ゲイブリエルからたちまち文句が出た。

「音がうるさすぎる。永遠に眠れない」

「どっちみち眠れないんだから」わたしは言った。「少なくとも、サウナのなかで寝るよりましでしょう」

ゲイブリエルはぶつぶつこぼしてたけど、なんだかんだ言って先に寝ついた。わたしは扇風機の音を聞きながら横になっていた。あの優しいブーンという音が好き。目を閉じ耳を傾け、無になることができる。

わたしはプラグを挿したり抜いたりしながら、家じゅうその扇風機を持って歩いている。今日の午後は、庭の奥のアトリエまで持っていった。扇風機があればどうにか耐えられる。それでもやっぱり暑すぎて仕事がはかどらない。予定より遅れてる――でも、暑すぎてどうでもよくなってくる。

ちょっとした前進はあった――イエス・キリストの絵の何が悪いのか、やっとわかった。どうしてうまくいかないのか。問題はキリストと十字架という構図じゃなかった――問題は、それがそもそもキリストの絵じゃないところにあった。キリストに似てもいない（どんな顔だったかは知らないけど）。だってそれはキリストの絵じゃなかったから。

ゲイブリエルだった。

これまで気づかなかったのが、信じられないくらい。意図しないまま、キリストのかわりになぜかそこにゲイブリエルを再現していた。わたしが描いたのは彼の顔、彼の肉体。わけがわからないでしょう？　だからそれに身をゆだねないと――そして絵が要求してくることに応える。

絵の計画とか、こんなものに仕上がってほしいという考えが最初からあると絶対うまくいかないことは、もう学んだ。何も実らないままで、命は宿らない。だけど一生懸命注意して、一生懸命耳をすませていると、正しい方向を告げるささやき声が聞こえてくることがある。そして信仰のようにそれに屈伏すれば、思いがけない場所へ、自分で意図したところじゃないけれど、生のみなぎる輝かしい場所へ、わたしを導いてくれる――そして、結果として生まれてくるものは、わたしとは離れて、それ自身の生命力を持つ。

未知のものに屈伏するのが、わたしは怖いんだと思う。行き先がどこか知っておきたい。だからいつも、あんな何枚も下絵を描く。結果をコントロールしようとして。どうりで何も生まれてこないはずだ。自分の前で起きていることにちゃんと応えてないのだから。やるべきは、目をあけて、見ること――そして、どんな作品になってほしいかだけじゃなく、生まれようとしている命をしっかり意識すること。ゲイブリエルの肖像だとわかったから、これで絵にもどれる。再スタートできる。

ゲイブリエルにモデルを頼んでみよう。もうずいぶんやってもらっていない。このアイディアを喜んでくれるといいんだけど――冒瀆《ぼうとく》的だとか、そういうことを思わないといいんだけど。

ゲイブリエルはたまにそういう妙なことを言いだす。

七月十八日

今朝は丘をくだってカムデン・マーケットまで歩いた。何年かぶりだった。ゲイブリエルといっしょに、彼の若かりし過去をさがしにいった、あの午後以来だ。ゲイブリエルは十代のころよく遊びに出て、友人とひと晩じゅう眠らずに踊って飲んでしゃべった。夜明けにマーケットにくりだし、屋台の準備をながめたり、カムデン・ロックの橋でぶらつくラスタマンの売人からマリファナを入手しようとしたりした。わたしがいっしょに行ったときには、もう売人はいなかった——ゲイブリエルががっかりしたことに。彼は「もうここがどこだかわからない」って。「きれいになった、ただの観光地だ」って。

　今日ぶらぶら歩いて、マーケットが変わったんじゃなくて、むしろゲイブリエルのほうが変わったのかもしれないと思った。今だって十六歳ぐらいの子たちがたくさんいて、運河の両側で寝そべって日射しを楽しんでいた。身体がひしめいていた——男の子は短パンをまくりあげて上半身裸、女の子はビキニやブラジャー姿で。日に焼け、赤くなった肌、肌、肌。性のエネルギーがむんむんしていた。彼らの飢えた、もどかしげな生への欲求が。急にゲイブリエルが欲しくなった——彼の身体、たくましい脚、わたしをまたぐ太いもも。セックスをするときはいつも、どんなに求めても足りないほど、ゲイブリエルが欲しくてたまらない。ふたりが一体になること。わたしよりも、わたしたちふたりよりも大きな、言葉を超えた何か。神聖な何か。そうしたものをわたしは求めてやまない。

　ふと、近くの歩道にすわってこっちを見ているホームレスの男が目に入った。ズボンはひもで縛ってあり、靴はばらけないように粘着テープを巻いてあった。顔じゅう肌がただれて、ぶつぶつができていた。ふいに悲しみと嫌悪をおぼえた。饐《す》えた汗と尿のにおいがした。一瞬、話しかけられたのかと思った。でも、ひとりでぶつぶつ言っているだけだった――クソとか、ちくしょうとか。わたしはバッグの小銭を集めて、男にあげた。

それから家に帰るのにまた丘をのぼった。ゆっくり、一歩ずつ。いつもより急に感じられる。うだる暑さのなかでは、道のりは果てしなかった。なぜかあのホームレスのことが頭から離れなかった。哀れという思いのほかに、なんて言いあらわしていいかわからないべつの感情があった――恐怖のような。母親の腕にいる、赤ん坊のころのあの男を想像した。自分の赤ん坊が歩道でうずくまり、ぶつぶつ汚い言葉を吐く、頭のおかしな、汚くてくさい大人になると、母親は想像したことがあっただろうか。

自分の母のことを思った。母は頭がおかしかったの？　だからあんなことを？　黄色いミニの助手席にわたしをシートベルトで固定して、赤レンガの壁にスピードをあげて突っ込んでいったのは、なぜ？　あの車のことは大好きだった。あの楽しげなカナリアイエローの色が。わたしの絵の具箱にあるのとおなじ黄色。今は、その色は大嫌い――使うたびに、死が頭にうかぶ。

母はなぜあんなことを？　たぶんわたしには永遠にわからない。前は自殺だと思ってた。今は殺人未遂だと思ってる。だって、わたしも車にいたのだから。わたしが犠牲者になるはずだったと思うこともある――母が殺そうとしていたのは自分じゃなくて、わたしだったと。でも、そんなのはおかしい。母にわたしを殺したい理由がある？

坂をのぼるうちに目に涙があふれた。母のためでも――自分のためでも――なかったし、哀れなホームレスのためでもなかった。わたしたちみんなのために泣いていた。そこらじゅうに苦しみが転がっていて、わたしたちはそれにただ目をつむっている。実際、みんな怖いのだ。みんな、たがいを恐れている。わたしは自分自身を恐れている――それに、自分のなかの母を。母の危うさはわたしにも受け継がれている？　いつかわたしも――

だめ。やめ、やめ――

そのことは書かない。絶対に。

七月二十日

ゆうべはゲイブリエルと夕食に出かけた。金曜の恒例で。〝デート・ナイト〟と、彼は間抜けなアメリカ訛りで呼ぶ。

ゲイブリエルは日ごろから自分の感情を軽くあつかって、〝しめっぽい〟と思うものを小ばかにする。自分のことをシニカルで、情に流されない人間だと思いたがる。でも本当はとてもロマンチックな男――言うことはともかく、心のなかは。行動は言葉より雄弁、そうでしょう？　そしてゲイブリエルの行動を見ていると、純粋に愛されてると感じる。

「どこに行きたいの？」わたしは聞いた。

「三回以内にあててごらん」

「オーガストス？」

「あたり」

〈オーガストス〉は道をくだった先にある、近所のイタリアン。特別なものは何もない――でも、自宅みたいにくつろげるし、ふたりで何度も楽しい晩を過ごした。わたしたちは八時くらいに店に行った。エアコンが効いてなかったので、暑くてむっとする店内の、あけた窓辺にすわって、よく冷えた辛口の白ワインを飲んだ。最後のほうは、わたしはだいぶ酔いがまわって、ふたりはなんの意味もないことでたくさん笑った。レストランの外でキスして、家に帰って愛し合った。

ありがたいことにゲイブリエルは、少なくともいっしょに寝室にいるあいだは扇風機を許してくれた。わたしはそれを前に置いて、ふたりで腕をからめ合って、涼しい風にあたりながら横になった。ゲイブリエルはわたしの髪をなでてキスをした。「愛してる」とささやいて。わたしは何も言わなかった。必要ないから。わたしの気持ちは、彼はわかってる。

でも、愚かで気が利かないことに、わたしはムードをぶち壊しにした――モデルになってほしいと頼むことで。

「あなたの絵を描きたいの」

「またか？　前にやったじゃないか」

「あれは四年もむかし。もう一度、描きたいの」

「ふん」あまり乗り気じゃないようだった。「どんな感じのものが頭にあるんだ？」

わたしは口ごもった――それから、キリストの絵のためだと言った。ゲイブリエルは身を起こして、首を絞められたような声で笑った。

「おい、頼むよ、アリシア」

「何よ」

「さあな」彼は言った。「やめたほうがいいと思うけど」

「なぜ？」

「なぜだと思う。おれが十字架に磔《はりつけ》にされたところを描くんだろう？　人から何を言われることか」

「いつから人の言うことを気にするようになったの？」

「気にしないよ。たいていのことは。だけど――きみがおれをそういう目で見てると深読みされるかもしれない」

わたしは笑った。「あなたを神の子だなんて思ってないわ、まさか。ただの像よ――描いているうちに自然にそうなったの。意識的に考えたんじゃなく」

「なら、考えたほうがいいかもしれない」

「どうして？　あなたがどうとか、わたしたちの結婚がどうとかって話じゃないの」

「じゃあなんだ」

「わかるわけないでしょう」

それを聞いてゲイブリエルは笑い、やれやれという顔をした。「いいよ。やるよ、きみが望むなら。やってみるくらいいいだろう。自分が何をしているのか自分でわかってるんだろうから」

あまり応援してくれる言い方じゃなかった。でも、ゲイブリエルはわたしとわたしの才能を信じてくれている——彼がいなかったら、わたしは画家にはならなかった。ゲイブリエルがお尻をたたいて、なだめたりすかしたりしてくれなかったら、ジャン＝フェリックスと壁を塗っていた大学卒業後のぱっとしないあの数年間、わたしは前には進めなかったと思う。ゲイブリエルと出会う前は、わたしはなぜか道を見失っていた——自分を見失っていた。二十代のころにいちおう友達として付き合ってた、あのドラッグとパーティ三昧の子たちのことは恋しくもない。どうせ夜にしか会わなかった——光を避ける吸血鬼みたいに、みんな夜明けにはいなくなる。ゲイブリエルと出会うと彼らは眼中から消えて、わたしはそれにすら気づかなかった。もう彼らは必要なかった。ゲイブリエルを得たあとでは、もうだれも必要なかった。彼はわたしを救ってくれた——イエス・キリストのように。もしかしたら、あの絵はそういうことなのかもしれない。ゲイブリエルはわたしの世界のすべて——出会った日からずっとそう。彼が何をしても、どんなことがあっても、わたしは彼を愛しつづける——どんなにがっかりさせられても——どんなに無精で、だらしなくても——どんなに思いやりがなく、どんなに自己中心的でも。わたしはありのままの彼を夫として受け入れる。

死がふたりを分かつまで。

七月二十一日

今日、ゲイブリエルがアトリエに来て、モデルになってくれた。

「また何日もやらされるんじゃ、かなわないな」彼は言った。「どのくらいかかる予定だ?」

「ちゃんとやるには一回のセッションじゃ足りないわ」

「長い時間ふたりで過ごそうっていう、ただの策略か?　それなら最初のところは飛ばしてベッドに行くのはどうかな」

わたしは笑った。「たぶん、あとでね。あなたがお利口にして、あまりもぞもぞしなければ」

ゲイブリエルを扇風機の前に立たせた。髪が風になびいた。

「どんなふうにすればいい?」彼はポーズをつくった。

「そうじゃない。ただ、ふつうにしてて」

「苦悶の表情をうかべる?」

「キリストが苦しんだとはかぎらない。わたしはそんなふうに見てないの。顔をつくらないで——ただ、そこに立ってて。それから動かないこと」

「おっしゃるとおりに」

二十分ほどそうやって立っていた。それから疲れたと言ってポーズをやめた。

「じゃあ、すわって」わたしは言った。「でもしゃべらないで。顔を描いてるんだから」

ゲイブリエルは椅子にすわり、描かれるあいだ静かにしていた。ゲイブリエルの顔を絵にするのは楽しかった。きれいな顔をしている。力強いあご、高い頬骨、優美な鼻。スポットライトをあびてすわっていると、ギリシアの彫像のように見えた。どこかの英雄に。

でも、何かがうまくいかなかった——何かはわからない——無理に進めすぎたのかもしれない。とにかく、目の形と色がどうも正しく再現できなかった。ゲイブリエルにはじめて出会ったとき、まず気づいたのは目のなかのきらめきだった——左右の虹彩のなかに小さなダイアモンドが散りばめられたような。だけど、どうしてか、それがうまく描けない。たぶん、わたしの技量不足——それか、ゲイブリエルは絵でとらえることのできない何か特別なものを持っているのかもしれない。目はいつまでも死んだままで、命が宿らなかった。だんだん、いらいらしてきた。

「ああ、もう」わたしは言った。「うまくいかない」

「休憩にする？」

「ええ。そうする」

「セックスする？」

その言葉にわたしは笑った。「いいわ」

ゲイブリエルは勢いよく立って、わたしを抱きしめてキスした。そして、アトリエのその場で、床の上で愛を交わした。

そのあいだずっと、わたしはゲイブリエルの肖像の生気のない目をちらちらうかがった。その目は射抜くようにこっちをじっと見つめていた。わたしは耐えられなくて顔をそらした。

それでも、なおも見られているのを感じた。

2

アリシアとの面談の報告をするため、ダイオミーディーズをさがしにいった。彼は自分のオフィスで楽譜の山を調べていた。

「それで」顔もあげずに言った。「どうだった」

「どうにもなりませんでした」

からかうような目を向けられて、僕はもごもごと口にした。「どうにかするには、まずはアリシアに考え、感じてもらう必要があります」

「そのとおりだな。それできみが問題にしているのは……？」

「あんな薬漬けになっていたら、疎通は無理です。彼女はまるで六フィートの水面下にいるみたいだ」

ダイオミーディーズは顔をしかめた。「そこまでじゃないだろう。正確にどれだけの薬を投与されているかは知らないが――」

「ユーリに確認しました。リスペリドンを十六ミリですよ。馬にあたえる量です」

眉があがった。「たしかにずいぶん多いな。おそらく減薬は可能だろう。アリシアの治療チームはクリスティアンが率いている。彼と話をするといい」

「できれば、教授から伝えてもらったほうが」

「ふむ」訝《いぶか》しむ目で僕を見た。「クリスティアンとはむかしからの知り合いなんだろう？　ブロードムアのときからの」

「深くは知りませんが」

ダイオミーディーズはすぐには返事をしなかった。机の上の、砂糖がけのアーモンドの小皿に手をのばして、僕に勧めた。僕は首を振った。ダイオミーディーズはひと粒を口に放り込んで、嚙みくだき、あごを動かしながら僕をじっと見た。

「聞かせてくれ。クリスティアンときみは、完全に友好的な間柄なんだろうな」

「妙な質問をしますね。どうしてそんなことを？」

「敵意のようなものを感じたからだ」

「僕のほうにはありません」

「ならば向こうには？」

「それは本人に聞いてください。僕はなんとも思っていません」

「ふむ。わたしの思いすごしならいいが。だが、何かがありそうだ……。ともかく気をつけてくれ。敵対も競争も、仕事のじゃまだ。きみらはともに仕事をしないといけないんだ。足を引っ張り合うんじゃなくて」

「気をつけます」

「この議論にはクリスティアンにも関わってもらったほうがよさそうだ。きみはアリシアに感情を持たせたい。それは理解できる。だが、感情が生まれれば、危険も生まれることを忘れるな」

「だれにとっての危険ですか」

「もちろんアリシアだ」僕に向かって指を振った。「ここに連れてこられた当初、彼女に強い自殺衝動があったことを忘れてはならない。自分の命を絶とうとして、さんざんいろんなことをやった。それが薬のおかげで安定しているんだ。それで生きていられる。減薬すれば、感情に呑み込まれて手がつけられなくなる恐れがおおいにある。それだけの危険をおかす覚悟があるか？」

ダイオミーディーズの言っていることを、僕はとても真剣に受け止めた。そのうえでうなずいた。「われわれはそのリスクをおかすべきです、教授。そうしないと彼女との対話は不可能です」

ダイオミーディーズは肩をすくめた。「なら、わたしからクリスティアンに話しておこう」

「ありがとうございます」

「あとは、クリスティアンがどう出るかだ。精神科医は自分の患者の投薬に口出しされるのを、たいてい快く思わない。もちろん上から言えばすむことだが、それはわたしの流儀じゃない――それとなく話してみよう。クリスティアンがどう言うか、あとで伝える」

「話をするときは、僕の名前は出さないほうがいいかもしれません」

「なるほど」ダイオミーディーズは奇妙な笑いをうかべて言った。「よろしい。そうしよう」

デスクから小箱を出し、蓋をスライドさせると、なかから葉巻がずらりとあらわれた。一本を僕に勧めた。僕は首を振った。

「吸わないのか？」驚いたようだった。「きみは喫煙者のように見えるが」

「いえ。ときどきタバコを吸う程度です――ごくたまに……。やめようと努力しているところで」

「それはいいことだ」窓をあけた。「例のジョークは知ってるか？　セラピストになったら吸えないのはなぜかという、あれだ。自分の整理がまだできてないって証拠だからな」彼は笑って、葉巻を一本口にくわえた。「思うに、ここにいるわれわれは、全員がちょっとずつおかしいんだ。むかしあちこちの職場に貼られてた標語を知ってるか？　〝イカれてなくても務まるが、イカれていると何かといい〟ってな」

そう言うとまた笑った。葉巻に火をつけてふかし、外に向かって煙を吐いた。僕は羨望の目でそれをながめた。

3

昼食後、廊下をうろうろ歩いて出口をさがした。こっそり外に出て、タバコを吸うつもりだった。ところが、非常口のところでインディラに見つかってしまった。僕が道に迷ったと思ったようだった。

「大丈夫よ、セオ」僕の腕を取って言った。「自分の現在位置がわかるようになるまで、わたしは何ヵ月もかかったわ。まるで出口のない迷路。いまだに、たまに迷うもの。ここに来て十年だというのに」彼女は笑った。僕に反論の間をあたえずに、〈金魚鉢〉でお茶を飲もうと上の階に僕を連れていった。

「お湯を沸かすわね。それにしてもひどい天気だわ。雪だけにして終わってくれればいいのに……。雪というのは想像力を刺激する強力なシンボルだと思わない？　すべてをきれいにしてくれる。患者たちが雪の話ばかりしているのに気づいた？　見張ってるのよ。面白いわ」

それから驚いたことに、彼女は自分のバッグに手を入れて、ラップで包んだケーキの分厚いひと切れを出した。それを僕の手に押しつけて言った。「さあ。くるみのケーキ。ゆうべ焼いたの。どうぞ」

「ああ、ありがとう。僕は――」

「邪道なのはわかっているわ――でも、セッションのときにお菓子をひと切れあげると、扱いにくい患者からいつもいい結果が得られるの」

僕は笑った。「でしょうね。ところで僕は扱いにくい患者ですか？」

インディラは笑った。「ちがうけど、経験上、扱いにくいスタッフにもおなじくらい効き目があるわ――あなたはそれともちがうけど。少量の砂糖は気分向上に最適よ。以前は食堂で出すためにケーキを焼いていたけど、食べ物が外から持ち込まれることの安全衛生がどうのと、ステファニーが大騒ぎして。ケーキにやすりを忍ばせて牢屋に持ち込もうとするわけじゃあるまいし。でも、今も密かに少し焼いているの。独裁政府に対するわたしなりの反抗。さあ、食べてみて」

勧めではなく命令だった。ひと口食べた。おいしかった。みっちりして、ナッツの歯ごたえがあって、甘い。口がいっぱいだったので、僕は手でおおってしゃべった。

「これを食べたら、患者は絶対にご機嫌になります」

インディラは声をあげて笑い、嬉しそうに表情をくずした。そのとき僕は、インディラに好感をおぼえる理由に気づいた――母親のような穏やかな雰囲気があるのだ。僕のむかしのセラピストのルースを思いださせた。インディラがいらいらしたり怒ったりしているところは、想像できなかった。

お茶をいれてもらっているあいだ、僕は室内をながめた。ナースステーションはつねに精神科の活動の中心であり、核だった。スタッフがひっきりなしに出入りし、病棟の日々の業務はここで管理され、少なくとも実践的な決定は、この場所でくだされる。〝金魚鉢〟というのは看護師のあいだの通称で、壁が強化ガラスでできていることがその理由だった。つまり、スタッフはレクリエーションルームにいる患者を監視できる。少なくとも理論上は。だが実際は、患者が落ち着きなく外をうろつき、なかをのぞき込んで、われわれをじっと見る。要するに、むしろこっちのほうがつねに見られている。狭いスペースで、椅子の数も足りない。その椅子も、記録を入力する看護師にいつも占領されている。そんなわけで、必然的にここでは部屋の真ん中で突っ立っているか、遠慮がちにデスクにもたれることになり、なかにいるのが何人だろうと、混み合った感覚をおぼえる。

「さあ、どうぞ」インディラは言って、僕にマグをよこした。

「ありがとう」

クリスティアンがぶらぶら入ってきて、僕にうなずきかけた。いつも嚙んでいるペパーミントのガムが強烈ににおった。ブロードムアでいっしょだったときはヘビースモーカーだったのを憶えている。それは僕らの数少ない共通点だった。あれからクリスティアンは禁煙し、結婚して、女の子に恵まれた。どんな父親になったのだろう。思いやり深いタイプにはあまり見えない。クリスティアンは僕に冷たく笑いかけた。

「こんなふうに再会するとは、妙なもんだな、セオ」

「狭い世界だ」

「精神科の世界ということなら、たしかにそうだ」ほかにもっと大きな世界があって、自分はそっちに属しているとでも言いたげな口調だった。どんな世界か想像してみた。正直なところ、ジムにいる姿か、ラグビー場でスクラムを組んでいる姿くらいしか、はっきりとは思いうかばない。

クリスティアンが数秒間こっちをじっと見た。忘れていたが、この男にはそうやって間を取る癖がある。自分の出方を考えるあいだ、いつも長々と相手を待たせるのだ。その癖はブロードムアにいたときと同様に、ここでも僕をいらつかせた。

「どちらかというと不運なタイミングでチームにくわわったな」とうとう彼は言った。「ザ・グローヴの上にはダモクレスの剣が吊されている」

「そこまで危うい状況なのか」

「時間の問題だ。遅かれ早かれ、トラストはここを閉鎖する。要するに疑問なのは、きみはここで何をしているのかということだ」

「どういう意味で言ってる?」

「ネズミは沈む船から逃げていく。わざわざ乗り込んだりしない」

あからさまな攻撃に僕は唖然とした。餌には食いつくまいと思った。肩をすくめた。

「そうかもしれない。だけど僕はネズミとはちがう」

クリスティアンが反応する前にドンという大きな音がして、僕らを驚かせた。エリフが向こう側にいて、ガラスを両手のこぶしでたたいている。顔をガラスに押しつけていて、鼻がつぶれ、表情はゆがみ、さながら化け物のようだった。

「こんなもの、もう飲むか。絶対、嫌だね——何が薬だ、クソ——」

クリスティアンはガラスの小窓をあけて、そこからしゃべった。「今はその話をするときじゃない、エリフ」

「いいか、もう飲まないからな。あれを飲むと気分が悪い——」

「今はその話はしない。面談の予約を取りなさい。さあ、さがって」

エリフはにらみつけ、何やら思案した。そして背を向け、鼻を押しつけていたガラスに丸いくもった跡をうっすら残して、去っていった。

「なかなか個性的な人物だ」僕は言った。

クリスティアンがうなった。「厄介な患者だ」

インディラはうなずいた。「かわいそうなエリフ」

「彼女はどうしてここに?」

「二重殺人」クリスティアンが答えた。「母親と妹を殺した。寝ているあいだに窒息死させた」

ガラスの向こうを見た。エリフはほかの患者のいるところへ行った。威圧的に前に立った。ひとりが手にこっそり金をにぎらせ、エリフはそれをポケットに入れた。

ふと気づいたが、部屋の奥にはアリシアがいて、ひとり窓辺にすわって外を見ていた。しばし彼女をながめた。クリスティアンが僕の見ているものを見た。

「ところで、アリシアのことでダイオミーディーズ教授と話をした。リスペリドンを減らして様子を見ようと思う。すでに五ミリにまで減らした」

「なるほど」

「知っておきたいだろうと思ってね——彼女とのセッションをしたと耳にしたもんで」

「ああ」

「今回の減薬で本人にどんな反応が出るか、われわれはつぶさに監視する必要がある。ところで、わたしが担当する患者の投薬に問題があるときは、今度は直接言いにくるように。こそこそダイオミーディーズのところに行ったりしないで」クリスティアンはそう言いながら僕をにらんだ。僕は笑顔で返した。

「こそこそなんてしてないさ、クリスティアン。直接話すのでなんの問題もない」

不快な沈黙が流れた。クリスティアンは何かについて結論をくだしたように、ひとりでうなずいた。

「アリシアが境界性人格障害《ボーダーライン》だということには気づいているんだろうな。彼女はセラピーには反応しない。時間の無駄だよ」

「ボーダーラインだとなぜわかる？」僕は言った。

「話せないのに」

「話そうとしないだけだ」

「彼女は偽装していると？」

「ああ、わたしはそう思っている」

「偽装しているなら、ボーダーラインにはなり得ないのでは？」

クリスティアンの顔にいらだちがうかんだ。答える前にインディラが割って入った。

「悪いけど、〝ボーダーライン〟のような用語でひとくくりにするのは、あまり意味がないことだと思うわ。有用なことは何も見えてこないから」クリスティアンを横目で見た。「これはわたしとクリスティアンの意見がいつもぶつかる話題なの」

「じゃあ、あなたはアリシアのことをどんなふうに思いますか?」僕はインディラにたずねた。

インディラはその質問についてしばし考えた。「彼女に対して強い母性を感じている自分がいるわ。それがわたしの逆転移、彼女がわたしの心に呼び起こす反応よ。彼女には親身になってくれるだれかが必要なんだと感じるわ」インディラは僕に微笑んだ。「今では、ひとりいる。彼女にはあなたがいる」

クリスティアンは得意の不快な笑い方で笑った。「鈍くて申し訳ないが、アリシアが話さないなら、セラピーがどう彼女の役に立つんだ」

「セラピーは会話だけじゃない」インディラは言った。「安全な場所《セーフスペース》を提供することが大事なの——包容的な環境を。あなたも当然知ってのとおり、コミュニケーションの大半は非言語的なものでしょう」

クリスティアンは見放した目で僕を見た。「友よ、幸運を祈る」彼は言った。「あとはそれが必要だ」

4

「こんにちは、アリシア」僕は言った。

減薬してたったの数日だが、アリシアの変化はすでに顕著だった。動きがなめらかになったように見える。目の表情も以前よりはっきりした。虚ろな眼差しはもう消えた。別人のようだった。

ユーリとドアまで来たところで、彼女は動きを止めた。僕をじっと見つめたが、ちゃんと見るのはこれがはじめてだというように、まじまじと凝視して僕を品定めした。どんな評価をくだすのだろう。結局、進んで大丈夫だと判断したらしく、彼女は部屋に入ってきた。そして言われる前に椅子にすわった。

僕はユーリに向かってうなずき、はずすよう促した。

ユーリは一瞬迷ったのち、出ていってドアを閉めた。

アリシアの向かいに腰をおろした。つかの間、沈黙が流れた。しとしとと降る外の雨の音と、雨粒が窓をたたく音だけが響いた。とうとう僕のほうから言った。

「気分はどう?」

反応なし。アリシアは僕をじっと見た。瞬きしない目はランプのようだった。

僕は口をひらき、そしてふたたび閉じた。おしゃべりで空白を埋めたいという衝動に抗うことに決めた。そこで、ただ黙ってすわっていることにより、何かべつのことを、何か非言語的なものを伝えようとした。こんなふうにふたりでいて大丈夫だということ、僕が彼女を傷つけることはなく、僕を信頼していいということを。アリシアにうまく話をさせたいなら、まずは彼女の信頼を勝ち取らないといけない。それには時間がかかる。何事もひと晩では成し遂げられない。氷河のように動きは遅い。だが、それは動く。

ふたりで黙ってすわっているうちに、こめかみがずきずきしだした。頭痛が来る。特徴的な症状だ。ルースがよくこんなことを言っていたのを思いだした——「いいセラピストになるには、患者の感情をきちんと受け取らないといけない。でもそれにこだわりすぎては、だめ。それはあなたの感情じゃない——あなたのものじゃないのだから」。つまり、ずきずきという頭の疼《うず》きは、僕の痛みではない。アリシアのものだ。そして、急に襲ってきたこの悲しみも、死にたい、死にたい、死にたい、という衝動も、僕のものではない。すべては彼女のもの。僕はじっと椅子にすわり、彼女のかわりに感じた。頭痛がし、胃がむかつき、そんな状態が何時間もつづくように思われた。とうとう五十分が終わった。僕は腕時計を見た。

「これで終わりにしないと」

アリシアは頭を垂れて、自分のひざにじっと目を落とした。僕の気持ちは揺れた。自制心をコントロールすることができなかった。声を落とし、心から言った。

「きみを助けたいんだ、アリシア。それだけは信じてほしい。きみの目を覚まさせてあげたい、それが本当のところだ」

するとアリシアが顔をあげた。僕をじっと見た──

──見透かすような目で。

　助けられるわけがない、とその目は叫んでいた。自分を見なさい。自分自身さえろくに助けられないくせに。いろいろ知っていて賢そうなふりをしているけれど、ここにすわっているべきは、わたしじゃなく、あなたよ。気色悪い変人。ペテン師。嘘つき。嘘つき──

──

　彼女にじっと見つめられながら、セッションのあいだじゅう僕を悩ませていたものがなんだったのか気づいた。言葉で表現するのはむずかしいのだが、心理療法士というのは、身体行動、会話、目の光──取りつかれたり、不安や狂気をたたえたような光──から、精神的苦痛を認識することに順応している。そして、僕を落ち着かない気分にさせていた原因がそこだった。すなわち、長年の薬物治療や、みずからが為し、苦しめられたさまざまな経験にもかかわらず、アリシアの目は夏の日のように晴れてくもりがなかったのだ。彼女は狂気におかされてはいない。だとすれば、なんなのだ？　あの目の表情はなんだ？　どう表現するのが正しい？　あの目は──

　考えが最後までまとまる前に、アリシアがいきなり椅子から立った。鉤爪《かぎづめ》のように両手をのばして、僕に飛びかかった。動く間も、よける間もなかった。上に乗られてよろけ、いっしょになって床に倒れ込んだ。

　後頭部ががつんと壁にあたった。アリシアは僕の頭を何度も何度も壁に打ちつけた。そして、引っかき、殴り、爪を立て──僕は全力を振りしぼってやっとのことで彼女を引きはなした。

　床を這っていって、テーブルの上に手をのばした。

防犯ブザーを手さぐりした。指がつかもうとしたそのとき、アリシアが飛びかかってブザーを僕の手からはらい落とした。

「アリシア――」

彼女の手が首をきつくつかんで、絞めあげようとする。ブザーを手さぐりしたが、とどかない。両手が深くめり込んでくる。息ができなかった。もう一度必死に手をのばした。今度はどうにかつかめた。僕はブザーを押した。

たちまちけたたましい警報音が鳴って、わんわん響きわたった。ドアがひらく音と、援護を求めるユーリの声が、遠くから聞こえてきた。アリシアは僕から引きはなされ、首を絞めていた手が離れた。僕はあえいだ。

看護師が四人がかりでアリシアを取り押さえた。彼女は何かに憑依《ひょうい》されたかのように身をよじって暴れた。人間というよりは野生動物のように見えた。凶暴な獣《けだもの》に。クリスティアンがやってきて鎮静剤をあたえた。アリシアは意識を失った。

ようやく、静けさが訪れた。

5

「ちょっと染みるぞ」

ユーリが〈金魚鉢〉で出血した引っかき傷の手当てをしてくれた。消毒薬の容器をあけて、綿棒につけた。薬品のにおいは僕を学校の医務室に連れもどし、校庭で喧嘩してできた傷や、擦りむいたひざやひじの記憶をよみがえらせた。保健の先生の世話を受け、包帯を巻いてもらい、がんばった褒美にキャンディーをあたえられたあのときの、あたたかな心地よさは忘れられない。と、消毒薬が肌に染みて、一気に現時点にもどされた。今度のこの傷は、簡単には治りそうにない。

僕は顔をしかめた。

「ハンマーで殴られたみたいに頭が痛い」

「ひどい痣《あざ》だ。あしたには、こぶができる。経過に注意したほうがいいな」ユーリは首を振った。「ふたりきりにすべきじゃなかった」

「僕が無理にそうさせた」

ユーリはうなった。「そのとおりだが」

「だから言っただろうと言わないでくれて、ありがたいよ。感謝する」

ユーリは肩をすくめた。「おれが言うまでもない。教授がかわりに言うだろうから。オフィスに来てくれってさ」

「そうか」

「あの顔からすると、問題はおれじゃなく、きみらしい」

僕は立ちあがろうとした。ユーリが慎重な目で僕を見た。

「慌てるな。ゆっくりでいい。ちゃんと準備ができてからで。ちょっとでもめまいや頭痛がしたら言うんだ

「大丈夫だ。本当に」

厳密には大丈夫ではなかったが、実際の痛みより見た目のほうがひどかった。血のにじむ引っかき傷、それに、息の根を止めようとしてできた、首のまわりの黒い痣――アリシアは血が出るほど深く爪を食い込ませた。

教授のドアをノックした。僕の姿を見て、ダイオミーディーズの目が大きくなった。舌を鳴らした。「おやおやおや。縫わなきゃならなかったか?」

「いえ、まさか。僕なら大丈夫です」

ダイオミーディーズは疑いの目をして、僕をなかに通した。「入れ、セオ。かけたまえ」

ほかの面々はすでにそろっていた。クリスティアンとステファニーは立っていた。インディラは窓辺にすわっている。正式な接待のような雰囲気で、僕は今から馘《くび》になるのかもしれないと思った。

ダイオミーディーズは自分の机の前にすわった。あいた椅子にかけるよう、身ぶりで僕に伝えた。僕は従った。ダイオミーディーズはしばらく無言でじっと僕を見つめ、指で机をたたきながら、何をどんな言い方で言うべきか思案した。だが考えがまとまる前に、ステファニーが先を越した。

「今回のことは遺憾です」彼女は言った。「非常に遺憾です」僕に顔を向けた。「あなたが無事なようで、わたしたち一同はもちろんほっとしています。でも、あらゆる疑問がわいてくることに変わりはありません。まず、アリシアとふたりきりで何をしていたのか」

「僕が悪いんです」僕は言った。「ユーリに行っていいと言った。全部、僕の責任です」

「なんの権限でそんな決定をしたんですか。もしふたりのどちらかが大怪我をしたり――」

ダイオミーディーズが割って入った。「大げさにするのはやめようじゃないか。幸い、どっちにも怪我はないぞ」

なかった」おざなりに僕を示した。「ちょっとの引っかき傷程度で軍法会議をひらくことはない」

ステファニーは不快な表情をした。「ここはジョークを言う場ではないでしょう、教授。どう考えても」

「だれがジョークを？」ダイオミーディーズは僕に目を移した。「わたしは真剣そのものだ。セオ、話してくれ。何があった？」

全員の視線が集中するのがわかった。僕はダイオミーディーズに注意を向けた。慎重に言葉を選んだ。

「彼女が襲いかかってきた。そういうことです」

「そこまではわかっている。だが、理由は？　挑発されてもいないのに、ということか？」

「ええ。少なくとも意識的には」

「無意識的には？」

「アリシアはどこかのレベルで僕に反応したということでしょう。それだけコミュニケーションを取りたがっている証拠だと思います」

クリスティアンが笑った。「そういうのをコミュニケーションと呼ぶか」

「ああ、呼ぶ」僕は言った。「怒りは強力なコミュニケーションだ。ほかの患者は――ぼんやりした顔で、ただすわってるだけのゾンビたちは――あきらめた。アリシアはちがう。あの攻撃は、彼女が直接的に口で言えないことをわれわれに伝えている――苦痛、絶望、苦悩を。彼女は自分のことをまだあきらめないでくれと、僕に伝えようとした。まだ待って、と」

クリスティアンは呆れた表情をした。「もう少し詩的でない解釈をするならば、薬が薄れて正気を失ったということだろう」ダイオミーディズのほうを向いた。

「こういうことになると、わたしは言いましたね、教授。減薬の危険を警告しましたよね」

「本当に、クリスティアン？」僕は言った。「自分の考えでやったことだと思ってた」

クリスティアンは目をまわして僕の質問を受け流し

た。思うに、クリスティアンはとことん精神科医なのだ。つまり精神科医は、精神力動的な考え方を疑問視する傾向にある。彼らはもっと生物学的で、化学的で、そしてわけても実践的なアプローチを好む——アリシアが食事のたびにわたされる、錠剤を入れたカップのような。おまえが役に立てることは何もない、クリスティアンの細められた無愛想な目はそう語っていた。

一方、ダイオミーディーズの目にはもっと思いやりがにじんでいた。「こんなことになって、意気消沈したんじゃないのか、セオ」

首を振った。「逆にやる気が増しました」

ダイオミーディーズは満足げな顔でうなずいた。「そうか。わたしも同感だ。きみにそこまで強烈な反応を示したという事実は、まちがいなく追究の価値がある。このままつづけるべきだと、わたしは考える」

それを聞いてステファニーは黙っていられなかった。「それはまったくの論外です」

耳に入らなかったかのように、ダイオミーディーズは話をつづけた。僕から目を動かさずに言った。「彼女に話をさせることができると思うか」

僕が答える前に、うしろから声があがった。「ええ、この人にはできると思うわ」

インディラだった。いたのを忘れかけていた。僕はふり返った。「それにある意味では、すでに話しはじめたということでしょう。セオを通じてコミュニケーションをしている——セオはアリシアの代弁者なの。早くも進展があったのよ」

ダイオミーディーズはうなずいた。しばし考え込む顔つきをした。何を考えているかはわかった——アリシア・ベレンソンは有名な患者で、トラストに対して強力な取り引き材料になる。アリシアの改善を目に見えるかたちで示せれば、ザ・グローヴを閉鎖から救うのにひとつ有利になる。

「結果が出るまでどのくらいだ？」ダイオミーディーズ

ズは言った。

「それには答えられません」僕は言った。「あなただっておわかりでしょう。かかるだけかかる。半年、一年。たぶんもっと――数年かかってもおかしくない」

「六週間だ」

　ステファニーが居住まいを正して腕を組んだ。「この施設の長はわたしです。許可は絶対に――」

「わたしはザ・グローヴの診療部長だ」ダイオミーディーズが上から言った。「これはきみではなく、わたしが決めることだ。ここにいる忍耐強いわれらがセラピストが負ういかなる怪我に対しても、わたしが全責任を持つ」僕にウィンクしながらそう言った。

　ステファニーはそれ以上何も言わなかった。ダイオミーディーズを、それから僕をにらんだ。そして身を翻して出ていった。

「やれやれ」教授は言った。「きみはステファニーを敵にまわしてしまったようだ。なんて不幸な」インディラと笑みを交わし、そして真剣な顔で僕を見た。「六週間だ。わたしの指導《スーパーヴィジョン》のもとで。わかったか」

　僕はもちろん同意した――同意するしかなかった。

「六週間ですね」

「よろしい」

　クリスティアンはいらだちをあらわに立ちあがった。「六週間たとうが六十年たとうが、アリシアは話さない。時間の無駄だ」

　そう言うと出ていった。なぜそこまで僕の失敗を確信しているのか。

　だがかえって僕は、なんとしても成功させてみせると決意を固くした。

6
たくたになって帰宅した。習慣のなせるわざで、電球が切れているのに廊下の電気のスイッチをつけた。交換するつもりでいたが、ふたりともいつも忘れる。

キャシーは留守だとすぐにわかった。静かすぎるし、彼女は静かでいられない性質だ。騒々しいわけじゃないが、彼女の世界は音に満ちていた——電話でしゃべり、台詞を暗唱し、映画を見、歌い、ハミングし、僕の聞いたことのないバンドの音楽を聴く。けれども今は、家はしんと静まり返っている。名前を呼んだ。やはり習慣のなせるわざか——あるいは罪悪感からかもしれない。悪いことをする前に、自分しかいないのを確かめたくて。

「キャシー？」

返事はなかった。

暗いなか手さぐりでリビングまで進んだ。明かりをつけた。

新しい内装に慣れるまではそういうものだが、部屋がわっと目に飛び込んできた——新しい椅子、新しいクッション、新しい色。黒と白だったところにある赤と黄。テーブルにはピンクの百合——キャシーの大好きな花——を入れた花瓶がある。強い濃厚なにおいで空気がむっとし、息苦しかった。

今は何時だ？　八時半。彼女はどこにいる。リハーサルだろうか。今はロイヤル・シェイクスピア・カンパニーの『オセロ』の新作に参加していて、稽古はあまり順調といえないらしかった。果てしなくつづくリハーサルに演者は参っていた。キャシーは見るからにくたびれ、顔色も悪く、いつもより痩せ、風邪を患っていた。「ずっと体調が悪いわ」彼女は言った。「くたくたよ」

　そのとおりだった。リハーサルからの帰りが一日ごとに遅くなり、彼女は毎晩ひどい様子で帰宅した。あくびをし、すぐにベッドに倒れ込む。ということは、少なくともあと数時間は帰ってこないにちがいない。僕は賭けに出ることにした。

　隠し場所からマリファナの容器を出して、ジョイントを巻きはじめた。

　マリファナを吸うようになったのは大学のときからだ。最初の学期の、友のいない孤独な新入生パーティで出合った。僕は萎縮して、まわりにいる見てくれのいい、自信に満ちた若者たちのだれとも会話に入れなかった。パーティを抜けだそうと画策していると、横にいた女の子が何かをくれた。最初はタバコかと思ったが、ゆらめく黒い煙はスパイスのような独特のにおいを放っていた。僕は断る意気地もなく、ジョイントを受け取って唇に運んだ。巻き方が下手で、途中でゆるみ、最後にはばらけた。端は湿り、彼女の赤い口紅がついていた。タバコとはちがう味がした。もっと豊かで、生《き》の風味がして、エキゾチックだった。濃厚な煙を吸い、咳き込みそうになるのをこらえた。最初は、足が少し軽くなっただけだった。セックスもそうだが、明らかに実際より騒がれすぎだ。するとその後――一分かそこらが過ぎ――何かが起こった。信じられないことが。幸せの巨大な波にどっぷりつかったような感じがした。安心してリラックスし、気が楽になって、ぼうっとして、自分がどうでもよくなった。

　そんなわけだ。毎日やるようになるまで長くはかからなかった。それは僕の親友になり、原動力になり、慰めになった。紙で巻き、舐《な》め、火をつける、という終わりのないくり返し。巻紙のカサカサいう音と、あたたかな酔い心地への期待だけで、僕はハイになることができた。

　依存の由来については、あらゆる理論が提唱されている。遺伝、化学物質、心理的なもの。だが、マリファナは僕に、心を落ち着かせる以上のものをもたらした。なんとそれは僕の喜怒哀楽の感じ方を変えたのだ。愛情をたっぷり受ける子供のように、マリファナは僕をあやし、抱っこして守ってくれた。

言い換えると、それは僕を包容したのだ。

赤ん坊の苦痛に対応する母親の能力を言いあらわすのに〝包容《コンテイニング》〟という用語を生みだしたのは、精神分析医のW・R・ビオンだ。前にも述べたとおり、乳幼児期は幸福な時代ではない。むしろ恐怖の時代だ。赤ん坊のときのわれわれは、目でまともに見ることのできない奇妙で未知の世界に囚われていて、何かにつけ自分の身体に驚かされ、飢えとゲップとお腹の動きに怯え、感情に支配される。まさしく、文字どおり攻撃にさらされているのだ。母親に苦しみを癒やし、経験に意味をあたえてもらうことが必要だ。そうしてもらいながら、自分の身体や感情の状態に対処していくことを、自然にゆっくり学んでいくのだ。だが、自分を包容する能力は、母親がその子を包容する能力に直接左右される――母親が自身の母に包容された経験がなければ、みずからの知らないことを子供に教えられるだろうか？　自分を包容することを学ばなかった者は、一生涯不安な気持ちにさいなまれる。ビオンはこの感情に〝言いようのない恐怖〟という、うまい名前をつけた。そして、そういう者たちは、満たされない包容を際限なく外に求めるようになる―終わりのない不安を〝やわらげる〟ため、酒の一杯、ジョイントの一本が必要になる。そんなふうにして僕はマリファナに依存した。

僕はセラピーでマリファナのことをたくさん話した。やめることについて一生懸命考え、やめると考えるだけでなぜ恐ろしくなるのか疑問をいだいた。するとルースは、強制や制限は何もよいことを生まない、マリファナなしに生きることを自分に強いるより、自分がそれに依存していること、やめたくないか、やめられずにいることを認めるところからはじめたほうがいい、と言った。マリファナが僕にあたえる何かしらの効用はなおもつづいている、いつか役に立たなくなるときが来て、そうなればきっと簡単にやめられる、そうルースは主張した。

それは正しかった。キャシーと出会って恋に落ちると、マリファナはすっかり影が薄くなった。恋で自然にハイになり、無理やり気分を高揚させるまでもなかった。キャシーがマリファナをやらないのもよかった。キャシーに言わせると、マリファナ常用者は意志が弱くて怠け者で、スローモーションのなかで生きているらしい。針で刺すと六日たって〝いたっ〟と言うのだとか。キャシーが僕の家に移り住んできたその日に、僕は吸うのをやめた。そして——ルースの予言どおり——安心と幸せを手に入れると、乾いて固まった泥がブーツからはがれ落ちるように、ごく自然に習慣が僕から離れていった。

ニューヨーク行きが決まったキャシーの友人ニコールの送別会に行かなければ、二度と吸うことはなかったかもしれない。キャシーを役者仲間に独占されて、僕は気づくとひとりだった。ネオンピンクの眼鏡をかけたずんぐりした男がそばに来て、僕をつついて「いるか？」と言った。マリファナをさしだして。僕は断ろうとしたが、何かに止められた。何かはわからない。一瞬の出来心か。こんな最低のパーティに連れてきておきながら僕を放置した、キャシーへの無意識のあてつけか。見まわしたが、キャシーの姿は見えなかった。知ったことか、と思った。そしてマリファナを口に運んで、吸い込んだ。

そんなふうにして僕は振り出しにもどった——やめていた時期などなかったかのように。僕の依存は忠実な犬さながらに、その間ずっと辛抱強く僕を待っていたのだ。何をしたかはキャシーには告げなかったし、自分でも忘れるようにした。というより、じつは機会が訪れるのを待っていた——六週間後、それはやってきた。キャシーはニコールに会いに、一週間ニューヨークへ行った。キャシーの影もなく、孤独で退屈だった僕は、誘惑に屈した。もうツテはなかったので、学生のときと同様にカムデン・マーケットへと足を向けた。

駅を出ると、お香や玉ねぎを炒める屋台のにおいに混ざって、マリファナのにおいをかぎとることができた。カムデン・ロックの橋まで歩いた。橋を行き来する、観光客や若者の絶え間ない流れに押されたりぶつかったりしながら、僕はぎこちなく立ち尽くした。

人混みを目でさがした。橋の上にずらりと陣取り、通ると声をかけてきたかつての売人たちは、今は見あたらなかった。混雑したなかをパトロールする、いかにも派手な黄色い上着を着た二人組の警察の姿があった。警官は橋をあとにすると、駅へと向かっていった。

とそのとき、すぐ横で低い声がした。「よう兄さん、グリーンはいるか」

見おろすと、やけに小さな男がいた。最初は子供かと思った。それくらい痩せて小さかった。けれども顔はでこぼこの土地の地図のようにしわが縦横に刻まれていて、老け込んだ少年のように見えた。前歯が二本なく、単語に息が混じった。「グリーンだ」男はくり返した。

僕はうなずいた。

相手は頭を動かして、ついて来いと合図した。人混みをすいすい歩いて角をまがり、裏道を進んでいった。古いパブに入ったので、僕もあとにつづいた。店はさびれ、薄汚れてぼろぼろで、嘔吐物と古い紫煙の悪臭がした。

「ビールをくれ」男は言ってバーの前をうろうろした。カウンターをやっとのぞける背丈しかなかった。僕はしぶしぶ半パイントのビールを買ってやった。男はそれを持って隅のテーブルにつき、僕も向かいにすわった。男はこそこそ周囲を見まわすと、テーブルの下に手をのばし、セロファンでくるまれた小さな包みをそっとよこした。僕は金を払った。

家に帰り、包みをあけた。カモられたかもしれないと半ば不安だったが、懐かしい独特のにおいが鼻まで立ちのぼってきた。僕は金色の筋の入った緑の小さな蕾《つぼみ》を見た。ずっと行方知れずだった友と再会したように、心臓が高鳴った。実際、そうだったのだ。

それからというもの、家で数時間ひとりになり、キャシーがすぐには帰ってこないと確信するたびに、僕はマリファナをやった。

そしてその晩、疲労といらだちをかかえて帰宅し、キャシーがリハーサルでいないのを知ると、僕はマリファナを一本手早く巻いた。バスルームの窓から煙を吐いた。だが、吸い込んだ量も多すぎたし、急ぎすぎた。眉間をパンチされたように、がつんと来た。すっかり酔いがまわり、歩くことさえむずかしく、感覚としては進んでも進んでも前進しなかった。いつもの証拠隠滅の儀式——芳香剤、歯磨き、シャワー——をひととおりすませ、どうにかそろそろとリビングまで移動した。僕はソファに沈み込んだ。

テレビのリモコンをさがしたが、見あたらなかった。すると、コーヒーテーブルのキャシーのあけっぱなしのPCのうしろから、それがのぞいているのが目に入った。取ろうとしたが、僕はキマりすぎていて、うっかりPCを倒してしまった。立てなおした。するとスクリーンが生き返った。メールアカウントにログインしたままだった。なぜだか僕は、それをじっと見つめた。釘づけになった——受信箱が、ぽっかりあいた穴のようにこっちを見つめている。目をそらすことができなかった。自分が何を読んでいるか理解する前に、あらゆるものが目に飛び込んできた。メールの見出しにある〝セクシー〟とか〝ファック〟とかいった言葉

――そして〝BADBOY22〟からくり返し送られてきたメール。
そこでやめるべきだった。立ってその場を離れればよかった――だが、僕はそうしなかった。
一番最近のメールをクリックして、ひらいた。

見出し Re: 淫乱なお嬢さん
差出人 Katerama_1
宛先 BADBOY22

今はバスよ。あなたが欲しい。あなたのにおいが肌に残ってる。淫らな気分よ! K××

iPhoneより送信

見出し Re: re: 淫乱なお嬢さん
差出人 BADBOY22
宛先 Katerama_1

きみは淫らだ! (笑) あとで会う? リハーサル後?

見出し Re: re: re: 淫乱なお嬢さん
差出人 Katerama_1
宛先 BADBOY22

OK。八時半? 九時? ××

iPhoneより送信

見出し Re: re: re: re: 淫乱なお嬢さん
差出人 BADBOY22
宛先 Katerama_1

OK。何時に身があくか、まだわからない。また連絡する。

テーブルからPCを引っぱった。ひざにのせてすわり、じっと見つめた。どのくらいの時間、そうやっていたかわからない。十分？　二十分？　三十分？　もっとかもしれない。時間の歩みが這うようにゆっくりになった。

たった今目にしたことを、どうにか処理しようとした——けれど、まだかなり酩酊《めいてい》していて見たことに確信が持てなかった。あれは本物か？　それとも何かの誤解——ハイになっているせいで理解のできない、何かのジョークか？

がんばってべつのメールを読んだ。

さらにもう一通。

結局、キャシーがBADBOY22に送ったメールを全部読んだ。性的で露骨すぎるメールもあった。もっと長くて、もっと感情を吐きだすメールもあって、キャシーは酔っぱらっているようだった——きっと僕が寝たあとで、夜中に書いたにちがいない。自分が寝室で眠りこけているところを想像した。そのあいだもキャシーはここで、この何者かに宛てて親密なメッセージを書いていた。肉体関係にある何者かに。

いきなり時間が現実に追いついてきた。急に僕は素面《しらふ》になった。恐ろしく痛々しいまでに冷静だった。

腹が痛みでよじれた——PCをわきに投げた。バスルームに駆け込んだ。

トイレの前にひざをついて、僕は吐いた。

7

「前回とは気分的に何かがちがうな」僕は言った。

反応なし。

アリシアは向かいにすわり、頭をわずかに窓のほうに傾けていた。のばした背筋をこわばらせ、ただじっとすわっている。チェリストのように見えた。あるいは兵士か。

「僕は今、この前のセッションがどんなふうに終わったかについて考えている。きみが物理的に僕を攻撃し、拘束されたときのことを」

反応なし。僕は少ししてつづけた。

「あんなことをしたのは、ある種のテストだったんじゃないだろうか。僕がどの程度のやつか確かめるための。そう簡単にひるまないのを知っておいてもらうのは大事だろう。どんなものを投げつけられても、僕は受け止められる」

アリシアは格子のついた窓ごしに、灰色の空をながめていた。僕は少し待ってからつづけた。「アリシア、聞いてほしいことがある。僕はきみの味方だ。いつかそれを信じてもらえるといいと思ってる。もちろん信頼を築くには時間がかかる。僕のむかしのセラピストは言っていた。相手に応じてもらう経験を何度もくり返すことで、ようやく親密になれる。そして、それはひと晩で為し得ることじゃない、と」

アリシアは無表情な目で、瞬きひとつせずに僕を見つめた。数分が過ぎた。治療のセッションというより我慢比べのようだった。

どの方面にも進展はゼロのようだ。たぶん、何をやっても見込みなしなのだろう。ネズミは沈む船から逃げだすと言ったクリスティアンは正しかった。この難破船に這いあがり、自分をマストに縛りつけて溺れる支度をしている僕は、いったい何をしようとしているのか？

その答えはもちろん目の前にあった。ダイオミーディーズの言ったとおり、アリシアは僕を破滅へと誘い込む沈黙のセイレーンなのだ。

突然の絶望に襲われた。彼女に向かって叫びたかった——「何か話せ。なんでもいいから、何か言え」と。

だがそれはこらえた。かわりに僕は治療の常識を破った。やんわり攻めるのをやめ、直接核心に迫ったのだ。「きみが黙っていることについて話がしたい。それが何を意味するのか……どんな気分なのか。それに何より、なぜ、話さなくなったのかについて」

アリシアはこっちを見なかった。もしかして聞いてもいないのか？

「こうしていっしょにすわっていると、あるイメージがくり返し頭にうかんでくる——自分のこぶしを嚙んで、叫びを押し殺し、悲鳴をこらえる人の姿だ。今も憶えているが、僕はセラピーを受けはじめた当初、泣くことがむずかしかった。そのまま洪水に押し流されてしまいそうで怖かった。たぶんきみも、そんなふうに感じているんだろう。だから、安全だと思えるようになるまで時間をかけることが大切だし、その洪水に呑まれても自分ひとりじゃないと信頼することが重要なんだ——僕もいっしょに洪水を乗りきる」

沈黙。

「僕は自分を関係療法のセラピストだと考えている。意味はわかるかな」

沈黙。

「思うに、フロイトはいくつかの点においてまちがっていた。フロイトはそれを期待したが、セラピストが白紙になりきれるとは、僕は思わない。われわれセラピストたちは、意図せずにあらゆる情報をもらしている——靴下の色、すわり方、話し方によって。こうしていっしょにすわっているだけで、僕は自分自身の多くを露呈している。一生懸命、透明になろうと思っても、自分という人間をさらけだしている」

アリシアは顔をあげた。あごをわずかに突きだして僕を見ている――あの目にあるのは挑戦だろうか？とうとう彼女の注意を引いたのだ。僕は椅子にかけなおした。

「要は、それにどう対処できるかだ。無視し、否定し、これはともかくきみのセラピーだと考えることもできる。あるいは、これは双方向の関係だと認めて、その前提で進めることもできる。そうすればようやく、僕らはどこかへ向かって本格的な第一歩を踏みだすことができる」

片手をあげた。結婚指輪をあごで示した。

「この指輪でわかることがあるだろう」

アリシアの目がとてもゆっくりと指輪のほうへ動いた。

「これは僕が既婚者だということを示している。妻がいるということを。結婚して九年近くになる」

反応はないものの、視線は指輪に注がれたままだった。

「きみは七年ほど結婚していたね」

返事なし。

「僕は妻をとても愛している。きみは夫を愛していただろうか」

アリシアの目が泳いだ。視線が鋭く僕の顔にあがった。僕らはたがいを見合った。

「愛にはあらゆる感情がふくまれる、そうだろう？いい感情、悪い感情。僕は妻を愛している――名前はキャシーだ。だが、ときどき怒りを感じる。ときどき……憎しみをおぼえる」

アリシアはじっと僕を見つづけた。僕は目をそらすことも動くこともできず、まるでヘッドライトに照らされたウサギにでもなった気分だった。防犯ブザーはテーブルの手のとどくところにある。視線がそっちへ流れないように必死にこらえた。

このまま話しつづけていいわけがないのは、わかっていた――口を閉じるべきなのは、わかっていた。それなのに自分を止められなかった。僕は衝動のままに先をつづけた。「そして、憎むといっても、自分の全部が彼女を憎むわけじゃない。自分の一部だけがそう感じる。つまり、同時にふたつの部分が存在するということだ。きみの一部はゲイブリエルを愛していた……一部は憎んでいた」

アリシアは首を振った――ちがう、と。一瞬だが、きっぱりした動きだった。やっと来た――とうとう反応を得られた。ぞくっとする興奮が走った。この時点でやめるべきだったが、そうしなかった。

「きみの一部は彼を憎んでいた」僕はさらに強くたたみかけた。

再度首が振られた。燃えるような目が僕をつらぬいた。怒りを募らせているのだ。

「それが真実だ、アリシア。でなければ、殺したはずがない」

アリシアがいきなり立ちあがった。飛びかかられると思った。覚悟し、身がすくんだ。だがそうではなく、彼女はうしろを向いて乱暴に扉まで歩いていった。にぎった両手でドアをばんばんたたいた。

鍵のまわる音――そしてユーリが大きくドアをあけた。アリシアが床で僕の首を絞めていないのを見て、ほっとした顔をした。アリシアはユーリを押しのけて、廊下に走りでた。

「待ってくれ、ゆっくりだ、アリシア」ユーリは僕に目をもどした。「大丈夫か？　何があった？」

僕は答えなかった。ユーリは怪訝《けげん》そうに僕を一瞥《いちべつ》して去った。僕はひとりになった。

ばか野郎、そう思った。ばか野郎。何をしようとしていた？　進め方に無理があったし、乱暴すぎたし、性急すぎた。不手際の極みだし、さらにはプロとしても失格だ。相手よりもみずからの心の様相を多く露呈してしまった。

けれども、アリシアがそうさせたのだ。彼女の沈黙はまるで鏡だ——そこには己が映っている。

そして、見えるのはたいがい醜い姿だった。

8

キャシーがPCの蓋をあけっぱなしにしたのは、自分の不倫を——少なくとも無意識のレベルで——僕に発見させたかったからだということは、心理療法士でなくても推測はできる。

さあ、僕は見つけた。知ってしまった。

キャシーとはあの夜から口を利いていない。彼女が帰ってくると僕は眠ったふりをし、朝は彼女が寝ているうちに家を出た。キャシーのことを避けていた——自分を避けていた。ショック状態にあった。自分を見つめないといけないのは、わかっていた——そうでないと己を見失ってしまう。しっかりしろ、マリファナを巻きながら僕はつぶやいた。窓をあけて吸ったあと、それなりにキマった状態で、キッチンでグラスにワインを注いだ。

グラスを持ちあげようとして、手がすべった。落下の途中で受け止めようとした。だが、テーブルにあたって砕けたガラスのなかに手を突っ込んだだけだった。指の肉がざっくり切れた。

いきなりそこらじゅうが血だらけになった。腕にしたたる血、割れたガラスについた血、白ワインと混ざったテーブルの上の血。不器用にキッチンペーパーを破り、指にきつく巻いて止血した。手を頭より高くあげ、皮下の静脈をなぞるように血の流れが細く枝分かれし、腕をつたうのをながめた。

キャシーのことを考えた。

大変なとき――同情や、慰めや、キスで癒やしてくれる相手が必要なとき――いつも頼るのはキャシーだった。彼女に世話してほしかった。電話しようかと思った――だが考えたそばから、ドアがすばやくばたんと閉じられる絵がうかび、彼女は手のとどかない向こう側に消えた。キャシーは行ってしまった――僕は彼女を失った。泣きたいのに泣けなかった――心が泥と糞でふさがれて目詰まりしていた。

「ちくしょう」ひとりで何度もくり返した。「ちくしょう」

時計の針の音が意識された。なぜか、いつもより大きく感じた。そこに気持ちを集めて、ぐるぐるまわる思考を必死に止めた。チッ、チッ、チッ――けれども頭のなかの合唱はしだいに大きくなって、静まろうとしない。当然だ、と僕は思った。彼女が不倫に走ったのは当然で、これは起こるべくして起こった。必然だった。僕は彼女を満足させられる男じゃない――役立たずで、醜くて、無価値で、無意味な存在――いつかは飽きられる運命だった――僕には彼女は、いやどんなものも、高望みなのだ。そんなふうにして恐ろしい考えが次々にうかんで、順番に僕を打ちのめしていったた。

彼女のことをここまで知らなかったとは。あのメールは僕が他人と暮らしていたことの証だ。そして今、真実が見えた。キャシーは僕を救ってなんかいない——キャシーはだれのことも救えない。称賛されるヒロインじゃなく、ただの怯えた、頭のイカれた女、ただの浮気者の嘘つきだった。僕が築いてきたふたりの神話まるごとが、ふたりの希望と夢、好きなもの嫌いなもの、将来のさまざまな計画、こんなにも安全で堅実に思えた人生が、今、ものの数秒で崩れ落ちた——突風に吹かれたカードの家のように。

僕の心は歳月をさかのぼり、あの大学時代の冷たい部屋にもどった——かじかんだ、感覚のない指でパラセタモールの包みを引き裂いていた、あのときに。当時とおなじ無感覚にとらわれ、うずくまって死にたいという欲求に、今ふたたび呑まれた。母を思った。電話してもいいだろうか？　絶望し助けが必要なときに、母に頼れるだろうか？　母がふるえる声で応答するところを想像した。どのくらいふるえているかは、父の機嫌と、母が酒を飲んでいるかによる。母は親身に話を聞いてくれるかもしれないが、心はべつの場所にあって、片目では父の虫の居所をうかがっているはずだ。僕を助けることなどできるはずがない。溺れかけのネズミがほかのネズミを救えるわけがない。

外に出なければ。ここにいては息ができない。くさい香りを放つ百合のあるこの家にいては。空気が必要だ。息を吸わないと。

僕は家を出た。両手をポケットに入れ、顔はずっとうつむけたまま、早足であてもなく通りを歩いた。頭はつい、ふたりの関係のことをまた考えていた。ひとつひとつの場面を思い、記憶をたどり、検証し、考えをめぐらせ、手がかりをさがした。棚上げにされた喧嘩、理由を知らされない外出、度重なる遅い帰宅。だが、ちょっとした優しさも思いだした——思いがけない場所に残してくれた愛情のこもったメッセージ、心なごむひととき、本物に見えた愛。なぜそんなことができた？　ずっと演技していたのか？　一度でも僕を愛したことはあるのか？

彼女の友達と会ったときに、ふと疑念をいだいたことを思いだした。全員が役者だ。声が大きく、ナルシストで、自慢げで、自分のことや、僕の知らないだれかのことをしゃべりつづけていた――気づくと僕は学校時代にもどって、校庭の隅をひとりぶらぶらしながら、ほかの子たちが遊ぶのをながめていた。キャシーは連中とはべつだと自分を説得しようとした。だが、彼女は疑いなく同類なのだ。バーではじめて会ったときにあの役者仲間がいっしょだったら、キャシーに対してもげんなりしただろうか？　そうは思えない。何事も僕らがいっしょになるのを止められなかった。キャシーをひと目見た瞬間から、僕の運命は決まっていたのだ。

これからどうしたらいい？

彼女と向き合う。当然だ。見たことを全部言う。彼女はきっとまずは否定するだろう――そして、無駄とわかると真実を認め、後悔して平謝りするだろう。そして、わたしを許してと言ってくるのでは？

もし、そうではなかったら？　僕を鼻であしらったら？　笑いとばし、背を向けて出ていったら？　そしたらどうする？

ふたりのうち、失うものが多いのは僕のほうだ。それはまちがいない。キャシーは生きのびる――わたしは強いのと本人もよく言っている。自分を励まし、埃をはらって、僕をさっぱり忘れる。でも僕は決して彼女を忘れない。忘れることなどできるものか。キャシーがいなければ、僕はかつての虚しく孤独な存在に逆もどりだ。キャシーみたいな相手に出会うことは二度とないし、こんな関係は築けないし、他人にこれほど深い感情をいだくこともないだろう。キャシーは僕のすべてだった——人生そのものだった——彼女を手放す心の準備はない。今はまだ。裏切られていたとしても、それでも愛している。

　やはり僕は頭がおかしいのかもしれない。

はぐれ鳥が頭上で鋭く鳴いて、僕ははっとした。立ち止まってあたりを見まわした。思ったより遠くまで来ていた。足に連れてこられた場所を見て、軽いショックをおぼえた——ルースの玄関まで、もうあと数ブロックのところだった。

　そのつもりもないのに、つらかった時代のむかしのセラピストのところへ無意識に歩いてきていたのだ。かつて幾度となくそうしたように。家を訪ねて呼び鈴を鳴らし、助けを求めようかと考えたのは、それだけ動揺していた証拠なのだろう。

　だが、何が悪い、とふいに思った。心理療法のプロとしてふさわしくなく、じつにみっともない行為かもしれないが、僕はやけになっていたし、助けが必要だった。そして、気づいたときには僕はルースの緑のドアの前にいて、のびた手が呼び鈴を押すのをながめていた。

　応答があるまで少しかかった。廊下の明かりがともり、チェーンをつけたままドアがひらいた。

　隙間からルースがのぞいた。前より年老いて見えた。もうおそらく八十代で、記憶にあったより小さく弱々しくて、腰がいくらかまがっていた。淡いピンクの寝巻きの上に、灰色のカーディガンをはおった格好で出てきた。

「はい？」不安そうに言った。「どなた？」

「やあ、ルース」僕は明かりのなかに入って言った。

相手がわかり、彼女は驚いた顔をした。

「セオ？　いったい……」

　彼女の視線は、僕の顔から、その場しのぎに不器用に巻いた、血のにじむ指の包帯に移った。

「大丈夫なの？」

「いや、あんまり。入ってもいいかな。じつは――じつは、話がしたくて」

顔にうかぶのは気遣わしげな表情だけで、躊躇《ちゅうちょ》はなかった。ルースはうなずいた。

「もちろんよ。さあ」チェーンをはずしてドアをあけた。

僕はなかに入った。

9

「お茶はいかが？」ルースは僕をリビングに通しながらたずねた。

部屋はむかしのまま、記憶のままだった――ラグ、たっぷりしたカーテン、炉棚でチクタク音をたてる銀時計、ひじ掛け椅子、色あせた青いソファ。僕はたちまち安心感につつまれた。

「正直言うと、もっと強いものがいいな」

ルースは一瞬鋭い目を僕に向けたが、何も意見しなかった。半ばそれを予期していたが、否定もしなかった。

グラスにシェリーを注いで、一杯くれた。僕はソファにすわった。染みついた習慣で、むかしのセラピーのときのように左端に陣取って、ひじ掛けに腕をあずけた。指先のところの生地は、僕をふくむ大勢の患者がそわそわとこすったせいで、薄くなっていた。

シェリーに口をつけた。あたたかで、甘くて、それに少々気が抜けていたが、ルースに逐一見られているのを意識して、僕は一気に飲み干した。あからさまな視線だが、重苦しくもなく、居心地の悪さも感じない。二十年のあいだで、ルースには一度も居心地の悪い思いをさせられたことはなかった。シェリーを飲み終えると、僕はようやくふたたび口をひらいた。

「グラスを持ってここにすわるのは、変な気分だな。あなたは患者に酒を出す人じゃないから」

「もうわたしの患者じゃないわ。ただの友達。そして見たところ」ルースは優しくつづけた。「今は友達が必要なようね」

「見るからにそんなひどいのか」

「残念ながら。それに、何か深刻なことのようね。でなければ、呼ばれもしないのに、こんなふうに訪ねてきたはずはないから。それも夜の十時に」

「図星だな。僕は――僕はこうする以外ない気がした」

「どうしたの、セオ。何があったのかしら」

「どう話していいか、わからない。どこからはじめればいいか」

「最初からはじめたらどう？」

僕はうなずいた。深呼吸して、話をはじめた。これまでのことを残らずしゃべった。またマリファナをやりはじめたこと、陰に隠れて吸っていること――それでキャシーのメールを発見し、不倫の発覚にいたったこと。胸につかえているものを吐きだしたくて、早口に、息せき切って話した。懺悔《ざんげ》している気分だった。

ルースは口をはさむことなく最後まで聞いていた。表情は読めなかった。やがて、ようやく言った。「そんなことになって本当に残念だわ、セオ。あなたにとってキャシーがどれだけ大きな存在か、わかっているわ。どれだけ愛しているか」

「ああ。愛してる――」彼女の名前を口にすることができず、僕は黙り込んだ。声にふるえが出ていた。ルースはそれに気づいて、ティッシュの箱をこっちに押しやった。むかしの僕は、セッション中にそんなふうにされると腹を立てたものだ。泣かせようとしているとルースを責めて。彼女はそれに成功した。だが、今夜はちがった。僕の涙は凍りついていた。うちに埋もれた氷があるだけだった。

ルースのもとにはキャシーと出会うだいぶ前から通っていて、いっしょになったあとも三年間はセラピーをつづけた。キャシーと付き合いはじめた当初にアドバイスされたことを、今も思いだす。「恋人を選ぶのはセラピストを選ぶのとよく似ている」ルースはそう言った。「自分に問う必要がある。この相手はわたしに対して正直で、批判にも耳を傾け、みずからの誤りを認め、できない約束をしない人かどうか」

当時、その全部をキャシーに話すと、彼女は約束を交わそうと言いだした。僕らはおたがい絶対に嘘はつかないと誓った。絶対に偽らない。つねに誠実であろうと。

「どうなってしまったんだ」僕は言った。「何が狂った」

ルースは少しして言った。彼女の言葉に僕ははっとなった。「答えはわかっているはずよ。あとは自分でそれを認めるだけ」

「僕にはわからない」首を振った。「わからない」

いらいらして黙り込んだ――にもかかわらず、キャシーがああした何通ものメールを書いているところや、ふたりが熱々で盛りあがっているところの映像が急に立ちあらわれた。メールを書くという行為、その男と不倫関係にあるという秘密めいたところに、キャシーは興奮しているようだった。嘘をつき、こそこそ立ちまわることを楽しんでいた。芝居をしているように。ただし舞台の外で。

「たぶん彼女は退屈だったんだ」僕はとうとう言った。

「そう言うのは、なぜ？」

「彼女には刺激が必要なんだ。派手なことが。前からそうだった。文句を言っていた——たぶん、しばらく前から。ふたりのあいだには、もう楽しいことが何もないと。あなたはいつもストレスをかかえてる、仕事のしすぎ。最近もそれで喧嘩した。彼女は〝火花〟という言葉を何度も言った」

「火花？」

「もうそれがないという意味で。僕らのあいだには」

「そう」ルースはうなずいた。「前にもこの話はしたわね。憶えているかしら」

「火花の話？」

「愛についての話。わたしたちはよく恋愛を火花のようなものだと勘ちがいするということ——派手なことが起きたり、うまくいかなかったりするものだと。でも本物の愛はとても静かで、とても穏やかなものよ。ぶつかり合ったり刺激があったりという観点から言えば、退屈。愛は深く穏やかで——そして不変なの。あなたはたしかにキャシーに愛を注いでいると思うわ——本当の意味での愛を。キャシーにそれを返す能力があるかどうかは、またべつの問題ね」

僕は前のテーブルの、ティッシュの箱を見つめた。ルースの進もうとしている先が気に食わなかった。どうにかそらそうと試みた。

「どっちの側にも非はあった」僕は言った。「こっちも嘘をついていたんだ。マリファナのことで」

ルースは悲しげに微笑んだ。「第三者を巻き込んで身体と心で裏切りをつづけることと、たまにマリファナで酔うことが同レベルなのかはわからないわ。たぶん、ふたりはまるでちがう人間ということなんでしょう——片や嘘を重ねたり、上手な嘘をつく才能があって、罪の意識もなくパートナーを裏切ることのできる人――」

「それはわからないじゃないか」感じているとおりの哀れな声が出た。「本人はものすごく苦しんでいるかもしれない」

でも、言っている自分がそれを信じていなかった。ルースもだ。

「それはないでしょうね」彼女は言った。「言動から判断するに、彼女はたぶんひどい傷を負った人間なんでしょう――情も誠実さもなく、あるのは表面的な優しさだけ――一方のあなたには、そうした資質がふんだんにあるのに」

僕は首を振った。「ちがう」

「ちがわないの、セオ」ルースは言いにくそうにつづけた。「前にもこうしたことがなかった？」

「キャシーと？」

首を振った。「そうじゃない。両親との話よ。まだ子供だったころのこと。幼少期の力関係を、またここに再現してるんじゃないかと言いたいの」

「それはない」僕は急にいらだちを感じた。「キャシーとのあいだのことは、僕の子供のときのこととは無関係だ」

「本当かしら？」ルースは信じていないようだった。「どんな反応をするか予測のつかない相手、情の通じない相手、思いやりがなくて不親切な相手を喜ばせようとする。つねに機嫌を取って、愛情を得ようとする――どこかで聞いた話じゃない、セオ？　おなじみの話じゃない？」

僕はこぶしをにぎり、口をつぐんだ。ルースはだましだまし先をつづけた。「どれほど悲しいか、わかるわ。でも、キャシーと会うずっと前から、その悲しみを感じていた可能性を考えてみてほしいの。何年も前から持ち歩いていたものなのよ。ねえ、セオ、もっとも愛が必要だったときにそれを得られなかった事実を認めるのは、人としてこのうえなくつらいことよ。とてつもなく、こたえるでしょう。愛されない痛みは」

　もちろんルースは正しかった。裏切られたことに対する胸のなかのこのもやもやした思い、この虚しいひどい痛みをあらわす言葉を、僕は必死にさがしていた。そしてルースが言うのを聞いて――〝愛されない痛み〟と――それが自分の意識全体を毒していたこと、そしてこれは同時に僕の過去、現在、未来の物語であることに、気づかされた。キャシーだけの問題じゃなかった。父の存在、それに、見捨てられた僕の子供時代の感情。そして、得ることのできなかったすべてのもの、この先も得られないと今も内心で信じるすべてのものに対する悲しみ、そうしたものが根底にあったのだ。さらにルースは、僕がキャシーを選んだのもそのせいだと言おうとしている。父が正しかったことを――僕が無価値で、愛を受けるに値しない人間だということを――証明するのに、絶対に僕を愛さない相手を追い求めるよりいい方法があるだろうか。

　両手に顔をうずめた。「つまり、すべて必然だったのか。つまりあなたが言いたいのはそういうこと――僕が自分で自分を追い込んだと？　クソ、もう望みはないのか」

「望みはなくはないわ。もはやあなたは、父親の言いなりの子供じゃない。今では立派な大人――自分で選択できる。今度のことで自分がどれだけ無価値かを再確認するか――さもなければ、過去を断ち切るかよ。際限のないくり返しから解放されるか」

「それにはどうすればいい。彼女と別れたほうが？」

「とても微妙な状況だと思うわ」

「だけど、あなたは別れたほうがいいと思ってる、そうでしょう？」

「もうここまで来たのだし、あなたは十分にがんばったのだから、不誠実と自己否定と感情的虐待の人生に、今さらもどることはないでしょう。あなたにふさわしいのは、もっと大切にしてくれる相手。もっとはるかに――」

「言ってほしいんだ、ルース。はっきりと。別れたほうがいいと思ってるんなら」

ルースは僕の目を見て、じっと視線を合わせた。

「別れるべきだと思うわ」彼女は言った。「むかしのセラピストとして言っているのじゃない――古くからの友人として言っているの。望んでも、ふたりはやりなおせるとは思えない。しばらくは関係がつづくかもしれないけれど、数カ月のうちにまたべつのことが起きて、あなたはまたこのソファにもどってくるわ。セオ、自分に正直になって認めなさい。キャシーのこと、この状況のこと。嘘と偽りの上に築かれたものは、結局全部あなたから離れていくわ。誠実さのない愛は、愛と呼ぶ価値がない、それを忘れないで」

僕は自信を失い、気を落とし、疲れきって、ため息をついた。

「ありがとう、ルース――誠実に接してくれて。すごくありがたいことだよ」

去りぎわに、ドアのところでルースは僕をハグした。前例のないことだった。腕をまわすと、ルースは弱々しくて骨が折れそうだった。ほのかな花の香りとカーディガンのウールのにおいを吸い込むと、またしても涙がこみあげてきた。だが、泣かなかった。というか、泣けなかった。

僕は歩き去り、ふり返らなかった。

家へ向かうバスに乗った。窓ぎわにすわって外をながめ、キャシーのこと、彼女の白い肌、美しい緑の瞳のことを思った。切なさで胸が締めつけられた――あの唇の甘い味、あのやわらかな感触が恋しくて。だけどルースが正しい。誠実さのない愛は、愛と呼ぶ価値がない。

家に帰ってキャシーと向き合わなければ。

彼女とは別れなければ。

10

帰宅するとキャシーがいた。ソファにすわって携帯に文字を打ち込んでいた。

「どこ行ってたの?」目をあげずに言った。

「ちょっと散歩に。リハーサルはどうだった?」

「まあまあ。疲れるわ」

文字を打つ姿を見て、だれ宛てのメールだろうかと思った。今こそ切りだすときだとわかっていた。不倫してるのは知ってる——きみとは離婚したい。言おうとして口をひらいた。なのに声が出なかった。話せるようになる前に、キャシーに先を越された。彼女はメールをやめて携帯電話を下に置いた。

「セオ、話がある」

「なんの話?」

「わたしに言わないといけないこと、ない?」

声が険しかった。心を読まれたくなくて、僕はそっちを見なかった。自分が恥ずかしくなって、後ろめたい気分になった——罪深い秘密があるのは、むしろ僕だというように。

けれども彼女からしたらそうだったのだ。キャシーはソファのうしろに腕をのばして、何かを手にした。その瞬間に、僕の心はしずんだ。彼女が持っていたのは、僕がマリファナを入れている小さな容器だった。指を切ったあと、ふたたび客間に隠すのを忘れていた。

「これはなんなの?」彼女は高くあげて言った。

「クサだ」

「それはわかってる。なんでこんなところにあるの?」

「買ったんだ。ちょっとやりたくなって」

「何を? ハイになること? あなた——本気?」

僕は肩をすくめ、きかん気な子供のようにキャシーの目を避けた。

「なんなの？　まったく――」キャシーは怒りを募らせ、かぶりを振った。「あなたって人は、ときどき知らない人のように思えるわ」

彼女をひっぱたきたかった。飛びかかって殴りたかった。部屋をめちゃくちゃにし、家具を壁に投げつけて破壊したかった。泣いて、わめいて、彼女の腕に抱かれたかった。

どれもやらなかった。

「もう寝よう」僕は言って部屋を出た。

ふたりは黙って寝室に移動した。暗いなか、僕は彼女の傍らに身を横たえた。何時間も眠らずに、彼女の身体の熱を感じ、寝ている姿をながめつづけた。

なぜそばに来ない、と言いたかった。なぜ、話をしない？　僕は親友じゃないか。きみからたったひとことでもあれば、ふたりは乗りきれたかもしれないのに。

なぜ、話をしない？　僕はここにいる。僕はここ、ここにいる。

手をのばして彼女を引き寄せたかった。抱きしめたかった。でもできなかった。キャシーは行ってしまった。あんなに愛した人はもはや永遠のかなたに消え、かわりにこの他人があとに残った。

喉の奥から嗚咽《おえつ》がこみあげた。とうとう涙が出てきて頬を流れた。

僕は闇のなかで、静かに泣いた。


あくる朝、僕らは起床すると、いつもの習慣どおりに動いた――キャシーはバスルームに消え、そのあいだに僕はコーヒーをいれる。彼女が出てきてキッチンに来ると、カップを手わたした。

「ゆうべ、変な声を出してたわ」キャシーが言った。「寝言を言ってた」

「なんて？」

「さあ。意味のないことだと思う。マリファナで酔ってたんでしょ」キャシーは目で僕をすくみあがらせてから、腕時計を見た。「行かないと。遅れちゃう」

コーヒーを飲み干し、カップを流しに置いた。僕の頬にすばやくキスをした。唇がふれて、僕は思わず身を引きたくなった。

彼女が出かけたあと、シャワーを浴びた。火傷《やけど》しそうなほど熱くした。湯に顔を打たれながら、僕は泣いた――みっともない、赤ん坊のような涙を、涸《か》れるまで流しつづけた。それから身体を拭くときに、鏡の自分が目に入った。衝撃的だった――ひと晩で三十も年を取り、青白くなって縮んでいた。老け込み、くたびれ果て、若さが消えていた。

そのとき、その場で決意した。

キャシーと別れるのは、手足をもがれるようなものだ。そんなふうに自分を痛めつける覚悟は、まだとてもできない。ルースが何を言おうと。ルースも絶対まちがわないわけじゃない。キャシーは父ではないし、僕は過去をくり返す運命を背負わされているわけでもない。未来を変えることはできる。キャシーと僕はこれまで幸せだったし、また幸せになれる。いつか彼女はすべてを白状して説明するかもしれないし、そしたら僕は彼女を許すだろう。きっとふたりで乗り越えていける。

僕は絶対にキャシーを手放さない。そのかわり、こっちから何かを言うのはよそう。あのメールは読まなかったことにする。そして、どうにかして忘れる。葬り去る。僕にはこのまま突き進むしかないのだ。ここで負けてたまるか。つぶされて、ぼろぼろになってたまるか。

なんだかんだ言って、僕は自分以外の人間に対する責任も負っている。担当している患者たちはどうなる？　僕を頼りにしている人たちもいるのだ。

彼らの期待を裏切るようなことはできない。

11

「エリフをさがしてるんだけど」僕は言った。「どこにいるか、心当たりはないかな」

ユーリは物問いたげな目で僕を見た。「どうして、また？」

「ちょっと挨拶したいんだ。患者全員と会っておきたい——僕の存在を、僕がここにいることを、みんなに知っておいてもらいたくてね」

ユーリは確信の持てない表情をした。「そうか。エリフにあまり受け入れられなかったとしても、自分が悪いと思わないほうがいいぞ」壁の時計に目をやった。「半過ぎということは、ちょうどアートセラピーが終わったところだな。一番可能性があるのはレクリエーションルームだ」

「ありがとう」

レクリエーションルームは広々した円形の部屋で、くたびれたソファに、ローテーブルに、だれも読みたがらないぼろぼろの本のつまった書棚が置いてあった。気の抜けた紅茶と、家具を黄ばませた古いタバコのにおいがした。二、三人の患者が、隅でバックギャモンをして遊んでいる。エリフはひとりビリヤード台の前にいた。僕は笑顔で近づいていった。

「こんにちは、エリフ」

彼女は怯えた不信感でいっぱいの目をして、顔をあげた。「何だよ」

「大丈夫。何か問題があるわけじゃない。ちょっとだけ話がしたいと思って」

「あたしの医者じゃないだろう。もう、ひとりいるよ」

「僕は医者じゃない。心理療法士だ」

エリフはばかにしたような声を出した。「その手のも、ひとりいる」

僕は微笑み、エリフが自分でなくインディラの患者であることに、密かにほっとした。間近で見ると一段と威圧的だった。巨大な体つきもあるが、顔に深く刻み込まれた怒りのせいでもある――永遠に消えないしかめ面に、怒った険しい目。その目は明らかに病気のそれだった。汗臭さにくわえ、いつも吸っている手巻きタバコのにおいをさせていて、そのタバコのせいで指先は黒く、爪と歯は濃い黄色に変色していた。

「いくつか質問させてほしいんだ」僕は言った。「もしかまわなければ――アリシアのことで」

エリフは顔をしかめてキューをテーブルにたたきつけた。つぎのゲームのために玉をならべだした。そして動きを止めた。何かに気を引かれているような目をして、無言のまま立っている。

「エリフ?」

返事をしなかった。その表情から、何が問題なのかわかった。「声が聞こえるのかな、エリフ?」

怪訝そうな目。彼女は肩をすくめた。

「声はなんと言ってる?」

「あんたは安全な相手じゃない。気をつけろって」

「なるほど。そのとおりだ。僕は知らない相手だ――だから、信用しないのは冷静な判断かもしれない。今のところは。たぶん時間とともにそれも変わる」

エリフの顔を見れば疑っているのがわかった。

僕はビリヤード台にあごをしゃくった。「一ゲーム、どうかな」

「お断りだ」

「なぜ?」

エリフは肩をすくめた。「もう一本のキューは折れたままだ。まだ新しいのをよこさない」

「でも、そのキューをいっしょに使わせてもらえばいい」

キューはテーブルに置いてあった。取ろうとすると、エリフが僕の手のとどかないところにさっと引っ込めた。「これはあたしんだ！　自分で調達しな！」

僕は激しい反応に気圧《けお》されて、あとずさった。彼女はたいした力でショットを打った。僕はしばらく彼女のビリヤードをながめた。そしてあらためてトライした。

「アリシアがザ・グローヴに入院してきたときにあった出来事について、話を聞かせてもらえないかと思って。憶えてるかな」

エリフは首を振った。僕はつづけた。「彼女のファイルによると、あなたとアリシアは食堂で激しく言い争った。あなたは攻撃されたほうだったとか」

「ああ、ああ、そうだよ。あたしを殺そうとした。首を切りつけようとしやがった」

「引き継ぎの記録によると、アリシアが攻撃に出る前、あなたが何かをささやきかけたのを看護師が目撃している。何を言ったんだろう？」

「何も」エリフは猛烈に首を振った。「あたしは何も言ってない」

「挑発したと責めてるんじゃない。僕は関心があるだけだ。何を言った？」

「ちょっと聞いただけだって、うっせえな」

「何を？」

「あいつは自業自得だったのかって」

「あいつ？」

「あいつだよ。アリシアの男」エリフは笑った。笑顔というよりは、ゆがんだしかめ面に見えたが。

「つまり――アリシアの夫のこと？」僕は正しく理解している自信がなくて、おずおずたずねた。「夫が殺されたのは自業自得だったのかと、アリシアに聞いたということ？」

エリフはうなずき、ショットを打った。「それに、どんなふうだったか聞いた。そいつを撃って、頭蓋骨が割れて、脳みそが吹っ飛んだときのことを」声をあげて笑った。

不快感が一気に僕を襲った——想像するに、エリフがアリシアの胸にかきたてたのも、これに近い感情だったにちがいない。エリフは相手に反感と嫌悪をいだかせる——それは彼女の病理であり、幼かったころのエリフに母親がいだかせた感情なのだ。憎たらしくて嫌だという気持ち。そしてそのために、エリフは無意識のうちに相手の嫌悪感を刺激する——そしてだいたい挑発に成功する。

「じゃあ最近はどうだろう」僕は聞いた。「アリシアとはうまくやれてる?」

「もちろんだよ。仲良しだ。親友だよ」

エリフはまた笑った。僕は反応しようとしたが、ポケットの携帯電話が振動した。チェックした。知らない番号だった。

「電話に出ないと。ありがとう。おかげでとても役に立った」

エリフはぶつぶつ独り言を言いながら、ビリヤードにもどった。

廊下に出て、電話に応じた。

「もしもし?」

「セオ・フェイバーさん?」

「そうですが。どなたですか?」

「マックス・ベレンソンです。電話をくれたとか」

「ええ。どうも。かけなおしてくださり、ありがとうございます。じつはアリシアのことで話ができないかと」

「なぜ? 何があった? 問題でも?」

「いいえ。とくには——彼女を担当しているんですが、そのことで、二、三、お聞きしたいことがあって。都合のいいときでかまいません」

「電話ですますわけにはいかないのか。こっちはそれなりに忙しい身でね」

「できれば直接会って話がしたいと思います」

マックス・ベレンソンはため息をつき、電話の近くのだれかにもごもご話しかけた。少しして言った。

「では、あすの夜七時に、わたしのオフィスで」

僕は住所をたずねようとした——だが、電話は切れていた。

12

マックス・ベレンソンの受付係はひどい風邪をひいていた。ティッシュを取って洟《はな》をかみ、僕に待つよう身ぶりで合図した。

「今は電話中です。一分ほどですみますから」

僕はうなずいて、待合エリアの椅子に腰をおろした。背もたれの真っすぐな、すわり心地の悪い椅子が数脚、それに、古くなった雑誌を積んだコーヒーテーブル。思うに、待合室はどこも似ている。これから会うのが事務弁護士じゃなく、医者か葬儀屋でもおかしくない。

廊下の向かいのドアがあいた。マックス・ベレンソンが出てきて手招きし、ふたたびオフィスに消えた。僕は立って、彼につづいて部屋に入った。

電話でのぶっきらぼうな態度から、最悪の対応を受けることも予測していた。ところが驚いたことに、彼がまず口にしたのは詫びの言葉だった。

「前回の電話でぶっきらぼうだったとすれば、申し訳ない。大変な一週間だったし、少し体調がすぐれないんでね。どうぞ、かけて」

僕はデスクの向かいの椅子にすわった。

「恐れ入ります」僕は言った。「それから、面会を承諾してくださり、ありがとうございます」

「じつは、最初は迷った。アリシアのことをさぐろうとしている記者かと思ったんでね。でも、あとからザ・グローヴに電話して、勤務実態のあることを確認させてもらった」

「そうでしたか。よくあることなんですか？　記者が近づいてくることは」

「最近はそうでもない。むかしはひどかった。おかげで用心することを学んで――」

さらに何か言おうとしたが、くしゃみに負けた。ティッシュの箱に手をのばした。「失礼――家で風邪が流行ってて」

洟をかんだ。僕はつぶさに相手を観察した。弟とちがい、マックス・ベレンソンは魅力的とはいえなかった。恰幅がよく、頭は禿げかかり、顔のあちこちに深いニキビ痕があった。そして僕の父がむかしつけていたような、スパイシーな香りの古くさい男性用コロンをつけている。オフィスも本人同様に古風で、革の家具と木と本のほっとするにおいがした。ゲイブリエルのいた世界――色彩と、美のための美の世界――とは、これ以上ないほどの対極にある。ゲイブリエルとマックスは一見、似たところがひとつもなかった。

ゲイブリエルの額入り写真がデスクにあった。飾らないスナップ写真で――マックスが撮ったのだろうか――農場の柵に腰かけ、髪をそよ風になびかせて、首からはカメラをさげている。写真家というより俳優に見えた。写真家を演じる俳優に。

マックスは僕が写真を見ているのに気づき、心を読んだようにうなずいた。「弟は、頭髪と見てくれの良さに恵まれた。わたしは頭脳に恵まれた」彼は笑った。「冗談だ。じつは、わたしは養子でね。弟とは血のつながりはない」

「そうでしたか。ふたりとも養子なんですか？」

「いや、わたしだけだ。両親は子供ができないと思った。ところが、わたしを養子に取ったとたんに自分たちの子を授かった。よくある話のようだ。ストレスから解放されることが関係しているとか」

「ゲイブリエルとは仲がよかったんですか？」

「たいていの兄弟より。といっても、もちろん、いつだって弟が中心だった。わたしは影が薄かった」

「どうしてです」

「そうならないほうがむずかしい。ゲイブリエルは特別だった。子供のときからすでに」

マックスには結婚指輪をいじる癖があった。話しているあいだずっと、指の上でまわしつづけている。

「ゲイブリエルはどこへ行くにもカメラを持っていって、写真を撮った。父は、どこかおかしいんじゃないかと思った。だがじつは、ちょっとした天才だったんだよ、弟はね。作品を見たことは？」

僕はそつのない笑みをうかべた。ゲイブリエルの写真家としての才能を話し合うつもりはない。そこでふたたびアリシアの話題に話をもどした。

「彼女のことはよくご存じだったんでしょう」

「アリシア？　知ってないと変か」

名前を出したとたんに、マックスのなかの何かが変わった。あたたかみが消散した。口調が冷ややかになった。

「きみのお役に立てるとは思えない」彼はつづけた。「法廷で弁護したのは、わたしじゃない。裁判の詳細がほしいのなら、同僚のパトリック・ドハーティにつなげよう」

「僕がほしいのはその種の情報じゃありません」

「ちがう？」さぐるような目で僕を見た。「心理療法士が自分の患者の事務弁護士に会うのは、あまり常套ではないと思うが」

「患者が自分で話ができる場合には、そうでしょう」

マックスは考えているようだった。「まあ、さっきも言ったが、わたしは力になれるとは思えない……」

「二、三、質問したいだけです」

「よろしい。じゃあ、さっさとお願いする」

「あなたは殺人事件の前の晩にゲイブリエルとアリシアと会っていたと、当時の報道で読んだのを記憶しています」

「ああ。夕食をともにした」

「ふたりはどんな様子でした？」

マックスの目がどんよりくもった。推測するに、おなじ質問を過去何百回と受けているのだろう。答えは頭を通らず自動的に出てきた。まったく、ふつうだった。

「ふつうだった」

「アリシアは？」

「ふつうだった」肩をすくめた。「ふだんよりいくらか神経質になっていたようだが……」

「だが？」

「なんでもない」

まだ何かありそうだと思った。先を待った。少ししてマックスはつづけた。「彼らの関係のことを、どれだけ知っているかわからないが」

「新聞で読んだことしか知りません」

「どんなことが書いてあった？」

「とても幸せだったと」

「幸せ？」マックスは冷たく笑った。「ああ、たしかに幸せだ。ゲイブリエルは彼女を幸せにするためになんでもやった」

「なるほど」

そう言ったものの、よくわからなかった。話の行く先がどこなのか、見当がつかなかった。困惑が顔に出ていたらしく、マックスは肩をすくめると、言った。

「詳しいことを話すつもりはない。ゴシップを求めているなら、わたしじゃなくジャン＝フェリックスと話すといい」

「ジャン＝フェリックス？」

「ジャン＝フェリックス・マーティン。アリシアが所属する画廊のオーナーだ。彼らは長年の付き合いで、とても親しい間柄だ。正直言って、わたしはあまり好かないが」

「ゴシップには興味はありません」僕は、早急にジャン＝フェリックスと話をすること、と頭にメモしながら言った。「あなたの個人的な意見に関心があるんです。率直に聞いてもいいですか？」

「もう聞いただろう」

「アリシアのことは好きでした？」

マックスは無表情な顔で僕を見て言った。「もちろんだ」

その言葉は信じられなかった。

「あなたにはふたつの顔があると理解しています。事務弁護士の顔のときは、当然、発言に慎重にならざるを得ない。そして、もうひとつには兄としての顔がある。僕はその兄に会いにきました」

間があった。帰ってくれと言われるかもしれないと思った。マックスは何かを言いだそうとして、やめた。そして突然デスクを離れて窓辺に立った。窓をあけた。冷たい風が吹き込んだ。部屋が息苦しかったのか、マックスは深々と息を吸った。やがてとうとう低い声で言った。「本当のことを言うと……わたしは彼女を嫌っていた……嫌でたまらなかった」

僕は何も言わなかった。本人が話をつづけるのを待った。マックスはずっと窓の外を見ていた。ゆっくりと口をひらいた。「ゲイブリエルは弟というだけじゃない、親友でもあった。あんな優しい人間はさがしてもいないだろう。優しすぎるほどだった。そしてゲイブリエルの才能、善良さ、生への情熱——何もかもが消されてしまった。あのクソ女のせいで。あの女が壊したのはゲイブリエルの人生だけじゃない——わたしの人生もめちゃくちゃにした。こんなことを目にするまで両親が生きてなくて、本当によかった——」突如感情をほとばしらせて、喉をつまらせた。

僕はマックスの痛みに共感せずにはいられず、彼を気の毒に思った。

「アリシアの弁護活動を取り仕切るのは、大変つらかったでしょう」僕は言った。

マックスは窓を閉じてデスクにもどった。すでに自制を取りもどしていた。ふたたび弁護士の顔になっていた。中立、公正、無感情。彼は肩をすくめた。

「ゲイブリエルが望んだであろうことをしたまでだ。あいつはどんなときでもアリシアにとっての最善を望んだ。あいつは異常なほどアリシアに夢中だった。アリシアはただの異常だった」

「精神を病んでいたとお考えですか」

「そっちが教えてくれ——専門家だろう」

「あなたはどう思います」

「見るものは見た」

「というと？」

「気分の波。逆上。暴力発作。物を壊したり、投げつけたり。殺すぞと何度か脅されたと、ゲイブリエルは言っていた。わたしももっとよく話を聞いて、手を打つべきだった——自殺未遂を起こしたときにも介入して、外部の助けを得るよう主張するべきだった。だがそうしなかった。ゲイブリエルは自分がアリシアを守ると頑《かたく》なで、わたしは間抜けにもあいつの好きにさせてしまった」

ため息をついて腕時計を見た——話を切りあげろという合図だ。けれども僕はただ唖然としてマックスを見ていた。

「アリシアが自殺未遂を？　どういうことですか。いつ？　殺人のあとのことですか？」

マックスは首を振った。「それより何年か前だ。知らないのか。知ってるとばかり思っていた」

「いつのことです？」

「彼女の父親が死んだあとだ。アリシアは……薬だかなんだかを過剰摂取した。具体的なことは憶えてない。ノイローゼのようなものになって」

もっと詳しく話を聞こうと思ったが、そのときドアがひらいた。受付係が顔をのぞかせ、鼻づまりの声で言った。「そろそろ行かないと、ダーリン。遅れるわ」

「ああ」マックスは言った。「今行くよ」

ドアが閉まった。マックスは立って、申し訳なさそうな顔をした。「芝居のチケットがあってね」僕が驚いた顔をしていたのだろう。彼は笑い声をあげた。

「われわれは――タニアとわたしは――去年結婚した」

「そうなんですか」

「ゲイブリエルの死がきっかけで結ばれた。彼女がいなかったら、乗り越えられなかった」

電話が鳴ってマックスの注意がそれた。僕はどうぞ出てくれと合図した。

「ありがとうございました。大変助かりました」

そっとオフィスを出た。受付のタニアをもう少しよく見てみた――金髪で、きれいで、やや小柄。洟をかむ仕草を見て、薬指の大きなダイアモンドに気づいた。

すると驚いたことに彼女は席を立ち、眉をひそめて近づいてきた。そして、声を落として大急ぎで言った。

「アリシアのことが知りたいなら、いとこのポールとお話ししてみては。だれよりアリシアのことに詳しいから」

「叔母のリディア・ローズには電話してみました。あまり協力的とはいえなかった」

「リディアは忘れて。ケンブリッジに行って、ポールと話すの。アリシアのこと、事故のあとの夜の話を聞いたら――」

オフィスのドアがあいた。タニアは即座に口を閉じた。マックスが出てくると、満面の笑みでそそくさと彼に近づいた。

「もう行けるの、ダーリン？」

顔は笑っていたが、声が緊張していた。マックスを恐れているのだ。なぜなのだろう、と僕は思った。

13

アリシア・ベレンソンの日記

七月二十二日

家に銃があるのが嫌でしょうがない。

ゆうべもまたそのことで喧嘩した。少なくともわたしは、それが喧嘩の原因だと思った――今じゃもうよくわからないけど。

ゲイブリエルは、喧嘩になったのはわたしのせいだって。そうかもしれない。がっかりし、傷ついた目でわたしを見つめるゲイブリエルは、見たくない。嫌な思いをさせたいとは少しも思わない――なのにときどき無性に傷つけたくなる。なぜなんだろう。

ゲイブリエルによると、わたしはひどい機嫌で家に帰ってきた。そしてどしどし二階にあがってきて、彼に向かってわめきだした。たぶん、そうだったんだろう。怒ってたんだと思う。何があったかは、よくわからない。ヒースから帰ってきたところだった。散歩中の出来事はあまり記憶にない——作品のことやキリストの絵のことを考えて、物思いにふけってた。帰る途中、ある家の前を通ったのは憶えてる。ふたりの男の子がホースで遊んでいた。年はせいぜい七歳か八歳。大きい子が小さい子に向かってホースでしぶきをかけていて、光のなかで、虹の七色がちらちらと輝いた。完璧な虹色。小さい子はきゃっきゃと笑って両手をのばした。わたしは前を通り過ぎ、そして気づくと頬が涙で濡れていた。

そのときは深く考えなかったけど、今思えばわかりやすい。自分でも本当のことは認めたくない——わたしには人生の大きな部分が欠けている。子供には興味がないし、自分の芸術だけが大事だということにして、子供はほしくないと言いつづけてきた。でも事実じゃない。ただの言い訳——本当は、わたしは子供を持つのが怖いのだ。わたしに子供は任せられない。

あの母から生まれた子供だから。

帰ってきたとき、意識か無意識の頭にそのことがあった。ゲイブリエルの言ったとおりだ。わたしの心はひどく乱れていた。

でも、ゲイブリエルがそこで銃の掃除をしていなければ、絶対に爆発したりはしなかった。彼がそれを持っていること自体、ものすごく嫌。それに、何度頼んでも手放そうとしないから、心が傷つく。言うことはいつもおなじ——農場にあったお父さんの古いライフルで、十六のときに譲り受けたものだから、思い出としての価値がどうのこうの。そんな話は信じない。だから、持っているのにはちがう理由があるんだと思う。

わたしはそう言った。そしたらゲイブリエルは、安全を求めるのはべつに悪いことじゃない、家や妻を守りたいと思うのは、って。何者かが押し入ってきたらどうする？

「そのときには警察を呼ぶわ」わたしは言った。「銃で迎え撃つなんてばかな真似はせずに！」

わたしも声をあげたけど、ゲイブリエルもさらに負けない大声を出して、気づくと怒鳴り合いになってた。わたしはいくらか自制を失っていたかもしれない。でも売り言葉に買い言葉だ――ゲイブリエルにも攻撃的なところがあって、たまにしか出さないけど、そういう面を見るととても怖くなる。そんなときは、一瞬、他人と暮らしているような気になる。それがすごく恐ろしい。

夜はもう口を利かなかった。ふたりとも無言でベッドに入った。

今朝はセックスして仲直りした。わたしたちはいつもベッドで問題を解決するらしい。なぜかそのほうが簡単だから――ベッドのなかにいて、裸で、半分眠っているときだと、素直な気持ちで〝ごめん〟と言いやすい。弁解だとか言い訳だとかは、服といっしょに全部床に脱ぎ捨てられていて。

「喧嘩はいつもベッドでするってルールをつくるべきかもな」ゲイブリエルはわたしにキスをした。「愛してるよ。銃は処分する、約束するよ」

「いいの」わたしは言った。「もういいから、忘れて。大丈夫だから。本当に」

ゲイブリエルはもう一度キスして、わたしを引き寄せた。わたしは裸の自分を彼に重ねて、しがみついた。わたしにぴったりの形に変形した優しい岩の上で身体をのばした。それでようやく安らかな気分になった。

七月二十三日

今はこれを〈カフェ・デル・アルティスタ〉で書いている。このごろは、ほぼ毎日来ている。家を出ないとっていう気持ちにいつも駆られるから。他人がまわりにいると、たとえそれがここの退屈したウェイトレスだけだったとしても、なんとなく世界とつながっている気になれる。人間らしく。そうでないと、わたしは存在するのをやめてしまいそう。消えるとかして。

消えることができたらと思うときもある——たとえば今夜。ゲイブリエルはお兄さんを夕飯に招待した。今朝、いきなりそれを伝えられた。

「マックスとはもうずいぶん会ってない」ゲイブリエルは言った。「ジョエルの引っ越しパーティ以来だ。バーベキューをするよ」それからわたしを変な目で見た。「かまわないよな」

「どうしてわたしがかまうの？」

ゲイブリエルは笑った。「嘘をつくのがだれより下手だと、自分で知ってるか。きみの顔は薄い本みたいにすぐに読める」

「顔にはなんて書いてある？」

「マックスのことは好きじゃない。むかしから好きじゃない」

「ちがうわ」顔が赤くなるのがわかって、肩をすくめて目をそらした。「もちろん、マックスは好き」わたしは言った。「会えるのは嬉しいし……。いつまたモデルをしてくれるの？　絵を終わらせないと」

ゲイブリエルは微笑んだ。「今週末は？　ところで、その絵のことだが——頼みがある。マックスには見せるな、いいね？　キリストの姿をした自分は見せたくない——一生、冗談にされる」

「マックスの目にはふれない」わたしは言った。「まだ見せられる状態じゃないから」

それにもしそうだったとしても、マックスにだけはアトリエに足を踏み入れてほしくない。そう思ったけど、口には出さなかった。

今は家に帰るのが恐ろしくてたまらない。このエアコンの効いたカフェにずっといて、マックスが帰るまで隠れていたい。でもウェイトレスはすでにいらいらと音をたてて、これ見よがしに時計を見てる。もうすぐ追いだされる。つまり、変人みたいに夜どおし通りを徘徊するわけにはいかないから、わたしは家に帰って嫌なことに立ち向かうしかない。マックスに立ち向かうしか。

七月二十四日

またカフェに来た。べつの人がわたしの席にいて、ウェイトレスは同情的な目でわたしを見た——少なくとも彼女が伝えようとしたのはそういうこと、連帯感みたいなものだったと思う。でも、勘ちがいだったかも。結局、外じゃなく店の内側を向いた、エアコンの近くのべつの席にすわった。あまり光がとどかず、寒くて薄暗くて、わたしの気分に合っている。

ゆうべは最悪だった。想像していたよりひどかった。来たとき、それがマックスだとすぐには気づかなかった——たぶん、スーツじゃない姿を見たのははじめてだったと思う。短パンだと、ちょっとばかっぽく見える。駅から歩いてきたせいで、汗だくだった——禿頭は真っ赤でてかてかで、脇の下には黒い染みがひろがっていた。最初、わたしと目を合わせようとしなかった。それとも、わたしがそっちを見なかった？

マックスはうちを見て大げさに騒いだ。すっかり見ちがえたとか、最後に招待されたときからずいぶんたって、もう二度と招かれないと思いはじめてたとか。ゲイブリエルは謝りっぱなしで、わたしは今度の個展があるし、ゲイブリエルも仕事があって、ふたりともすごく忙しくて、だれとも会ってないと説明した。ゲイブリエルは笑顔だったけど、マックスの大げさな言い方にいらついているのはわかった。

わたしは最初は、とても愛想のいい顔をしていた。機会をうかがっていた。すると、それがやってきた。マックスとゲイブリエルは庭に出て、バーベキューの準備をはじめた。わたしはサラダをつくると言ってキッチンに残った。マックスは口実をつくって、わたしのところにやってくるはず。予想はあたった。五分ほどすると、のしのし歩く彼の重そうな足音が聞こえてきた。ゲイブリエルの歩き方とはまるでちがう——ゲイブリエルはすごく静かで、猫みたいで、家を歩きまわる音を聞いたことがない。

「アリシア」マックスは言った。

気づくと、トマトを刻む手がふるえていた。わたしはナイフを置いた。ふり返って向き合った。

マックスは空《から》になったビール瓶をあげて笑った。このときですら、わたしを見ようとしなかった。「お代わりをもらいにきた」と言うだけで。

わたしはうなずいた。何も言わなかった。マックスは冷蔵庫をあけて、ビールを一本出した。栓抜きをさがしてふり返った。わたしはカウンターの上を指さした。

マックスは栓をあけながら、妙な笑みをうかべた。何かを言おうとしているように。でも、そうさせる前にわたしが言った。「何があったか、ゲイブリエルに言うからね。いちおう知らせとくわ」

マックスは笑うのをやめた。蛇みたいな目で、はじめてわたしのことを見た。「なんだと?」

「ゲイブリエルに言うから。ジョエルの家であったことを」

「なんの話だかわからないな」

「わからない?」

「記憶にない。そこそこ酔ってたんでね」

「嘘」

「本当だ」

「わたしにキスしたのを憶えてない？　腕をつかんだことを」

「アリシア、よせよ」

「ようって何を？　大げさに騒ぐなって？　わたしを襲ったくせに」

わたしのなかで怒りが募った。声を抑えて、叫びださないようにするのがやっとだった。窓の外を見た。ゲイブリエルは庭の奥にいて、バーベキューの前に立っている。煙と熱気のおかげで像がゆがみ、まがって見えた。

「ゲイブリエルはあなたを尊敬してる」わたしは言った。「自分のお兄さんだから。打ち明けたら、すごく傷つくでしょうね」

「なら、話すな。話すことは何もない」

「真実を知る必要がある。自分の兄の本性を知る必要がある。あなたは――」

言い終わる前にマックスが乱暴にわたしの腕をつかんで、自分に引き寄せた。わたしはバランスをくずして、彼に倒れかかった。こぶしをあげたから殴られるのかと思った。「きみを愛してる」マックスは言った。「愛してる、愛してる、愛してる――」

何も反応できないでいるうちにキスされた。押しのけようとしたけど、彼がそうさせなかった。ざらざらした唇が押しつけられて、口のなかに舌が無理やり入ってきた。わたしは本能に従った。

思いきり彼の舌を噛んだ。

マックスは叫び声をあげて、わたしを押しのけた。顔をあげると口が血だらけだった。

「クソ女！」声がごぼごぼし、歯は真っ赤だった。手負いの動物のように、わたしをにらんだ。

マックスがゲイブリエルの兄弟だなんて、信じられない。ゲイブリエルのいいところがマックスにはまったくない。慎みも、思いやりも。マックスは不快なだけ――だからそう言ってやった。

「アリシア、ゲイブリエルには何も言うな。いいな。これは忠告だ」

わたしはもう何も言わなかった。マックスの血の味が舌にあったから、水道の水を出して味が消えるまで口をすすいだ。それから庭に出ていった。

テーブルの向こうからマックスがちらちら見ているのがわかった。顔をあげると視線が合って、向こうが目をそらす。わたしは何も食べなかった。食べると思っただけで吐き気がした。マックスの血の味がずっと口に残っていた。

どうしていいか、わからない。ゲイブリエルに嘘をつきたくはない。秘密にしておくのも嫌。でも話したら、ゲイブリエルは二度とマックスと口を利かないだろう。兄に誤った信頼を寄せていたことがわかったら、ゲイブリエルは打ちのめされる。だって本当に信頼してるから。マックスを崇拝してる。そんな相手じゃないのに。

マックスがわたしを愛してるというのも信じられない。マックスはゲイブリエルを憎んでいる、きっとそれだけ。たぶん、彼に心から嫉妬してる――だからゲイブリエルが持っているものを、なんでもかんでも奪いたいだけ。わたしもふくめて。でも今回、わたしははっきり抵抗を示したから、もう二度と迫られることはないと思う――少なくともそう期待したい。ともかく、しばらくのあいだは。

だから、今のところは黙っておこう。

もちろんゲイブリエルは本を読むみたいにわたしを読める。それかたぶん、わたしが上手な役者じゃないだけかもしれない。ゆうべ寝る支度をしてたときも、マックスがいるあいだずっと変な様子をしていた、と言われた。

「疲れてただけ」

「ちがう、それだけじゃない。やけによそよそしかった。もっと努力してくれてもいいだろう。会う機会なんて、めったにないんだから。マックスとうまくやるのが、なんでそんなにむずかしいんだ」

「そういうんじゃない。マックスはまったく関係ない。気がそぞろだったの。仕事のことを考えてて。個展の作品が遅れてるから——それで頭がいっぱいなの」できるだけ説得力のある言い方でわたしは言った。

ゲイブリエルは疑う目をしたけど、とりあえずはそれきりになった。今度マックスに会うときに、また考えないと——でもしばらく会うことはないと、何かが告げてくれている。

書いたらすっきりした。文字にしたら、なんだかほっとした。証拠があるということだから——証明するものが。

いざとなれば。

七月二十六日

今日は誕生日。わたしは三十三歳になった。

変な感じがする——自分がなると思っていた年齢を越えてしまった。想像していたのは、ここまで。今では母より長く生きている。母より年上だと思うと落ち着かない。母は三十二歳になり、そこで終わった。わたしはそれより長く生きて、まだ終わらない。毎年、年齢を重ねていく——母とはちがって。

今朝のゲイブリエルは最高にステキだった——キスで起こして、三十三本の赤いバラをプレゼントしてくれた。美しかった。ゲイブリエルは棘《とげ》で指を刺した。血の赤色をした涙。完璧だった。

そのあと朝食を食べようと、わたしをヒースまでピクニックに連れだした。太陽がまだほとんど出てなくて、我慢できる暑さだった。水場から冷たいそよ風が吹いて、あたりは刈った芝のにおいがした。ふたりでメキシコで買った青いブランケットを下に敷いて、池のほとりの柳の下に寝転がった。重なり合う柳の枝がわたしたちの上に日除けをつくり、葉の隙間からけぶった日光が射し込んだ。シャンパンを飲み、スモークサーモンをそえたプチトマトと薄く切ったパンを食べた。頭の奥のどこかで、かすかな懐かしさをおぼえた――もどかしいデジャヴみたいな感覚。子供のころの物語とか、おとぎ話とか、あいだを抜けると異世界に通じている魔法の木とか、そんな記憶が刺激されただけかもしれない。もっと日常的な何かだったかもしれない。でもそのとき、記憶がよみがえってきた。

ケンブリッジの実家の庭で柳の陰にすわっている、まだずいぶん幼い自分が見えた。何時間もそこに隠れてた。幸せな子供じゃなかったかもしれないけど、その柳の下にいるときは、ゲイブリエルとここで寝転がっているのと似たような、満ち足りた気持ちになれた。そして今、過去と現在が、パーフェクトな一瞬として共存している感じがした。この時間が永遠につづけばいいのにと思った。ゲイブリエルが眠ってしまうと、わたしは彼をスケッチして、顔にまだらに降り注ぐ日射しを再現しようとした。ゲイブリエルの目の部分は、前よりはうまく描けた。閉じているから簡単だ――でも、ともかく形を正確にとらえることができた。身体を丸め、穏やかな寝息をたて、口のまわりにパンくずをつけたゲイブリエルは、小さな男の子のようだった。

ピクニックを終わりにしたあとは、家に帰ってセックスをした。するとゲイブリエルはわたしを抱きしめて、驚くことを言った。「アリシア、聞いてくれ。きみに話したい考えがあるんだ」

その言い方に、わたしはたちまち不安になった。最悪のことを覚悟して身構えた。「どうぞ言って」

「ふたりの子供がほしい」

一瞬、口が利けなかった。驚きのあまり、何を言っていいのかわからなかった。「だって――子供はほしくないんでしょう。自分でそう言ってた──」

「それはむかしの話だ。気が変わった。僕らふたりの子供がほしいんだ。どうかな。どう思う?」

ゲイブリエルは希望に満ちた期待する目でわたしを見つめ、反応を待っていた。涙がこみあげてきた。

「ええ」わたしは言った。「そうね、それがいい……」

ふたりは抱き合って、泣いて、笑った。

ゲイブリエルは今ベッドで寝てる。わたしはこっそりそばを離れて、こうした全部のことを書き記している──この日のことを一生憶えていたいから。今日の一瞬一瞬を。

喜びが胸にあふれてる。今は希望でいっぱい。

14

僕はマックス・ベレンソンが言ったことをずっと考えていた──父親を亡くしたあとの、アリシアの自殺未遂のことを。彼女のファイルでは、ひとこともふれられていなかったが、その理由はなんなのか。

翌日、マックスに電話をかけ、オフィスを出るところをちょうどつかまえた。

「よければ、あと少しだけ質問をさせてもらえませんか」

「今は文字どおりドアから出るところだ」

「時間は取らせません」

マックスはため息をつき、電話をおろしてタニアに向かって何やら言った。

「五分だ」マックスは言った。「それ以上は取れない」

「ありがたい、感謝します。アリシアが自殺未遂したと言いましたね。そのとき治療を受けたのはどこの病院だったんでしょう」

「入院はしなかった」

「入院しなかった？」

「そうだ。自宅で養生した。弟が世話をして」

「だけど——もちろん医師の診察は受けたでしょう。過剰摂取と言いましたよね」

「ああそうだ。それに当然ながら、ゲイブリエルは往診を頼んだ。そして彼は……その医師は——表沙汰にしないことに同意した」

「その医師というのは？　名前は憶えてませんか」

考える間があった。

「悪いが、言えない……思いだせない」

「かかりつけの一般医ですか？」

「そうじゃないのはたしかだ。弟はわたしとおなじ一般医にかかっている。その医師には何も言うなとゲイブリエルに釘を刺された憶えがある」

「でも、どんな名前も記憶にはないと」

「悪いがそうだ。以上かな？　もう行かないと」

「あとひとつだけ……ゲイブリエルの遺書の内容に興味があるんですが」

小さく息を吸う音がし、マックスの口調がとたんに険しくなった。「ゲイブリエルの遺書？　それがどう関係するのかまるで——」

「遺産の主たる受取人はアリシアでしたか？」

「妙な質問だと言わざるを得ないな」

「僕はなるべく多くを理解しておき——」

「なんの理解だ」マックスは僕が言い終わるのを待たずに、いらだった声でつづけた。「主たる受取人はわたしだ。アリシアは自身の父親から多額の相続を受けて不自由することはないとゲイブリエルは考えた。そうというわけで、地所のほとんどはわたしに遺された。自分の死後、その地所の値がこんなにあがるとは、当然、弟は知らなかった。それでよろしいか？」

「じゃあ、アリシアの遺言は？　アリシアが死んだらだれが相続するんです？」

「それは」マックスはきっぱり言った。「わたしの口から話せるようなことじゃない。われわれが話をするのはこれが最後であることを切に願う」

カチッと音がして、電話が切れた。だが、マックス・ベレンソンからの便りを聞くのはこれが最後にはならないと、彼の口調の何かが告げていた。

あまり長く待つことはなかった。

昼食後、ダイオミーディーズは僕をオフィスに呼びだした。入ると顔をあげたが、笑みはなかった。

「いったいきみはどうしたんだ」

「僕ですか？」

「とぼけるんじゃない。午前中にだれから電話があったと思う？　マックス・ベレンソンだ。二度きみから接触があって、個人的なことを根掘り葉掘り聞かれたと言っている」

「アリシアのことでいくつか照会しました。先方もかまわないようでした」

「今はそうは思ってない。迷惑行為という言い方だったぞ」

「ちょっと待ってください――」

「われわれとしては、弁護士に騒がれるなどもってのほかだ。きみの活動はすべて、この施設内に限定し、なおかつわたしの監督下で行うこと。わかったか？」

僕は腹が立ったがうなずいた。不機嫌な十代の子供のように床を見つめた。ダイオミーディーズもそれに応じるように、父親然として僕の肩をぽんとたたいた。

「セオ。いくつか助言させてもらおう。きみは誤ったやり方で仕事を進めようとしている。聞き込みをし、手がかりをさがし、それじゃまるで探偵物語だ」笑って首を振った。「そんなやり方じゃ、たどりつけないぞ」

「何にですか?」

「真実にだよ。ビオンの言ったとおり、〝記憶なく、欲なく〟だ。意図も不要――セラピストとしての唯一の目標は、そこに同席し、彼女といるときの自分の心に注意を向けることだ。あとのことは放っておいてもどうにかなる」

「そうですね」僕は言った。「おっしゃることは正しいと思います」

「わたしは正しいのだ。それから、アリシアの親戚に会いにいったなどという話はこれ以上耳にしたくない。わかったな」

「約束します」

15

その日の午後、僕はアリシアのいとこ、ポール・ローズに会いにケンブリッジへ向かった。

列車が駅に近づくにつれ土地は平坦になり、田園は冷たく青い光をその一面に受けた。ロンドンを出られて嬉しかった――空は重苦しくなく、息をするのがずっと楽だった。

携帯電話の地図を頼りに、学生や観光客といっしょにぞろぞろ列車を降りた。街は静かだった。舗道に響く自分の足音が聞こえた。やがていきなり道路が途切れた。目の前には荒れ地がひろがり、ぬかるみと草地の向こうに川が見えた。

川辺には、家は一軒しかなかった。大きな赤レンガを泥に突き立てたような、頑とした立派な家だった。ビクトリア朝時代の怪物とも言うべき、醜い建物だ。壁は蔦《つた》でおおわれ、庭の草木はのび放題で、そのほとんどが雑草だった。自然がもとの領土を回復し、侵害しつつあるといった印象だ。ここがアリシアの生家。人生の最初の十八年間を過ごした場所だ。この壁の内側で、彼女の人格が形成された。成人したあとの人生、あらゆる原因とその結果としての選択の根っこが、ここに埋まっているのだ。なぜ現在にまつわることの答えが過去に求められるのか、ぴんと来づらい場面もあるだろう。単純なたとえを出せば、たぶんわかりやすい。性的虐待の分野の権威である精神科医が語ってくれたことがある。小児性愛者について広く研究を重ねてきた三十年のなかで、子供時代に虐待を受けた経験のない者には、彼女はひとりも会ったことがないのだそうだ。虐待を受けた子供全員が虐待者になるという意味ではないが、虐待経験のない者が虐待者になることは不可能だ。人は生まれながらの悪人ではない。ウィニコットが述べるとおり、〝最初に母親から憎まれなければ、赤ん坊は母親を憎むことはできない〟のだ。赤ん坊のときのわれわれは、無垢なスポンジ、空白の石板で、あるのは基本的な、すなわち食べ、排泄《はいせつ》し、愛し、愛される欲求だけだ。ところが、生まれた環境、育った家によっては、何かがおかしな方向に進むこともある。苦しめられ虐待された子供は、無力で無防備ゆえ実際にやり返すことはできないが、復讐の場面を心で想像することはできるし、そうしないではいられない。怒りは恐怖とおなじように、本質的には受け身のものだ。アリシアには、おそらくは幼少期に、何か悪いことが起こり、それが誘引となって、何年もたってから殺人衝動があらわれた。どんな誘引があったとしても、この世のすべての人が銃を取って至近距離からゲイブリエルの顔を撃つようなことはしない――むしろ、ほとんどの人には、そんなことはできない。アリシアがそれを為したという事実そのものが、彼女の内面世界に何かしら障害があることを示している。だからこそ、彼女にとってこの家での暮らしがどんなものだったか理解することが、僕には肝心なのだ。何があって彼女がつくられたのか。何があってあのような人間——人を殺せる人間——になったのか。

雑草や、揺れる野の花のあいだを抜けて、僕は草の茂る庭をさらに進み、家の横を抜けた。奥には大きな柳の木があった。葉の落ちた枝を地面まで垂らす、美しい立派な木。子供だったアリシアが、木のまわりや枝で隠された自分だけの魔法の世界で遊ぶ場面が想像された。顔がほころんだ。

そのとき、僕はふいに不安をおぼえた。だれかに見られている気がしたのだ。

家を見あげた。二階の窓から顔がのぞいていた。ガラスに押しつけられた醜い顔、老婆の顔が、真っすぐに僕を見ていた。異様な、なんとも言えない恐怖にぞっとした。

背後の足音を聞きつけたときには、もう手遅れだった。バンと音がし、ドスッという衝撃があり、後頭部に刺すような痛みが走った。

そしてすべてが真っ暗になった。

16

僕は硬いひんやりした地面で、仰向けで目を覚ました。真っ先に感じたのは痛みだった。頭蓋骨をかち割られたように、頭がずきずき激しく痛んだ。手をのばし、そっと頭のうしろにふれてみた。

「血は出てない」声がした。「だけどあした、ひどい痣になるのはまちがいない。がんがん痛むだけじゃなく」

僕は目をあげて、はじめてポール・ローズを見た。野球のバットを手に、立って上から見おろしていた。年齢は僕とさほど変わらないが、上背があり、なおかつ横幅もあった。少年っぽい顔立ちに、アリシアとおなじ色の、くしゃくしゃの赤毛。口からはウィスキーがにおった。

僕は身を起こそうとしたが、思うようにならなかった。

「そのままでいたほうがいい。もうしばらくは」

「脳震盪《のうしんとう》を起こしたようだ」

「たぶんな」

「なんだって、こんなことを」

「だって、しょうがないじゃないか。強盗かと思ったんだ」

「そんなんじゃない」

「もう知ってる。財布を調べた。心理療法士だとか」

ポールは尻のポケットに手を入れ、僕の財布を出して、投げてよこした。胸の上に落ちてきた。僕はそれをつかんだ。

「身分証を見た」ポールは言った。「あの病院にいるのか——ザ・グローヴに」

うなずくと、その動きで頭がずきずきした。「そうだ」

「で、おれがだれだか知っている」

「アリシアのいとこ」

「ポール・ローズだ」手を出した。「ほら、起こしてやる」

驚くほど簡単に僕を引っぱり起こした。たいした力持ちだ。立つと足がふらついた。「死んでたかもしれない」僕はつぶやいた。

ポールは肩をすくめた。「そっちこそ、武器を持ってたかもしれない。勝手に人の土地に侵入したんだ。しょうがないだろ。なんでここに来た」

「きみに会うために」僕は痛みに顔をゆがめた。「来なきゃよかった」

「ほら、なかで少しすわってろよ」

痛みがひどすぎて、僕は導かれるままに歩くほかなかった。一歩ごとに頭ががんがんした。僕らは裏口をくぐった。


屋内も、外に劣らず荒れ放題だった。キッチンの壁は、四十年前に流行が過ぎたようなオレンジ色の幾何学模様でおおわれている。壁紙はところどころはがれ、燃えたように丸まって、よじれて黒くなっていた。天井の隅の蜘蛛の巣には、ミイラ化した昆虫がぶらさがっている。床にたまった埃はあまりに分厚くて、薄汚れた絨毯のように見えた。それに、吐き気をもよおす、染みついた猫の小便のにおい。キッチンには少なくとも五匹の猫がいて、椅子やいろんな場所の上で眠っていた。口があいたままのビニール袋が床にいくつも置かれ、生臭いキャットフードの缶があふれていた。

「すわれよ」ポールは言った。「お茶をいれよう」

ポールはドアのわきにバットを立てかけた。僕はそこから目をはなさなかった。この男といるかぎり安心はできない。

ポールは紅茶のなみなみ入った、ひび割れたマグカップを僕によこした。「飲めよ」

「鎮痛剤はないかな」

「どこかにアスピリンがある。見てみよう。ほら──」ポールはウィスキーの瓶をつかんだ。「これが効くぞ」

ウィスキーをマグに注ぎ入れた。僕は口をつけた。熱々で、甘くて、強かった。ポールはそこでいったん動きを止めて、自分のお茶を飲みながら僕をじっと見つめた──アリシアの射抜くような眼差しが思いだされた。

「彼女はどうしてる」ポールはようやく言った。僕が答える前に自分でつづけた。「しばらく会えてない。なかなか家を空けられないんだ……。母さんの具合がよくなくて──ひとりにしたくない」

「なるほど。アリシアと最後に会ったのは？」

「何年も前だ。とにかく、長いこと会ってない。もう連絡を取り合ってなくてさ。結婚式に出て、その後、二、三度会ったけど……。ゲイブリエルはたぶん、独占欲が強かったんだろ。とにかく結婚してからは、アリシアは電話をよこさなくなった。こっちにも来なくなった。はっきり言って、母さんはひどく傷ついてた」

僕は何も言わなかった。頭が痛くてまともに考えられなかった。ポールにじっと観察されているのがわかった。

「で、何が望みでおれに会いにきた？」

「いくつか聞きたいことがあって……アリシアのことで。彼女の……子供時代のことを」

ポールはうなずき、自分のマグにウィスキーを注ぎ足した。今ではリラックスしているように見える。ウィスキーは僕にも効き目をあらわして、痛みがやわらいで、いくらか頭も働くようになった。

計画どおりにやれ、と自分に言った。事実を得る。そして、とっととここから引きあげる。

「アリシアときみは、いっしょに育ったのか」

ポールはうなずいた。「おやじが死んで、母さんとここに移り住んだ。おれが八歳か九歳のときだ。たぶん、一時的なつもりだった——けど、アリシアの母親が事故で死んで……。で、母さんはそのまま居つづけた——アリシアとヴァーノンおじさんの世話をするために」

「ヴァーノン・ローズ——アリシアのお父さんか」

「そうだ」

「そしてヴァーノンは、数年前にここで亡くなった」

「ああ。もう何年もたつ」ポールは顔をしかめた。「自殺だった。首を吊ったんだ。ここの上の、屋根裏で。おれが死体を見つけた」

「それは大変な経験だったろうな」

「ああ、しんどかったよ——とくにアリシアにとっては。考えてみりゃ、あのときがアリシアと会った最後だった。ヴァーノンおじさんの葬式のときが。アリシアはひどい様子だった」ポールは立ちあがった。「お代わりは？」

僕は断ろうとしたが、ポールはしゃべりつづけながらウィスキーを注ぎ足した。「おれにはまったく信じられなかった。アリシアがゲイブリエルを殺すだなんてさ——何ひとつ納得できない」

「どうして？」

「まったくアリシアらしくないからだ。暴力的な性格じゃなかった」

今はちがうが、と僕は思った。口にはしなかった。ポールはウィスキーをすすった。「で、まだしゃべらないのか？」

「ああ。まだしゃべらない」

「わけがわからない。どこを取ってもだ。だってアリシアは——」

二階でドスンという大きな音がして、会話が中断された。つづいて、くぐもった声。女性の声だ。何を言っているかはわからない。

ポールが慌てて立ちあがった。「ちょっと待って」そう言って部屋を出た。階段の下まで急いだ。そこから声をあげた。

「母さん、大丈夫か？」

中身はわからなかったが、階段の上からもごもごする声で返答があった。

「え？　ああ、わかったよ。ちょっと——ちょっと待ってて」ポールは不安げな声を出した。眉を寄せ、廊下の向こうからふり返った。僕にうなずきかけた。

「母さんが、二階に来いってさ」

17

足のふらつきはましになったが、今もめまいがおさまらないなか、僕は重たい足取りのポールにつづいて、埃っぽい階段をあがった。

リディア・ローズは階段のてっぺんで待っていた。しかめた顔は、さっき窓からのぞいていたのと同一人物のものだった。長くのばした白髪が蜘蛛の巣のように肩にひろがっている。ものすごい肥満体だ——ふくれた首、肉々しい腕、木の幹のような巨大な脚。杖にすっかり体重をあずけてもたれていたが、杖はその重みにたわんで今にも折れそうだった。

「こいつはだれだ。こいつはだれだ？」

目では僕を見ていたが、けたたましい声のその質問はポールに向けられていた。僕から視線をはずそうとしなかった。やはりアリシアとおなじ、強烈な眼差しだった。

ポールが声を落として言った。「母さん。興奮しないで。ただのアリシアのセラピストだ。病院の。おれと話をしにきた」

「あんたと？　いったいなんの話があるっていうんだ。おまえ、何かやったのか」

「アリシアのことでちょっと聞きたいことがあるってだけだ」

「記者じゃないか、この間抜け」しだいに金切り声になった。「追い返せ！」

「記者じゃない。ちゃんと身分証を見たよ。ほら、母さん。ベッドにもどろう」

ぶつぶつ言いながらも、リディアは寝室に連れもどされた。ポールは僕にうなずきかけて、ついてくるよう合図した。

リディアはどっさり腰をおろした。彼女の体重を受け止めてベッドが揺れた。ポールは枕を整えてやった。リディアの足元では、老いた猫が眠っている。ここまで醜い猫ははじめて見た——喧嘩の傷が残り、ところどころ毛が禿げ、片耳を食いちぎられている。猫は寝ながらうなり声をたてた。

部屋を見まわした。どうでもいいものでいっぱいだった。積みあげられた古雑誌、黄ばんだ新聞、古着の山。壁ぎわには酸素ボンベがあり、ベッドサイドの台には、薬のたくさん入ったケーキの型が置いてあった。

敵意むきだしのリディアの目がじっと注がれているのが感じられた。その眼差しには病的なものがある。それは確かだった。

「こいつは何を望んでる」リディアは言った。僕を品定めして目がしきりに上下する。「こいつはだれだ？」

「今言ったじゃないか、母さん。治療に役立てるために、アリシアのむかしのことを知りたがってる。この人はアリシアの心理療法士だ」

リディアが心理療法士一般にどんな意見を持っているかは、目に明らかだった。彼女は首をうしろに向け、咳ばらいし――そして僕の前の床に唾を吐いた。

ポールがうめいた。「母さん、おい――」

「うるさい」リディアは僕をにらんだ。「アリシアは病院なんかにいる身分じゃないんだよ」

「そうなんですか」僕は言った。「じゃあ、どこにいるのがふさわしいと？」

「どこだと思う？　刑務所だ」リディアは軽蔑的な目で僕を見た。「アリシアの話が聞きたいって？　じゃあ、教えてやろうじゃないのさ。あれはろくでもない女だ。子供の時分からずっとそうだった」

聞きながら頭がずきずき痛んだ。リディアは怒りをさらに募らせながら、話をつづけた。「哀れなヴァーノン。エヴァの死から二度と立ちなおれなかった。あたしが面倒を見てやった。アリシアの面倒も見た。それで、あの子は感謝したか？」

返事を求められてないのは明らかだった。どのみちリディアは待たなかった。

「アリシアはどうやって恩を返したと思う？　あたしの親切全部に。あたしに何をしたと思う？」

「母さん、もういいだろ――」

「うるさい、ポール！」リディアはこっちを見た。驚くほどの怒りが声に込められていた。「あのクソ女はあたしを絵にしたんだ。あたしに黙って、なんの断りもなく。アリシアの個展に行った――そしたら、そこにかかってたんだよ。不愉快で忌々しい――腹の立つ芸術もどきが」

リディアは怒りにふるえ、ポールは心配そうな表情をうかべた。詫びる目で僕を見た。

「帰ってもらったほうがよさそうだ。怒るのは母さんにはよくない」

僕はうなずいた。リディア・ローズが健全な人間でないのは、疑いのないことだ。退散するのは、こっちとしても望むところだった。

僕は家をあとにし、腫れた頭と、割れるような痛みをかかえ、列車の駅まで来た道をもどった。まったくの時間の無駄だった。何ひとつ得たものはなかった——アリシアがあの家を早々に出た理由が明らかになった以外は。自分が十八で家を出て、父から逃げたことを思いだす。アリシアがだれから逃げたかは、まちがいない——リディア・ローズだ。

アリシアの描いたリディアの絵のことを思った。腹の立つ芸術もどき、と彼女は言った。すぐにもアリシアの画廊に足を運び、その絵が叔母をあんなにも激昂させた理由をさぐろうと思った。

ケンブリッジを離れるとき、最後に考えたのはポールのことだった。あんな恐ろしい女性と暮らし、無給の奴隷を演じないといけない彼が気の毒だった。わびしい人生だ。友人がたくさんいるとも思えない。それに恋人も。まだ童貞だったとしても驚きはしない。ポールは身体は大きくても、どこか育ちきってない印象があった。頭を押さえつけられているような。

リディアに対しては、僕は瞬時に激しい嫌悪をおぼえた——自分の父親を思いださせるからだろう。実家に居つづけたら僕もポールのようになっていたにちがいない。あのままサリーの両親のもとにいて、正気でない男の好きにされていたら。

ロンドンまでの帰り道は、ずっと心が重かった。悲しくて、疲れて、涙が出そうだった。感じているのがポールの悲しみなのかは、よくわからない——あるいはそれは、自分の悲しみだったのかもしれない。

18

家に帰るとキャシーはいなかった。

僕は彼女のPCをひらき、メールにアクセスしようとした——だがツキはなかった。ログアウトしてあった。

彼女が二度と過ちをくり返さないという可能性を、僕は受け入れないといけない。嫌気が差すまでチェックをつづけ、強迫観念に屈して、みずからを狂気へと追い込みたいのか？　自分がありふれた存在——嫉妬深い夫——になりさがった自覚は十分にあったし、キャシーが目下、まさに『オセロ』のデズデモーナ役のリハーサル中だという皮肉も頭から離れなかった。

あの最初の晩に、読んですぐメールを自分に転送すべきだった。そうしたら現物の証拠が手元に残った。手ぬかりだった。おかげで僕は、自分がそもそも何を見たのか疑問を持ちはじめている。記憶は信頼できるのか？　何しろあのときはマリファナでハイになっていたのだ。読んだものを勘ちがいしたとは考えられないか？　気づくと僕は、キャシーの無実を証明するための荒唐無稽《こうとうむけい》な説明をひねりだしていた。きっとあれはただの演技の練習だったのだ——彼女は『オセロ』を演じるにあたり、役になりきって書いていたにちがいない。ミラーの『みんな我が子』の役作りのときは、六週間前からアメリカの地方訛りでしゃべりつづけた。今回も似たようなことが起こってないともかぎらない。ただし、メールの署名はキャシーだった——デズデモーナではなく。

全部が僕のただの妄想ならどんなにいいか——そしたら夢を忘れるように忘れられる。目を覚ますことができ、すると記憶はしだいにあせていく。だが現実の僕は、不信、疑念、パラノイアの果てなき悪夢に閉じ込められていた。とはいえ、表面的にはほとんど何も変わっていない。日曜日にはいっしょに散歩にも出かけた。傍目からすれば、公園を散歩しているほかのカップルとなんら変わりなかった。黙っている時間がいつもより長かったかもしれないが、気まずそうには見えなかっただろう。ただしその沈黙の下、僕の頭のなかでは、熱をおびた会話が一方的に飛び交っていた。何百もの質問がくり返された。なぜ、キャシーはあんなことをしたのか？　なぜ、できたのか？　なぜ僕を愛していると言い、僕と結婚し、セックスし、ベッドを共にし――そののち、僕の前で堂々と嘘をつき、何年も嘘をつきつづけたのか？　いつからこうだったのか？　その男を愛しているのか？　そいつを取って、僕を捨てるのか？

シャワーを浴びているすきに、何度か彼女の携帯電話をチェックし、メッセージを調べたが、何も見つからなかった。有罪の証拠となる文章を受け取っていたとしても、削除してあった。彼女はばかじゃないらしい。ときどき不注意になるだけで。

僕が真相を知らずに終わる可能性もある。永遠に何もわからないかもしれない。

それをどこか願っている自分もいた。

散歩から帰ってきていっしょにソファにすわると、キャシーが僕の顔をのぞき込んだ。「大丈夫？」

「大丈夫って何が」

「わからない。ちょっと元気がないみたい」

「今日？」

「今日だけじゃない。このごろ」

僕は彼女の視線を避けた。「仕事のせいだ。あれこれ気になることがあって」

キャシーはうなずいた。思いやるように手をぎゅっとにぎった。なかなかの演技派だ。気にかけてくれていると、信じそうになる。

「リハーサルはどう?」僕はたずねた。

「まし。トニーがいくつかいい案を思いついたの。来週はそれを試してみるから、毎日遅くなるわ」

「わかった」

彼女の言うことを、僕はもはやひとことも信じていなかった。患者に対してするように、一文ごとに分析をした。言外の意味をさぐり、行間を読んで非言語的な手がかりをさがした——わずかな抑揚、はぐらかし、省略。そして嘘。

「トニーはどうしてる」僕は聞いた。

「元気よ」キャシーはまったく興味なさそうに肩をすくめて答えた。その態度は信じられなかった。彼女は監督のトニーを崇めていて、しょっちゅう彼の話をする——最近はそれほどでもないが、少なくとも以前はよく話題にした。トニーとキャシーは、芝居や演技や劇場のことを語り合った——僕の知識外の世界だ。トニーの話はさんざん聞いたが、姿を見たのは一度きりで、リハーサル後のキャシーに会いにいったときに、一瞬見かけただけだった。キャシーが僕らを紹介しないのは妙なことだ。トニーは既婚者で、妻は役者をしている。印象からして、キャシーは彼女をあまり好きじゃないらしい。僕とおなじで、妻もふたりの関係に嫉妬しているのかもしれない。四人みんなで夕食に出かけないかと僕から誘ったこともあったが、キャシーはその案に乗り気ではなかった。あえて僕らを引き合わせないんじゃないかと勘ぐりたくなることも、ときどきあった。

僕はキャシーがPCをひらく様子を見つめた。画面を僕から見えない角度に置いて、文字を打った。指がタイプする音がする。だれに宛てて書いているのか。トニーだろうか?

「何してるの」僕はあくびをしながら聞いた。

「いとこにメールしてる……。今、シドニーに行ってるの」

「シドニー？　よろしく言っておいて」

「わかった」

キャシーはもうしばらく文字を打ってから、手を止めてPCをわきに置いた。「ちょっとお風呂に入ってくる」

僕はうなずいた。「そう」

からかう目で僕を見た。「元気出してよ、ダーリン。ほんとに大丈夫なの？」

僕は笑ってうなずいた。彼女は立って出ていった。しばらく待つとバスルームのドアが閉まり、水の流れる音が聞こえてきた。彼女がすわっていた場所へそっと移動した。PCに手をのばし、ふるえる指でディスプレイをひらいた。ブラウザを再起動し――そして、メールのログイン画面に進んだ。

だが、ログアウトしてあった。

むかつきをおぼえつつPCを押しやった。こんなことは、いつかやめないといけない。このままでは気が変になる。それとも、すでに変なのか？

ベッドに入って上掛けを引っぱろうとすると、キャシーが歯磨きしながら寝室に入ってきた。

「言うのを忘れてた。ニコールが来週ロンドンに帰ってくるの」

「ニコール？」

「ニコールのことは憶えてるでしょ。いっしょに送別のパーティに行ったじゃない」

「ああ、そうだった。ニューヨークに引っ越したと思ってた」

「そうよ。それで、もどってくるの」間があった。「木曜日に会いたいって言われてて……。リハーサルのあとに」

なんであやしいと思ったかはわからない。こっちを向いているのに目を合わそうとしない、キャシーの様子のせいか？　嘘だと察せられた。僕は何も言わなかった。向こうも何も言わなかった。彼女はドアから消えた。バスルームで歯磨きを吐き、口をゆすぐ音がした。

もしかしたら、なんでもないのかもしれない。もしかしたら、無実そのもので、キャシーは本当に木曜日にニコールと会うのかもしれない。

もしかしたら。

確かめる方法はひとつだ。

19

〈アルケスティス〉を見にいった六年前のあの日とはちがい、この日はアリシアの画廊の外に行列はなかった。今はべつの画家の作品がウィンドウに展示されている。才能はあるのかもしれないが、アリシアのような札付きでないため、大勢を呼び込む勢いはなかった。

なかに入るとぞくっとした。通りより屋内のほうが寒い。温度だけでなく雰囲気も寒々しかった。むきだしの鋼鉄の梁《はり》と、打ちっぱなしのコンクリートの床のにおいがした。魂がない、と僕は思った。空っぽだ、と。

画廊のオーナーはデスクの前にすわっていた。近づいていくと、椅子から立った。

ジャン＝フェリックス・マーティンは四十代前半の、黒い瞳に黒髪の美男子で、赤い頭蓋骨が描かれたタイトなTシャツに身をつつんでいた。僕は自分がどこのだれで、なんの目的でここに来たのかを告げた。驚いたことに、彼はアリシアの話をすることに対し、なんの抵抗もないようだった。しゃべり方に訛りがあった。フランス人なのかと、僕は聞いた。

「生まれはね——パリの出身です。でも、学生のときからここに住んでいる——早いもので、もう二十年にはなるな。今じゃむしろ、気分はイギリス人ですよ」

彼は笑って、奥の部屋を手で示した。「さあどうぞ。よければコーヒーでも」

「ありがとうございます」

ジャン＝フェリックスは事務室に僕を通したが、なかは倉庫のようで、積み重ねられた絵画でいっぱいだった。

「アリシアはどうしてますか」ややこしそうなコーヒーマシンを操作しながらジャン＝フェリックスは言った。「少しはしゃべるように？」

僕は首を振った。「いいえ」

彼はうなずいて、ため息をついた。「じつに悲しいことだ。どうぞかけて。で、何が知りたいんです？できるかぎり正直に答えますよ」好奇心をにじませたゆがんだ笑顔をこっちに向けた。「だけど、なぜ僕のところに来たのか、よくわからないな」

「あなたとアリシアは親しい間柄だったとか。仕事上の付き合いというだけでなく……」

「だれがそんな話を？」

「ゲイブリエルの兄、マックス・ベレンソンです。あなたと話をするといいと勧められました」

ジャン＝フェリックスは目を天井に向けた。「なるほど、マックスと会ったと。あれぞ退屈の極み」

軽蔑たっぷりのその言い方に、僕は思わず笑った。

「マックス・ベレンソンを知ってるんですね」

「よく知ってますよ。知りたい以上に」小さなコーヒーカップを僕によこした。「アリシアと僕は親しかった。とても親しかった。何年も前からの知り合いだ――――彼女がゲイブリエルと出会うずっと前からの」

「そうでしたか」

「おなじ美術学校に通っててね。卒業したあとも、いっしょに仕事をした」

「共同制作ということですか？」

「いや、じつはそうじゃなくて」ジャン＝フェリックスは笑いをもらした。「いっしょに壁を塗ったんです。ペンキ屋をやって」

僕は笑った。「ああ、なるほど」

「自分は絵を塗るより壁を塗るほうが得意なんだとわかった。それで絵の道をあきらめ、一方、時をおなじくして、アリシアの芸術が本格的に認められだした。それで、ここの経営をはじめるにあたり、アリシアの作品を展示すればちょうどいいと思った。ごく自然であたりまえの成り行きだった」

「そのようですね。それで、ゲイブリエルは？」

「ゲイブリエルがなんですか」

刺々《とげとげ》しさが感じられた。防衛反応を示すということは、この線をさらにさぐってみる価値があるということだ。「その構図のなかで、彼はどんな立場にいたのか。もちろん、ゲイブリエルのことはよくご存じでしょう」

「じつは、そうでもない」

「そうでもない？」

「ええ」ジャン＝フェリックスは一瞬ためらった。「ゲイブリエルはあえて僕と知り合いになろうとはしなかった。彼はすごく……自分のことで忙しい男だった」

「その口ぶりからすると、ゲイブリエルにあまり好意を持ってなかったようですね」

「とくにはね。僕も好かれてたとは思えない。というか、実際、好かれていなかった」

「なぜですか」

「さあ、どうしてだか」

「ひょっとして、ゲイブリエルが嫉妬していたとか？　あなたとアリシアとの関係に」

ジャン＝フェリックスはコーヒーを口にして、うなずいた。「まあね。可能性はなくはない」

「もしかしたらあなたを脅威と見ていた？」

「そっちが教えてくださいよ。全部答えを知ってるみたいだ」

僕はそれで察することにした。この線を追及するのはそこまでにして、かわりにべつの方向から攻めた。

「たしか、あなたは殺人事件の数日前にアリシアと会ってますね」

「ええ。家を訪ねました」

「そのときのことを少し聞かせてください」

「個展の開催が迫っていたのに、作品が遅れていた。当然、心配になるわけです」

「一枚も新作を見せてもらってなかったんですか？」

「ええ。しばらく遠ざけられていたんでね。そろそろ確認しといたほうがいいと判断したんです。きっと庭の奥のアトリエにいるだろうと思った。だけどそこに姿はなかった」

「いなかったんですね」

「そう、家にいた」

「どうやってなかに入ったんです？」

意表を突く質問だったようだ。「え？」

頭のなかで急いで考えをめぐらしているのがわかった。やがてうなずいた。「ああ、そういうことか。通りから裏庭に入れる門があるんです。たいてい鍵はあいたままになっている。庭からは、裏口のドアを使ってキッチンに入った。そこも鍵はあいていた」彼は笑った。「なんだか精神科医というより探偵みたいだ」

「心理療法士です」

「似たようなものでしょう?」

「僕はただアリシアの精神状態を理解したいだけです。あなたが見たところでは、彼女の情緒はどんなふうでしたか」

ジャン＝フェリックスは肩をすくめた。「ふつうに見えましたよ。ちょっと仕事のストレスを感じているといった程度で」

「それだけ?」

「数日後に旦那を撃ち殺しそうには見えなかった。そのことが聞きたいんでしたら。彼女は――ふつうだった」ジャン＝フェリックスはコーヒーを飲み干すと、何かを思いついたらしく一瞬口を閉じた。「絵を見ていきますか?」返事を待たずに席を立ち、ついてくるよう手招きしてドアへ向かった。

「こっちです」

20

僕はジャン＝フェリックスのあとから保管庫に入った。彼は大きなケースの前へ行き、蝶番《ちょうつがい》で動くラックを引き出して、布にくるまれた三枚の絵を取りあげた。立てかけて、一枚ずつ慎重に布をはずした。それからうしろにさがり、大げさな身ぶりで僕に一枚目をお披露目した。

「ご覧あれ《ヴォアラ》」

僕はそれを見た。アリシアのほかの作品と同様の、写実的な画法の絵だった。母親が死んだ自動車事故を、ほとんどそのまま写真にしたように見えた。ぐしゃりとつぶれた車に死んだ女性がいて、ハンドルに突っ伏している。血だらけで、息がないのは明らかだ。黄色い翼を持った大きな鳥のように、彼女の霊、魂が、亡《な》き骸《がら》から天へと昇っている。

「すばらしいでしょう」ジャン＝フェリックスが絵をながめながら言った。「この黄色に、赤に、緑に――僕は完全に没入することができる。歓喜を感じる」

歓喜という言葉は僕なら選ばない。むしろ、落ち着かないと言うべきか。どう感じていいか、よくわからなかった。

つぎの絵に移った。十字架のキリストの絵。それとも？

「ゲイブリエルですよ」ジャン＝フェリックスは言った。「よく似てる」

ゲイブリエルだったのだ――といっても、キリストとして描かれたゲイブリエルだ。磔刑《たっけい》に処せられて十字架にかけられ、傷口からは血がしたたり、頭には茨《いばら》の冠をのせている。目は下向きではなく、真っすぐ前をにらんでいる。かっと見ひらかれ、苦しみをたたえ、遠慮なしに非難を突きつける。その視線は僕を焼き焦がすようだった。詳しく絵を見てみた――ゲイブリエルの胴にくくりつけられた場ちがいなものを。ライフルだ。

「彼の命を奪った銃ですか？」

ジャン＝フェリックスはうなずいた。「ええ。たしかゲイブリエルの持ち物だった」

「そして、この絵は事件よりも前に描かれた」

「一カ月くらい前です。アリシアの頭に何があったか、ここから読み取れる。ちがいますか？」ジャン＝フェリックスは三枚目の絵に移った。ほかよりも大きなキャンバスだった。「これが一番の傑作ですよ。ちょっとさがったほうがよく見える」

僕は言われるまま数歩うしろにさがった。そしてふり返って、絵を目におさめた。見た瞬間に、思わず笑いが出た。

題材はアリシアの叔母のリディア・ローズ。そして、当人がこの絵にあれほど立腹していた理由は、一目瞭然だった。リディアは裸の姿で小さなベッドに横たわっている。ベッドは体重でたわんでいる。身体は異様にぶくぶく肥えていた――あふれた肉がベッドからこぼれて床に垂れ、部屋じゅうにひろがって、灰色のカスタードのように波打ち折り重なっている。

「これはひどい」僕は言った。「残酷だな」

「僕はすごく魅力的だと思いますけどね」ジャン＝フェリックスは好奇心をのぞかせた目で僕を見た。「リディアのことは知ってますか」

「ええ、会いにいきました」

「ほう」笑顔で言った。「ちゃんと仕事をしてますね。僕は一度も会ったことがない。アリシアは彼女を嫌っていた」

「そのようですね」僕は絵をながめながら言った。

「見ればわかる」

ジャン＝フェリックスはふたたび慎重に絵を布でくるみはじめた。

「で、〈アルケスティス〉は？」僕は言った。「見せてもらえませんか？」

「もちろんだ。どうぞこっちへ」

ジャン＝フェリックスは狭い廊下を通って画廊の奥へ僕を案内した。壁の一面が〈アルケスティス〉にあてられていた。記憶のとおり、美しく、ミステリアスな絵だった。アリシアは裸でアトリエに立ち、真っさらなキャンバスの前で血の赤色の絵筆をにぎっている。表情を観察した。やはり読み解くことはかなわなかった。僕は顔をしかめた。

「解釈できない表情をしている」

「そこがポイントです――発言の拒否。これは沈黙を描いた作品だ」

「どういう意味かよくわからないな」

「その、つまり、どんな芸術も中心に謎がある。アリシアの沈黙は、彼女の神秘――宗教的な意味での謎です。だから彼女はこれを〈アルケスティス〉と名づけた。読んだことはありますか。エウリピデスの」ジャン＝フェリックスはさぐる目で僕を見た。「読んでみるといい。そうすれば理解できる」

僕はうなずいた――そのとき、これまで見落としていた絵のある部分に気づいた。身をのりだして、詳しく見た。絵の背景に描かれた、テーブル上の果物入れ――りんごや梨が盛ってある。そして真っ赤なりんごの表面には、ところどころに小さな白いものがついていた――白くぬめぬめしたものが、果物から出たり入ったりしている。僕はそれらを指さした。

「これはもしかして……？」

「蛆のこと？」ジャン＝フェリックスはうなずいた。「そうですよ」

「興味をそそられるな。いったい何を意味するのか」

「みごとでしょう。傑作だ。文句なしに」彼はため息をもらし、肖像画の向こうから僕の顔をのぞき込んだ。アリシアに聞かれるのを心配するように、声を落とした。「当時の彼女を知らないのは残念ですよ。あんな興味深い人物は見たことがない。たいていの人は、なんというか、本当の意味で生きてない――一生、眠りながら歩いてるようなものだ。だけどアリシアは、本当に猛烈に生きていた……。目をそらすのがむずかしいほどに」ジャン＝フェリックスはふたたび絵に目を向けて、アリシアの裸体をながめた。「美しすぎる」

僕ももう一度アリシアの身体を見た。だが、ジャン＝フェリックスが美を見ているところに、僕は痛々しさしか見出せなかった。自分を痛めつけた跡や、自分でつけた傷ばかりに目がいった。

「自殺未遂の話は本人から聞きました？」

さぐりを入れただけだったが、ジャン＝フェリックスは餌に食いついた。

「そのことを知ってるのか。ええ、もちろん、聞きました」

「お父さんが亡くなったあとですよね」

「アリシアはぼろぼろだった」ジャン＝フェリックスはうなずいた。「つまり、完全におかしくなった。芸術家としてじゃなく、人として極端に繊細な人間です。お父さんが首をくくって、かかえきれなくなった。対処できなかった」

「それほどお父さんを愛してたんですね」

ジャン＝フェリックスは奇妙な笑い声をあげた。頭のおかしな相手を見る目でこっちを見た。

「なんの話をしているのやら」

「どういうことです？」

「アリシアは父親を愛してなかった。嫌ってた。軽蔑していた」

それを聞いて驚いた。「本人がそう言ったんですか」

「もちろん。子供のときから大嫌いだった――母親が死んで以来」

「だけど――だったらなぜ、父親が死んだあと自殺しようとしたのか。悲しみじゃないとすれば、なんの理由で？」

ジャン＝フェリックスは肩をすくめた。「罪悪感とか？　だれにもわかりませんよ」

言い控えていることが何かある、と僕は思った。何かが腑に落ちない。何かがおかしい。

ジャン＝フェリックスの電話が鳴った。「ちょっとすみません」彼は言い、こっちに背を向けて電話に出た。相手の女性の声がもれ聞こえてくる。ふたりはしばらくしゃべり、待ち合わせの時間を打ち合わせた。

「またかけるよ、ベイビー」ジャン＝フェリックスはそう言って電話を切った。

ふたたびこっちに向きなおった。「失礼」

「いえ。ガールフレンドですか？」

笑みがこぼれた。「ただの友人だ……。友人は多いほうで」

そのとおりなんだろう、と僕は思った。ふいに嫌悪感がわいた。理由はわからない。出口まで案内されながら、僕は最後の質問を投げた。

「あとひとつだけ。アリシアから医者の話を聞いたことはありませんか？」

「医者？」

「自殺未遂を起こしたとき、医者にかかったようなんです。その人をさがしていて」

「ふん」ジャン＝フェリックスは眉を寄せた。「そうだな――だれかいたような……」

「名前を思いだせませんか」

しばらく考えたのち、首を振った。「申し訳ない。どうやっても思いだせない」

「もし思いだしたら、教えてもらえます？」

「いいですよ。まあ、無理でしょうけど」ジャン＝フェリックスは僕を見て一瞬ためらった。「アドバイスしてもいいですか」

「ぜひとも」

「本気でアリシアにしゃべらせたいなら……絵の具と筆をあたえるといい。絵を描かせるんですよ。彼女があなたに話すとしたら、その方法以外にない。作品を通じてしか」

「興味深いアイディアですね……。ありがとう。おかげでとても助かりました、ミスター・マーティン」

「ジャン＝フェリックスと呼んでください。それから、今度アリシアに会ったら、愛してると伝えてください」

ジャン＝フェリックスは笑い、僕はまたしてもかすかな嫌悪をおぼえた。彼の何かがどうにも我慢ならない。本当にアリシアと親しかったのはわかる。古くからの知り合いで、ジャン＝フェリックスは明らかにアリシアに惹かれている。彼女のことが好きなのだろうか。はっきりとはわからない。〈アルケスティス〉を見つめるジャン＝フェリックスの顔を思いだした。たしかに目には愛しさがあった――だがそれは絵への愛であって、必ずしも画家を愛しているとはかぎらない。彼の執着の対象は芸術なのだろう。でなければザ・グローヴに会いに来たはずだ。アリシアを放っておけなかったはずだ――僕は事実としてそれを知っている。ああいう女を、男は絶対に見捨てられない。愛しているのなら。

21

出勤の途中で〈ウォーターストーンズ〉に寄り、『アルケスティス』を一冊買った。紹介文によると、これはエウリピデスの現存する最古の悲劇で、もっとも上演されることの少ない作品とのことだ。

地下鉄でさっそく読みはじめた。面白いとは言いがたい。どちらかというと奇妙な劇だ。主人公のアドメトスは運命の三女神により死を定められる。だがアポロンの取りなしにより逃げ道をあたえられる――自分の身代わりに死んでくれとだれかを説得できれば、アドメトスは生きのびられるというのだ。そこで母と父に頼むが、一蹴される。この時点では、アドメトスをどう評価していいかよくわからない。どんな基準に照らしても英雄的なふるまいとは言えず、古代のギリシア人もちょっと間の抜けたやつだと思ったにちがいない。アルケスティスのほうは、もっと根性があった——彼女は自分が夫のために死ぬと進みでる。もしかしたら、アドメトスがその申し出を受けるとは思ってなかったのかもしれない。だが申し出は受け入れられ、アルケスティスは死んで冥府へと旅立つのだ。

ただし、話はそこで終わらない。ある種のハッピーエンド、機械仕掛けの神《デウス・エクス・マキナ》が用意されている。ヘラクレスがアルケスティスを冥府から連れもどし、意気揚々と人間界に帰ってくるのだ。アルケスティスはふたたび生を得た。アドメトスは妻と再会できた喜びに涙する。アルケスティスの思いのほうは読み取りがたい——彼女は沈黙していた。口を利かなかったのだ。

その部分を読んで、僕は座席の上ではっとなった。信じられなかった。

戯曲の最後のページをもう一度、ゆっくり注意深く読んだ。

アルケスティスは死からよみがえり、ふたたび生を得た。そして彼女は沈黙をつづけた——自分の身にどんなことがあったのか話せないか、話そうとしなかった。絶望したアドメトスはヘラクレスに訴えかける。

「なぜ妻はここにいて、話さないのか」

答えは出てこない。悲劇はアルケスティスがアドメトスにより家に引き入れられるところで終わる——沈黙したまま。

なぜだ。なぜ彼女は話さないのか。

22

アリシア・ベレンソンの日記

八月二日

今日はさらに暑い。ロンドンのほうがアテネより暑そう。それにアテネには少なくともビーチがある。

今日、ポールがケンブリッジから電話してきた。声を聞いて、驚いた。話すのは何カ月ぶりだろう。最初、リディアおばさんが死んだんだと思った――正直なところ、一瞬ほっとした気持ちになった。

でも、ポールが電話してきた理由はちがった。なんでわたしにかけてきたのか、じつは今もよくわからない。やけにのらりくらりして。こっちは要点を切りだすのをずっと待ってるのに、何も言おうとしない。きみは元気か、ゲイブリエルは元気かって聞いて、あとは、リディアは相変わらずでなんとかでと、もごもごつづけるばかりで。

「そのうち訪ねるわ」とわたしは言った。「ずっと行こうと思いつつ、しばらく顔を出してないから」

本当のことを言えば、実家に帰ること、リディアとポールのいるあの家に行くことに対しては、いろいろ複雑な思いがある。だから帰るのを避けてきた――でも、そうすると今度は後ろめたくなる。そんな調子で、どっちにしても気持ちがすっきりしなかった。

「おたがい積もる話もあるでしょうし」わたしは言った。「近いうちに会いにいく。今はちょうど出かけるところだから……」

そしたらポールが聞こえないほどの小さな声で何かを言った。

「え？　もう一度言って？」

「厄介なことになったって言ったんだ、アリシア。助けてほしい」

「どうしたの？」

「電話じゃ話せない。会ってじゃないと」

「そうは言っても――今すぐケンブリッジに行くわけにもいかないし」

「こっちから行く。今日の午後。いい？」

ポールの声にあったもののせいで、つい考えずに応じた。すごく切羽詰まった声だった。

「わかった」わたしは言った。「でも、どうしても今、話せないの？」

「じゃあ午後に」ポールは言って電話を切った。

午前中はずっとそのことを考えていた。このわたしを頼るなんて、どれだけ深刻なことがあったのだろう。リディアのこと？　それか、もしかして家のこと？　わけがわからない。


昼食のあとは、まったく仕事がはかどらなかった。暑さのせいにしたけど、じつは気が散漫になっていた。窓から外をうかがいつつキッチンをうろうろしていると、やがて通りにポールの姿が見えた。ポールはこっちに手を振った。

「アリシア、やあ」

見た目のあまりのやつれ具合に、まず驚いた。体重がずいぶん落ちて、こめかみやあごの顔まわりがとくにげっそりした。骸骨みたいで、具合が悪そうだった。くたびれ果てていた。怯えていた。

わたしたちは扇風機をつけて、キッチンに腰をすえた。ビールを勧めたら、もっと強いのはないかと言うので驚いた。飲む人だった憶えはない。ウィスキーを――少しだけ――注いであげると、見られてないと思ったすきに自分で注ぎ足してた。

最初は何も言おうとしなかった。わたしたちはしばらくのあいだ無言ですわっていた。やがてポールは電話で言ったことをもう一度言った。おなじ言葉を。

「厄介なことになった」と。

どういうことなのかとわたしは聞いた。家のことなの、と。

ポールはぽかんとした顔でわたしを見た。ちがう、家のことじゃない。

「じゃあ、なんなの?」

「自分のことだ」ポールは言った。しばらくもじもじしてたけど、やがてようやく吐きだした。「ギャンブルをしてる。じつはかなり負けてるんだ」

どうやら何年も前からくり返していたらしい。本人が言うには、最初は家から出るのが目的だった。どこかに行って、何かをして、ちょっと楽しいことをする。ポールを責める気にはなれない。リディアと暮らしていれば、楽しいことは枯渇ぎみにちがいない。ただし、ポールはだんだん負けがこんで、とうとう首がまわらなくなった。貯金にも手をつけた。そもそも多くなかった貯金に。

「いくら必要なの?」わたしは聞いた。

「二万ポンド」

耳を疑った。「二万ポンドも負けたの?」

「一度にじゃない。それで、ある人たちから借金をした――それが急に返せと言ってきたんだ」

「どんな人たち?」

「返さないと大変なことになるような人たち」

「おばさんには言ったの?」

答えは聞く前からわかっていた。ポールはクズかもしれないけど、ばかじゃない。

「言うわけないだろ。殺される。きみに助けてほしいんだ、アリシア。そのために来た」

「ポール、わたしには出せるお金はないわ」

「ちゃんと返すから。全部いっぺんにじゃなくていい。いくらかでいいんだ」

こっちが黙ってると、ポールは頼みつづけた。〝やつら〟は今晩、いくらかをほしがっている。自分は空《から》手《て》で帰るわけにはいかない。出せるだけ、いくらでもいい。わたしはどうしていいかわからなかった。できれば助けてあげたいけど、お金をわたすことでこの問題が片づくとは思えなかった。それに、借金をリディアおばさんに隠しとおすのは、きっと至難の業だ。自分がポールだったら、どうしただろう。たぶん、借金の取り立て屋よりリディアのほうが向き合うのが恐ろしい。

「小切手を書いてあげる」わたしはとうとう言った。

ポールは哀れなくらいありがたがって、「ありがとう、ありがとう」とくり返した。

二千ポンドを現金で受け取れるように小切手を書いた。ポールの期待とちがうのはわかっていたけど、こんなことはわたしにも未知の領域だ。それに、ポールが言ったことをまるごとを信じたわけでもなかった。何かが嘘っぽい。

「一度ゲイブリエルと話して、そしたらもっとあげられるかも」わたしは言った。「でも、どうにかべつの方法を見つけて対処したほうがいいわ。ほら、ゲイブリエルのお兄さんは弁護士でしょう。もしかしたら彼に――」

ポールは慌てて立ちあがり、怯えた顔をして首を振った。

「だめだ」何度もそう言った。「だめだ、だめだ。ゲイブリエルには言わないでほしい。あいつを巻き込まないで。頼むよ。どうしたらいいか自分で考える。どうにかするからさ」

「リディアはどうするの？　どうしたっていつかは――」

ポールは激しく首を振って、小切手をつかんだ。金額にがっかりしたようだったけど、何も言わなかった。その後少しして帰っていった。

落胆させてしまったという思いが残った。ポールに対しては、いつもそんなふうに感じる。子供のときから。いつだって、わたしは期待に応えることができなかった――お母さん役になってほしいという期待に。

ポールだってよくわかってるはずなのに。わたしはお母さん役が務まるタイプじゃない。

帰ってきたゲイブリエルに、今日のことを話した。そしたら当然ながら、ゲイブリエルはわたしに怒った。ポールには一銭もわたすべきじゃなかったって。ポールにはなんの義理もない、きみが責任を負うべき相手じゃないって。

ゲイブリエルの言うとおりなのはわかってるけど、正直なところ、どうしても罪悪感がぬぐえない。わたしはあの家から、リディアから逃げた――ポールは逃げなかった。今もあそこに囚われている。ポールは今も八歳の子供。わたしはポールを助けたい。

だけど、どうしたらいいかわからない。

八月六日

今日は一日仕事と向き合って、キリストの絵の背景をいろいろと試した。いっしょにメキシコで撮った写真――赤いひび割れた大地、黒っぽい色の棘々《とげとげ》の低木――からスケッチをおこして、あの熱気、あのからからの乾燥をどうやったら表現できるか考えていると、わたしの名を呼ぶジャン＝フェリックスの声が聞こえてきた。

一瞬、居留守を使おうかと思った。でも門がガチャガチャいう音がして、時すでに遅しだった。外に顔を出すと、ジャン＝フェリックスが庭の向こうからやってきた。こっちに手を振りながら。

「よっ、アリシア。じゃまだったかな。仕事中？」

「じつはね」

「それはよかった。そのままつづけてくれ。なにせ個展までもうあと六週間だ。そうとう遅れてるぞ」ジャン＝フェリックスは人をいらつかせるいつもの笑い方で笑った。きっと気持ちがわたしの顔に出ていたんだと思う。彼は慌ててつけくわえた。「冗談だよ。べつにチェックしにきたんじゃない」

わたしは何も答えなかった。そのままアトリエにもどり、ジャン＝フェリックスもあとからついてきた。彼は扇風機の前に椅子を引っぱってきた。タバコに火をつけると、煙が風にのってまわりで渦を巻いた。わたしはイーゼルの前にもどって、絵筆を取った。描いているあいだ、ジャン＝フェリックスはしゃべりつづけた。ロンドンはこういう気候に対応するようにできてないと言って、暑さをぼやいた。パリやほかの都市のほうがましらしい。そのうち、わたしは聞くのをやめた。ジャン＝フェリックスはひとりで話をつづけ、文句を言ったり、自分を正当化したり、憐れんだりして、わたしは死ぬほどうんざりした。何か質問してくることはない。わたしには、じつは興味がないから。長年の付き合いだというのに、わたしはただの目的達成のための手段――〝ジャン＝フェリックス・ショー〟のひとりの観客でしかない。

そこまで言うのは意地悪かも。むかしからの友達だ――いつもそばにいてくれた。彼は孤独なだけ。わたしもおなじ。でもわたしは、へたな相手といるよりは孤独を選びたい。ゲイブリエルと出会うまでだれとも真剣に交際しなかったのも、それが理由。わたしはゲイブリエルを待ってた。本物のだれかを。ほかの人たちみたいな偽物じゃなく、中身のあるたしかなだれかを。ジャン＝フェリックスは、むかしからわたしたちの関係に嫉妬してた。そのことは隠そうとしていたし、今もそうだけど、ゲイブリエルを嫌っているのはよくわかる。わたしほどの才能がないとか、うぬぼれた、ただの独りよがりだとかいうことをそれとなく言って、何かと批判する。たぶん、いつかわたしが自分になびいて、口説き落とせると信じてるんだろう。でも、彼はわかってない。嫌みや悪口を言ったりするたびに、むしろ自分でわたしをゲイブリエルの腕のなかに追いやっている。

ジャン＝フェリックスはわたしたちが長い長い付き合いだということを、いつもほのめかしたがる――それがあの人にとっての拠りどころ。単純に〝わたしたち〟対〝世界〟だったあの当初、どんなに濃密なときを過ごしたか、ということを思いださせたがる。だけど、自分がしがみついているのが、わたしが人生で不幸だった時期だということに、本人は気づいてないんだと思う。それに、わたしに愛が残ってるとすれば、それはあの一時期に対する愛情だ。わたしたちは言ってみれば愛の冷めた夫婦。今日わたしは、自分がどれだけ彼のことを嫌っているかに気づいた。

「仕事中なの」わたしは言った。「これをどうにかしないと。だから悪いけど……」

ジャン＝フェリックスはわざとらしい表情をつくった。「僕に出ていけと？　きみがはじめて筆を持ったときから、僕はそばで絵を描くのを見てたじゃないか。以来ずっと気が散ってたなら、もっとむかしに何か言ってたんじゃないか？」

「だから、今、言ってるんじゃない」

顔が火照って、だんだん腹が立ってきた。感情が抑えられなかった。絵を描こうとするのに手がふるえた。ジャン＝フェリックスが見ているのを感じた――脳が動く音まで聞こえてくるようだった。カチカチ、ブーン、ぐるぐる。

「怒らせたみたいだな」彼はとうとう言った。「どうした？」

「今、言ったでしょう。こんなふうにいつも急にあらわれるのはやめて。先にメールか電話をしてよ」

「親友に会うのに招待状が必要だとは、知らなかった」

そこで間があった。言われたことを悪くとったらしい。そうとる以外なかったでしょうけど。わたしとしてもこんなふうに伝える予定じゃなかった――もっと角の立たないように切りだすつもりでいた。でも、なぜだか自分を止められなかった。それに、妙なことだけど、ジャン＝フェリックスを傷つけてやりたいと思った。残酷になりたかった。

「ジャン＝フェリックス、聞いて」

「聞いてるよ」

「言いにくいことなんだけどね。個展が終わったら、そろそろ変更する潮時だと思うの」

「変更するって、何を？」

「画廊を。わたしの所属する」

ジャン＝フェリックスはびっくりした顔でこっちを見た。今にも泣きだしそうな幼い男の子みたいだと思った。なぜか、いらだちしか感じなかった。

「一新をはかる頃合いでしょう」わたしは言った。

「おたがいにとって」

「なるほど」二本目のタバコに火をつけた。「察するに、これはゲイブリエルの案だな」

「ゲイブリエルとは何も関係ない」

「あいつは僕を毛嫌いしてる」

「ばかな」

「きみに僕の悪口を吹き込んだ。実際、それをこの目で見てきた。何年も前からだ」

「そんなことはない」

「じゃあ、ほかにどんな説明がある？　僕を裏切る理由が、ほかにあるか？」

「そんな大げさにしないで。ただの画廊の話じゃない。わたしたちの関係がどうのってことじゃないわ。友達なのは変わらない。これからもふつうに付き合える」

「事前にメールか電話をすれば？」

ジャン＝フェリックスは声をあげて笑い、止められる前に言ってしまおうとするように早口になった。

「まじか」彼は言った。「まじか、まじか。僕はずっと心から信じてた――きみとの関係には何か特別なものがあると。なのに、そんなものはなかったと、そっちは判断したわけだな。いともあっさり。きみのことをここまで真剣に考える人間は、ほかにはいないぞ。だれもいないぞ」

「ジャン＝フェリックス、ねえ――」

「こんなふうに勝手に決めるとは、信じられない」

「しばらく前から言おうと思ってたの」

これは明らかに言っちゃいけないことだった。ジャン＝フェリックスは顔に驚きをうかべた。

「しばらく前って、どういうことだ。いつからだ？」

「さあ。しばらくよ」

「なのに、僕の前で芝居してた？　なんてことだ、アリシア。こんなふうにして終わらせるな。こんなふうに僕を捨てないでくれ」

「捨てなんかしない。そんな大げさにしないで。これからもずっと友達なんだから」

「ちょっといったん落ち着こう。そもそもなんで僕がここに来たと思う。金曜の芝居に誘うためだ」ジャケットの内側から二枚のチケットを出してわたしに見せた――ナショナル・シアターでかかっているエウリピデスの悲劇のチケットだった。「いっしょに来てほしい。さよならを告げる方法としては、そのほうが文明的だと思わないか？　むかしのよしみで。断らないでくれ」

わたしは迷った。絶対に行きたくなんかない。だけどこれ以上こじらせたくもなかった。たぶん、あのときはどんなことにだって応じたと思う――彼を追い帰せるなら。だからわたしは、わかったと答えた。

午後十時三十分

　ゲイブリエルが帰ってきて、ジャン＝フェリックスとのことを話した。そしたら、そもそもわたしたちの友情が理解できない、と言われた。ジャン＝フェリックスは気味の悪いやつで、わたしを見る目つきが気に食わないと。

「つまりどんな目つき？」

「自分の所有物か何かを見る目つきだ。すぐにも、あそこの所属をやめたほうがいい――個展を待たずに」

「それは無理よ――今さら。憎まれたくもないし。彼の復讐心がどんなものか知らないでしょう」

「まるでやつを恐れてるみたいじゃないか」

「それはちがう。そのほうが楽ってだけ――徐々に離れるほうが」

「早いに越したことはない。あいつはきみに恋してる。自分でもわかってるんだろう？」

　反論はしなかった――だけどゲイブリエルはまちがっている。ジャン＝フェリックスはわたしに恋してはいない。わたしより、わたしの絵に執着してる。それもまた離れたい理由だ。ジャン＝フェリックスはわたしのことなんて全然考えてない。でも、ゲイブリエルはひとつ正しかった。

　わたしはジャン＝フェリックスを恐れている。

23

ダイオミーディーズは自分のオフィスにいた。金色の弦を張ったハープの前で、スツールに腰かけていた。

「美しい楽器ですね」僕は言った。

ダイオミーディーズはうなずいた。「それに、演奏がとてもむずかしい」そう言うと、愛しそうに弦に指を這わせて、実演してみせた。流れ落ちるような音階が部屋のなかに響いた。「弾いてみるか？」

僕は笑顔をつくった――そして首を振った。ダイオミーディーズは笑った。

「もしかしたら気が変わることもあるかと、何度でも聞いてるんだ。しつこさがわたしの取り柄でね」

「あまり音楽の才能がないんです。学校の音楽の先生にはっきり言われました」

「セラピー同様、音楽では関係性が重要で、だれを教師とするかでまったくちがってくる」

「そのようですね」

ダイオミーディーズは窓を見て、暗さを増してきた空に顔を向けた。「あの雲。雪をふくんでるな」

「雨雲に見えますけど」

「いや、雪だ。信じていい。うちは古いギリシアの羊飼いの家系だ。今夜は雪になる」

ダイオミーディーズは期待する目でもう一度雲をながめてから、あらためて僕を見た。「なんの用だね、セオ」

「これです」

僕は戯曲の本を机に置いた。ダイオミーディーズは目を凝らした。

「これはなんだ」

「エウリピデスの悲劇です」

「それは見ればわかる。なぜ、これをわたしに？」

「『アルケスティス』です——アリシアは、ゲイブリエルの事件後に描いた自画像にこのタイトルをつけました」

「ああ、そうか、そうだったな」さっきより興味を持った目で本を見た。「自分を悲劇のヒロインに見立てたか」

「かもしれません。じつを言うと、ちょっと行き詰まっていて。このあたりのことは、あなたのほうが詳しいんじゃないかと思ったんです」

「ギリシア人だから？」ダイオミーディーズは笑った。「ギリシア悲劇すべてに精通していると思ってるのか」

「ともかく、僕よりは」

「根拠がわからんね。イギリス人全員がシェイクスピア作品を熟知してると考えるのとおなじだろう」哀れむような笑顔を僕に向けた。「ただし、きみにとって運のいいことに、そこがわれわれ両国のちがいだ。ギリシア人はみんな、ギリシア悲劇を知っている。悲劇はわれわれの神話、歴史——血なんだ」

「だったら、これについても助けてもらえますね」

ダイオミーディーズは本を取って、ぱらぱらめくった。

「それで、何に悩んでるんだ」

「彼女がしゃべらないという事実です。アルケスティスは夫のために死にました。そして最後には、ふたたび生き返る——それなのに、口を閉ざしたままだ」

「なるほど。アリシアといっしょだな」

「はい」

「もう一度質問しよう——きみは何に悩んでるんだ？」

「関連があるのは、まちがいないでしょう——だけど、理解できないんです。なぜ、アルケスティスは最後に話さなくなるのか」

「きみはどう思う」

「わかりません。感情に圧倒されたとか」

「たぶんな。どんな感情だ？」

「喜び？」

「喜び？」ダイオミーディーズは笑った。「セオ、考えてみたまえ。きみなら何を感じる？　この世で一番愛している相手に死を宣告されたんだ。もとはと言えば、そいつ自身が臆病なせいで。ひどい裏切りじゃないか」

「彼女は怒っていたということですか？」

「裏切られた経験はないのか？」

その質問はナイフのように胸に突き刺さった。顔が赤くなるのがわかった。唇は動くのに言葉が出なかった。

ダイオミーディーズは微笑んだ。「その様子だと、あるらしいな。よし……じゃあ、聞こう。アルケスティスはどう感じたか」


今度は答えがわかった。

「怒りです。彼女は……怒っていた」

「そうだ」ダイオミーディーズはうなずいた。「怒るどころじゃない。殺意をいだいた——怒りに狂って」くすくす笑った。「そんなアルケスティスとアドメトスの関係は、その後いったいどうなったろうな。一度失われた信頼は、なかなかもどらない」

まともにしゃべれる自信がもどるまで数秒かかった。

「それで、アリシアは？」

「アリシアがなんだ？」

「アルケスティスは夫の臆病さゆえに死ぬことになった。そして、アリシアは……」

「アリシアは死ななかった……肉体的には」ダイオミーディーズはそこでいったん間を置いた。「だが一方、精神的には……」

「つまりおっしゃりたいのは——彼女の魂を殺すような何かがあった。生きている感覚を殺すような、何か」

が……」

「おそらくな」

　僕は納得できなかった。戯曲を手に取って見た。表紙には古代ギリシアの像――大理石となって不朽の存在となった美しい女性――が載っている。それを見ながらジャン＝フェリックスに言われたことを考えた。

「アルケスティスとおなじようにアリシアは死んだのだとすれば……彼女を生き返らせないといけない」

「そのとおりだ」

「思ったんですが、アリシアの芸術が彼女の表現の手段なら――彼女に声をあたえてみてはどうでしょう」

「どうやってそれをやる」

「絵を描かせるというのは？」

　ダイオミーディーズは驚いた顔をした――それから、手を振って却下した。「すでにアートセラピーを受けている」

「アートセラピーの話じゃありません。アリシアに自由にやらせるんです――専用の創作の場をあたえて、ひとりで。自分を表現させ、感情を解放させる。奇跡が起こるかもしれません」

　ダイオミーディーズはしばらく答えなかった。考えを練っていた。「アートセラピーの療法士との調整が必要になるな。もう会ったか？　ロウィーナ・ハートとは。なかなか手ごわいぞ」

「話してみます。でも、あなたの賛成は得られたということですね？」

　ダイオミーディーズは肩をすくめた。「ロウィーナを説得できるなら、やってみるといい。これだけは言える――彼女は気に入らんだろうな。まったくもって」

24

「いい案だと思うわ」ロウィーナは言った。

「ほんとに？」僕は驚きを顔に出さないようにこらえた。「そう思う？」

「ええ、思うわ。唯一の問題は、アリシアにその気がないことね」

「なぜそう言いきれるんですか」

ロウィーナはあざけるように鼻を鳴らした。

「アリシアはわたしが担当したなかで一番無反応で、一番打ち解けないクズ女だからよ」

「ああ」

僕はロウィーナのあとについてアートルームに入った。床には抽象的なモザイク画のように絵の具が飛び散り、壁は作品でおおわれていた。出来のいいものもあるが、ほとんどはただ異様だった。金髪をショートカットにしたロウィーナは、眉間に深いしわを刻み、振りまわされて疲れきったような物腰をしていた。非協力的な患者と来る日も来る日も向き合ったせいなのは、まちがいない。アリシアもそうした失望のもとのひとりだった。

「彼女はアートセラピーに参加しないんですか」僕は聞いた。

「しないわ」ロウィーナは話しながらせっせと作品を棚に積み重ねた。「グループにくわわってきたときは、わたしはおおいに期待した。歓迎されていると感じられるように、できるかぎりのことをした。なのに、あの女はただすわって、じっと白紙を見つめてる。どう誘っても、絵を描かせるどころか、描くのに鉛筆を手に取らせることもできない。まわりに対して、こんな悪い見本はないわ」

僕は同情的にうなずいた。アートセラピーの目的は患者に絵を描かせ、色を塗らせること、そしてそれ以上に大事な目的が、自分の作品について語らせ、感情との関連をさぐることだ。患者の無意識を、文字どおり紙の上に引き出す有意義な方法であり、そうすれば、その紙の上で考え、話し合うことができる。何事もそうだが、これもセラピスト個人の力量に大きく左右されるところがある。技量やセンスのないセラピストが多すぎると、ルースはよくこぼしていた——ほとんどはただの見習いだと。僕に言わせれば、ロウィーナはその見習いレベルだ。アリシアに無視されていると思っているのはまちがいない。僕はどうにかなだめようとした。「たぶん、彼女には苦痛なんだろうな」やんわり言ってみた。

「苦痛?」

「あれだけの才能のある芸術家にとって、ほかの患者といっしょの場で絵を描くのが簡単なはずはない」

「どうして? 自分はもっと上級だから? 作品は見たわよ。わたしはまったく評価しない」不快なものでも味わったように口をすぼめた。

つまりアリシアを嫌う理由はそこなのだ——彼女は嫉妬している。

「ああいう絵はだれにだって描けるわ。何かを写実的に表現するのはむずかしいことじゃない——むずかしいのは、その何かに対して視点を持つことよ」

今からアリシアの芸術について議論をはじめたくはなかった。「つまり、僕がかわりにアリシアを引き受ければ、あなたとしても肩の荷がおりる、と」

ロウィーナは鋭い目で僕を見た。「喜んでわたすわよ」

「ありがとう。感謝します」

彼女は軽蔑的に鼻を鳴らした。「画材は自分で調達してね。わたしの予算に油絵の具は入ってないから」

25

「話さないといけないことがある」

アリシアはこっちを見なかった。僕は注意深く観察しながら先をつづけた。「この前ソーホーに行ったとき、ちょうどきみのむかしの画廊の前を通った。それで寄ってみたんだ。親切にも作品をいくつか見せてくれたよ。彼は古い友人？　ジャン＝フェリックス・マーティンという人物は」

反応を待った。何もなかった。

「プライバシーを侵されたと思わないでほしい。たぶん、事前に相談すべきだった。問題なかったかな」

反応なし。

「はじめて見る絵を二、三鑑賞させてもらった。お母さんの絵……。それから、おばさんのリディア・ローズの絵」

アリシアはゆっくり頭をあげて、僕を見た。目には見たことのない表情がうかんでいた。何かはよくわからない。もしかして……面白がっているのだろうか？

「僕の関心事からはかけ離れているものの――つまり、きみのセラピストとしての関心事という意味で言って――個人的には、絵に感動した。非常に力強い作品だった」

アリシアの視線がさがった。彼女は興味を失いつつある。僕は急いでつづけた。「二、三のことが印象に残った。お母さんの自動車事故の絵には、欠けているものがあった……。きみだ。車のなかに自分の姿は描かなかった。実際には乗っていたのに」

反応なし。

「母親の悲劇、そんなふうにしか、きみにはとらえられないということだろうか。お母さんが死んだから。

ただし実際には、あの車には小さな女の子が乗っていた。その少女は僕が想像するに、自分の喪失感を人から認めてもらえなかったり、十分に感じることができなかった」

アリシアの頭が動いた。僕を横目で見た。挑みかかるような目つきだった。何かの手がかりをつかめたのだ。僕はそのまま進んだ。

「ジャン＝フェリックスに自画像の〈アルケスティス〉のことを聞いた。その意味するところを。そうしたら、これを読んでみるようにと勧められた」

『アルケスティス』の戯曲の本を前に出した。コーヒーテーブルの向こうへすべらせた。アリシアはそれに目をやった。

「〝なぜ彼女は話さないのか〟。アドメトスはそう質問する。僕からもおなじことを聞かせてもらおう、アリシア。きみは何を話せないのか？　なぜ沈黙を守らないといけないのか？」

アリシアは目を閉じた――僕を消そうとして。会話は終わった。彼女のうしろの壁の時計を見た。セッションはほぼ終わり。残すは数分だった。

僕はここまで切り札を温存していた。そしてびくびくしながら、それが顔に出ていないことを願いつつ、そのカードを切った。

「ジャン＝フェリックスから提案を受けた。僕もなかなかいい案だと思った。きみに絵を描く許可をあたえるべきだというんだ……。どう思う？　ひとりで使えるスペースと、キャンバスと筆と絵の具は、こっちで用意できる」

アリシアは瞬きした。目がひらいた。両目の奥で電気のスイッチが入ったかのようだった。まんまるで、無邪気で、軽蔑や猜疑《さいぎ》とは無縁の子供の目だった。顔が色彩で染まるようだった。突如として、彼女は生に満ち満ちていた。

「ダイオミーディーズ教授とも話した――賛成してく

れたし、ロウィーナもいいと言ってくれた……。だから あとは純粋にきみしだいだ、アリシア。どう思う？」

僕は待った。アリシアはこっちをじっと見た。

そしてそのとき、ようやく待ち望んでいたものを得た——はっきりした反応——僕が正しい道を進んでいることの証拠を。

小さな動きだった。本当にごく小さな。それにもかかわらず、何よりも雄弁だった。

アリシアは微笑んだのだ。

26

食堂はザ・グローヴのなかで一番あたたかい場所だった。壁には熱々のスチーム暖房機がならび、そこに近い場所からいつも席が埋まる。職員も患者もいっしょになって食事を取る昼食のときは、なかでももっとごった返す。患者全員が一堂に会するがゆえの落ち着かない興奮の産物で、張りあげられた声が耳障りな騒音となって天井まで響いていた。

ふたりの陽気なカリブ系の給食担当の婦人が、笑い、おしゃべりしながら、ソーセージ・アンド・マッシュや、フィッシュ・アンド・チップスや、チキンカレーをよそってくれる。どの料理もにおいのほうが味よりうまそうだ。僕は消去法でフィッシュ・アンド・チップスを選んだ。席をさがす途中、エリフのそばを通った。取り巻きがかこんでいた。無愛想な顔つきの、患者のなかでもとりわけ乱暴そうな者たちの一団だ。テーブルのわきを通ると、エリフは食事に不平をたれていた。

「こんなクソみたいなものが食えるか」そう言って、トレイを押しやった。

右にいた患者が、自分がそれを引き受けようとしてトレイを引っぱった——だがエリフが頭をたたいた。「欲張りな女だ」エリフは叫んだ。「返しなよ」

テーブルをかこむ者たちがいっせいに馬鹿笑いした。エリフは自分の皿を取り返し、食欲を新たに料理をかき込んだ。

アリシアは食堂の奥にぽつんとすわっていた。拒食症の鳥のように魚のほんの小さなかけらをつつき、皿の上で右や左に動かしながらも、口に運ぶことはない。同席したい誘惑もあったが、やめておいた。彼女が顔をあげて目が合いでもしたら、たぶん僕はそっちへ歩いていった。だが、目は伏せられたままで、周囲やまわりの人間をシャットアウトしようとしているようにも見えた。そこへ割り込むのはプライバシーの侵害のような気がしたので、僕はべつのテーブルの、どの患者からも数席ほど距離を置いた端のほうにすわって、フィッシュ・アンド・チップスに手をつけた。水っぽい魚をほんのひと口食べたが、味がなく、再加熱してあるのに中心がまだ冷たかった。エリフの評価に僕も心から賛成だ。ゴミ箱に捨てようかと思ったとき、向かいの席にだれかがすわった。

驚いたことにクリスティアンだった。

「やあ、元気か」彼はうなずきかけて言った。

「ああ。そっちは？」

クリスティアンは答えなかった。かちかちのライスとカレーを決然とほぐしにかかった。「アリシアに絵を描かせるという計画を耳にした」口をいっぱいにして言った。

「伝わるのが速いな」

「こういう場所ではな。おまえのアイディアか」

僕はためらった。「ああ、そうだ。彼女のためになると思って」

クリスティアンは疑わしげな目をした。「気をつけたほうがいいぞ」

「警告には感謝するよ。だけど大丈夫だ」

「ただの意見だ。ボーダーラインの患者は誘惑的だからな。今起きていることは、そういうことだ。自分じゃよくわかってないようだが」

「彼女が僕を誘惑することはない」

クリスティアンは声をあげて笑った。「もう誘惑されているように見えるぞ。欲しがるものをあたえようとしてるじゃないか」

「必要なものをあたえようとしているんだ。そのふたつはちがう」

「必要なものがなぜわかる？　おまえは彼女に過剰に同一化している。それは明らかだ。患者は向こうだ——おまえじゃない」

僕は怒りをごまかそうとして腕時計を見た。「もう行かないと」席を立って、トレイを持った。去ろうとしたが、クリスティアンがうしろから言った。

「彼女は牙をむくぞ、セオ。今にわかる。いいか、警告はしたからな」

いらいらした。そしてそのいらいらは一日じゅう消えなかった。


仕事が終わると、ザ・グローヴを出て、つきあたりの小さな店にタバコを買いにいった。自分の行動をほとんど意識しないまま、一本を口にくわえ、火をつけて深々と吸った。車が行き交うなか、僕はクリスティアンに言われたことを、頭のなかで何度も考えた。

「ボーダーラインの患者は誘惑的だからな」と言う声

が耳に響いた。

図星なのだろうか。だから、こんなにいらいらするのか。アリシアは精神的に僕を誘惑したのか。クリスティアンは明らかにそう考えている。それに、ダイオミーディーズが同様のことを疑っているのもまちがいないだろう。彼らは正しいのか？

自分の良心をさぐり、答えはノーだと僕自身は確信した。アリシアを助けたいのは事実だ。だとしても、彼女に対しては客観的でいられるし、注意を怠らず、ことを慎重に運び、きっちり境界を守ることが僕には絶対にできる。

無論、その考えはまちがっていた。もう手遅れだった。自分自身にさえそれを認めようとしなかっただけで。

画廊のジャン＝フェリックスに電話した。アリシアの画材——絵の具、絵筆、キャンバスといったもの——が、その後どうなっているかたずねた。「全部、倉庫におさまっているんですか？」

答えるまでに一瞬の間があった。

「いや、じつは……僕が全部持っている」

「あなたが？」

「そう。裁判のあと、僕が彼女のアトリエを片づけた——それで取っておく価値のあるものを選り分けた——下絵のスケッチ、ノート、イーゼル、油絵の具——全部、彼女のために僕が保管している」

「それは親切なことだ」

「つまり、僕のアドバイスが採用されたのか。アリシアに絵を描かせるんですね」

「そのつもりです」僕は言った。「成果が出るかはわかりませんが」

「もちろん、成果は出ます。見ててください。完成した絵は、ともかく僕にも絶対見せてくださいよ」

切望感のにじむ奇妙な声だった。あの保管庫にあった、赤ん坊のように布で大切にくるまれたアリシアの作品が、ふとまぶたの裏にうかんだ。この男は本当にアリシアのために絵を保管しているのか。それとも、手放すのがつらいのだろうか。

「ついでのときに、一式をザ・グローヴにとどけてもらえませんか」僕は言った。「もしよければ」

「えっと、その――」

つかの間の躊躇があった。不安が伝わった。つい、助け舟を出した。

「そのほうが楽なら、僕が取りにいってもいいですし」

「ああ、そっちのほうがよさそうだ」彼は言った。

ここに来るのが怖いのだ。アリシアに会うのが怖いのだ。それはなぜか。ふたりのあいだに何があるのか？

ジャン＝フェリックスは何を避けているのか？

27

「友人との待ち合わせは、何時？」僕は聞いた。

「七時。リハーサルのあとで」キャシーは自分のコーヒーカップを僕によこした。「忘れてるんだとしたら、名前はニコールよ、セオ」

「そうだった」僕はあくびをしながら言った。

キャシーは厳しい目でこっちを見た。「憶えてないのは、ちょっと失礼じゃないの――わたしの親友なんだから。自分も送別パーティに行ったじゃない」

「もちろんニコールのことは憶えてる。名前を忘れてただけだ」

キャシーはあきれた表情をした。「勝手に言ってなさい。マリファナジャンキー。シャワーを浴びてくる」そう言いながらキッチンを出ていった。

僕はひとりほくそ笑んだ。

七時か。


七時十五分前、僕はサウスバンクのキャシーの稽古場をめざして川ぞいを歩いた。

稽古場から道をへだてたベンチに陣取り、キャシーが早めに出てきてもすぐに見つからないように、入り口に背を向けてすわった。ときどきふり返って肩ごしにそっちを見た。だが、扉は固く閉ざされたままだった。

やがて七時五分になり、扉があいた。役者たちが建物から出てきて、にぎやかな会話の声や笑い声があがった。二、三人ずつ連れだってぶらぶらと外に出てくる。キャシーの姿はなかった。

五分待った。十分待った。すると人の流れは途絶え、やがてだれも出てこなくなった。きっと遅かったのだろう。キャシーは僕が来る前に帰ったにちがいない。それともまさか、最初から来ていなかったとか？

リハーサルのことも全部嘘だったのか？

ベンチから立って、入り口の前まで行った。確かめずには気がすまなかった。もし彼女がまだなかにいて、姿を見られたらどうする？　ここにいることについて、どんな言い訳ができる？　びっくりさせようとして来たとか？　それがいい——キャシーと〝ニコール〟を食事に連れだそうと思って来たと言おう。そうしたらキャシーはもじもじして、どうしようもない嘘をついて——「ニコールが具合が悪くなってキャンセルしてきたの」とか——言い逃れをするだろう。その結果、キャシーと僕は、ふたりだけで気まずい晩を過ごすことになる。長い沈黙の晩を、今日もまた。

入り口の扉に手をのばした。一瞬ためらったが、錆《さ》びた緑のハンドルをつかみ、ドアを押しあけ、そしてなかに入った。

打ちっぱなしのコンクリートの空間だった。湿気のにおいが満ちている。稽古場は五階なので——毎日階段をあがらないといけない、とキャシーはぶつぶつこぼしていた——僕は中央階段をのぼった。二階まで来て、つぎの階にあがろうとしたそのとき、ひとつ上の階からくだってくる声がした。キャシーだった。電話で話していた。「わかってる、ごめん。あとでね。すぐに行くから。わかった、わかった、じゃあね」

僕は凍りつき——ふたりは衝突の一歩手前だった——そしてつぎの瞬間、階段を駆けおりていって、角に身を隠した。キャシーはこっちを見ることなく通り過ぎた。外へ出ていった。ドアがばたんと閉まった。

僕は急いであとを追い、建物を出た。キャシーは橋のほうに向かって、足早に進んでいる。僕は見失わないようにしながらもなるべく距離を取り、通勤者や観光客のあいだを縫って追いかけた。

キャシーは橋をわたりきると、階段をおりてエンバンクメント駅の地下鉄構内に入っていった。どの線に乗るのかと考えながら、僕もあとにつづいた。

ところが地下鉄には乗らなかった。そのまま駅を通過して、反対側に出た。チャリングクロス通りに向かってさらに歩きつづけた。僕はあとをつけた。信号のところでは、数歩うしろに立った。それからチャリングクロス通りをわたって、ソーホーに入った。僕もあとを追って狭い道を進んだ。右に折れ、つぎに左にまがり、それからふたたび右にまがった。キャシーはそこでふと足を止めた。レキシントン通りの角に立った。そして待った。

つまりここが待ち合わせ地点ということだ。うまい場所だ——繁華街で往来が多く、匿名性を保てる。僕は迷ったすえ、角のパブにそっと入った。カウンターの前に立った。そこからだと通りの反対側にいるキャシーが窓からよく見える。かったるそうな、ひげ面のバーテンダーが僕を見た。「で？」

「一パイント。ギネス」

バーテンダーはあくびをし、ビールを注ぎにカウンターの奥に移動した。僕はキャシーから目をはなさなかった。僕のいるほうをふり返ったとしても、窓ごしには姿を見られないはずだ。実際、あるときキャシーはこっちを見た――真っすぐに僕のほうを。心臓が一瞬止まった――気づかれたと思った。けれどちがって、彼女はそのまま視線をさまよわせた。

数分が過ぎ、なおもキャシーは待っていた。僕もおなじだ。見張りながらゆっくりビールをすすった。だれだか知らないが、相手の男はのんびりしている。キャシーは気に入らないだろう。待たされるのは好きじゃない――自分はしょっちゅう遅れるくせに。眉をひそめたり、時計を確認したりする様子から、だんだんいらいらしてきたのがわかる。

そのとき、ひとりの男が通りをわたって近づいていった。道を横断する数秒のうちに、僕はそいつがどれほどの男か見積もった。体格はいい。金髪を肩までのばしている――意外だった。僕みたいな黒髪と黒い目の男にしか興味がないと、キャシーはつねづね言っている。もちろん、それも嘘だったのかもしれない。

けれども、その男は横を素通りした。キャシーは目もくれなかった。すぐに男は視界から消えた。ちがう男だった。キャシーも僕とおなじことを考えているかもしれないと思った――すっぽかされたのだろうか？

そのとき、彼女の目が大きく見ひらかれた。にっこり笑った。通りの反対に手を振っている――ここからは見えないだれかに。いよいよ来たか、と思った。相手の男にちがいない。僕はどうにか姿を見ようと首をのばし――

すると驚いたことに、三十歳くらいの、目を疑うほど短いスカートにあり得ないほど高いハイヒールをはいた安っぽい金髪の人物が、キャシーのほうへよろよろ近づいた。すぐにわかった。ニコールだ。ふたりはハグとキスで挨拶を交わした。腕を組み、談笑しながら歩き去った。結局のところ、ニコールと会うというのは嘘じゃなかったのだ。

僕は自分の気持ちに気づいて愕然とした――キャシーが真実を言っていたのがわかって、おおいにほっとしていいはずだった。ありがたいと思っていいはずだった。ところが、ちがった。

僕はがっかりしていた。

28

「さあ、どう思う、アリシア？　光がたくさん入るだろ、ほら。気に入った？」

ユーリは誇らしげに新しいアトリエを案内した。〈金魚鉢〉の横の空き部屋を使おうというのはユーリの発案で、僕はそれに賛成した。ロウィーナのアートセラピールームの一部を借りるよりよさそうに思えた。彼女のあからさまな敵愾心《てきがいしん》からすると、きっといろいろ問題が起こったにちがいない。これでアリシアは自分だけの部屋を手に入れ、好きなものをじゃまされずに描くことができるようになった。

アリシアは周囲に首をめぐらした。彼女のイーゼルは荷物から出して、光の一番入る窓ぎわに設置されている。油絵の具の箱は、蓋をあけてテーブルに出してあった。そのテーブルへと引き寄せられるアリシアを見て、ユーリは僕にウィンクした。ユーリはこの絵の計画に夢中になっていて、僕としても協力がありがたかった――ユーリは使える味方だ。職員のなかで断トツに好かれている。ともかく患者からは。ユーリは僕にうなずきかけて、「グッドラック。あとは任せた」と言って、出ていった。ドアがばたんと閉まった。だがアリシアには聞こえてないようだった。

彼女は自分の世界に入って、テーブルに身をのりだし、顔に小さく笑みをうかべて絵の具を調べている。セーブルの絵筆を取りあげると、繊細な花のようにそれをなでた。つぎに、油絵の具のチューブ三つ――プルシアンブルー、インディアンイエロー、カドミウムレッド――を出してならべた。そしてイーゼルの真っ白なキャンバスに向き合った。それをじっと見つめた。長いことそうして立っていた。ある種のトランス状態、忘我の境に入ったようだったが――いつの間にか心が抜けだして、この小部屋から遠く離れたどこかをさまよっていた――やがてとうとうそこから覚めて、ふたたびテーブルに向かった。白い絵の具をパレットに絞りだし、そこに少量の赤をくわえた。混ぜるには絵筆を使わないといけない。パレットナイフはザ・グローヴに持ち込まれるや、明白な理由によりステファニーに没収された。

アリシアは筆をキャンバスに運んだ――そして印をつけた。白い空間の真ん中に、赤色をちょんと。

しばらくそれをながめた。そして、もうひとつ印をつけた。さらにもうひとつ。少しすると彼女は、迷いも躊躇もない、流れるようななめらかな動きで絵を描いていた。それはアリシアとキャンバスとのある種のダンスだった。僕は傍らに立って、彼女が生みだす形に見入った。

僕は何も言わず、息をすることさえはばかられた。

親密な瞬間に立ち会い、野生動物の出産を目《ま》のあたりにしているような気分だった。アリシアは僕の存在に気づいていたが、気にしなかった。ときどき絵を描きながら目をあげ、こっちをちらちらうかがった。

観察しているかのように。

数日がたつうちに絵は形を成しはじめ、最初は粗い素描のようだったものが、しだいに明確になり――やがて、写実的な無垢なる輝きを持って、その絵はキャンバスから飛びでてきた。

アリシアが描いたのは赤レンガの建物、病院だった――ザ・グローヴなのはまちがいない。火事に見舞われ、炎に呑まれている。非常口のところにはふたりの人影があった。男と女が火から逃げようとしているのだ。女はまぎれもなくアリシアだ。彼女の赤毛は炎とおなじ色をしている。男のほうは僕だとわかった。僕は足首まで炎に舐《な》められながら、アリシアを両腕で抱いて、高くかかえあげている。

描かれているのは、僕がアリシアを救出している場面なのか――それとも、火に投げ込もうとしている場面なのか。

29

「そんなのおかしいわよ」彼女は言った。「ここにはもう何年も通ってるけど、事前に電話しろとはだれにも言われなかったわ。一日じゅう、待たされるわけにはいかないの。わたしは大変多忙なんです」

アメリカ人女性が受付の前にいて、ステファニー・クラークに大声で文句を言っていた。殺人事件を報じた新聞やテレビに出ていた、あのバービー・ヘルマンだとわかった。ハムステッドのアリシアの隣人で、ゲイブリエルが殺された夜に銃声を聞き、通報した人物だ。

バービーはカリフォルニア風の金髪をしていて、年齢は六十代半ばか、ひょっとしたらもう少し上といったところか。シャネル五番を全身にあび、相当な数の美容整形手術を重ねている。その名がぴったりだ――彼女はまさしくびっくり顔のバービー人形だった。望むものを手に入れるのに慣れた部類であるのはまちがいない――だから、患者を見舞うのに予約が必要と知って、受付で大声で抗議しているのだ。

「責任者と話をさせて」彼女はここが精神科病棟ではなくレストランであるかのように、お高くとまった態度で言った。

「わたしが責任者です、ミセス・ヘルマン」ステファニーは言った。「前にもお会いしていますよ」

はじめてのことだが、僕はステファニーにうっすら同情をおぼえた。バービーの猛攻の受け手となる側を気の毒に思わずにいるのはむずかしい。バービーはつづけざまに早口にまくしたて、相手に口をはさむ余地をあたえなかった。

「面会の予約のことなんて、一度も何も言われたことはないわ」バービーは大きな笑い声をあげた。「なんてこと、〈アイヴィー〉のテーブルを予約するほうがまだ簡単じゃないの」

僕もそこへまじり、無邪気な顔でステファニーに笑いかけた。

「助けはいりますか？」

ステファニーはいらだった目つきで僕を見た。「いいえ、けっこう。わたしひとりで対処できます」

バービーはそれなりの興味を持って、僕を上から下からながめた。「どなたかしら？」

「セオ・フェイバー。アリシアのセラピストです」

「あら、あなたが」バービーは言った。「へえ、そう」彼女は病棟の施設長はさておき、セラピストというものには親しみがあるらしかった。これ以降はステファニーをただの受付係のようにあしらい、もっぱら僕だけを相手にした。正直なところ、意地悪ながら僕としても少々愉快だった。

「はじめて会うということは、ここに来て日が浅いのかしら？」僕は答えようとして口をひらきかけたが、その前にバービーがつづけた。「いつも二、三カ月に一度は来ているの——アメリカに家族に会いにいっていたから、今回は少し間があいたけど——でも、帰ってきてすぐ、アリシアに会わなきゃと思ったの。彼女がどうしても恋しくて。だって、わたしの一番の友人だったのよ」

「そうだったんですか」

「ええ、そうよ。アリシアとゲイブリエルがとなりに越してきたときには、近所になじめるようにずいぶん助けてあげたものよ。アリシアとわたしはものすごく仲良しになった。おたがい、なんだって打ち明け合ったわ」

「なるほど」

受付にあらわれたユーリを、僕は手で呼んだ。

「ミセス・ヘルマンがアリシアに会いにきた」

「あら、バービーと呼んで。ユーリとはむかしからのお友達よ」彼女はユーリにウィンクして言った。「もう長い付き合いになるわね。この人は問題ないの。ただ、こちらの御婦人がね――」

バービーはステファニーを鬱陶《うっとう》しそうに身ぶりでさし、そこでステファニーはようやく口をひらく機会を得た。

「ミセス・ヘルマン、残念ながらあなたが去年お見舞いにきたときから、病院の方針が変更されたんです。セキュリティが厳重になりました。今後は事前に電話で――」

「あら、またその話をはじめるの？　もう一度でも言ったら、叫び声をあげるわ。生きてるとただでさえ面倒くさいことが多いというのに」

ステファニーはあきらめ、ユーリがバービーを連れていった。僕もいっしょについていった。

三人で面会室に入ってアリシアを待った。殺風景な部屋だ――テーブルひとつに椅子がふたつ、窓はなく、黄ばんだ薄暗い蛍光灯がともっている。僕はうしろに立って、看護師ふたりに伴われてべつのドアから入ってきたアリシアを観察した。バービーを見てもとくに反応は示さなかった。テーブルまで歩いて、顔を伏せたまま椅子にかけた。一方のバービーのほうは、感情があふれんばかりだった。

「アリシア、会いたかったわ。ずいぶん痩せちゃって、もう何もついてないみたいじゃない。なんて羨ましいの。元気にしてた？　あの石頭の女のせいで、もう少しであなたと会えないところだったのよ。とんでもない悪夢だった――」

そんな調子でバービーのどうでもいいおしゃべりが際限なくつづき、母と弟に会いにサンディエゴに行った旅の一部始終が語られた。アリシアはただ黙ってすわっていて、顔は無表情で、なんの感情も出さず反応も示さなかった。二十分ほどが過ぎ、ありがたいことに独白は終わった。ユーリに連れられて出ていくアリシアは、入ってきたときと同様に何事にも無関心な顔をしていた。

僕はザ・グローヴを去ろうとするバービーを追いかけた。「ちょっといいですか」

まるでそれを予測していたように、バービーはうなずいた。

「アリシアのことで話がしたいんでしょう？　いいかげん、だれかが何かを質問してきていいころだと思ってたのよ。警察は何も聞きたがらなくて——おかしいわよ、だってアリシアはいつだってわたしに打ち明けてたんだから。どんなことも。とても信じられないようなことまで」

バービーは最後のところをおおいに強調して言い、はにかんで笑った。僕の心をつかんだのをわかっているのだ。

「たとえば、どんな？」僕は言った。

バービーは秘密めいた笑いをうかべて、毛皮のコートをはおった。「こんなところじゃ言えないわ。時間も遅くなっちゃったし。今夜、うちに来て——六時でいかが？」

バービーを自宅に訪ねるのは、あまり気が進まなかった——ダイオミーディーズにばれずにすむことを、心から祈った。だが僕に選択肢はない——バービーが知っていることを聞きだしたい。無理やり微笑んだ。

「住所を教えてください」

30

バービーの家は、ハムステッド・ヒースから通り一本をへだてたうちの一軒で、池を見おろせる好位置にあった。大きな邸宅だし、この立地からすると、目の玉が飛びでるほどの値がするにちがいない。

バービーはゲイブリエルとアリシアがとなりに越してくる何年か前からハムステッドに住んでいた。元夫は投資銀行家で、離婚するまでロンドンとニューヨークを往復する生活を送っていた。夫は妻をもっと若くし、もっと金髪にした相手を見つけた——そしてバービーは家を手に入れた。「そういうわけで、みんな満足だった」彼女は笑って言った。「とくに、わたしがね」

白く塗られた並びの家々とちがい、バービーの家は淡いブルーに塗装されていた。前庭は、小さな木や鉢植えで飾られていた。

バービーは玄関で僕を出迎えた。

「いらっしゃい、ハニー。時間ぴったりで嬉しいじゃないの。幸先がいいわ。さあこっちよ」

僕は廊下を通ってリビングに通された。家は温室のようなにおいがした。緑や花であふれ、どこを向いてもバラや百合や蘭があった。絵画、鏡、額入りの写真が、壁にこれでもかとひしめいている。小像や花瓶などの美術品は、テーブルやドレッサーの上のスペースを取り合っていた。どれも高価な品だが、こんなごしゃごしゃ一緒くたにされると、がらくたに見えた。これをバービーの精神状態のあらわれと取るならば、ひかえめに言って内面に不調をきたしていると言わざるを得ない。思いうかぶ言葉はカオス、混乱——満たされない渇望。彼女はいったいどんな子供時代を過ごしたのだろう。

僕はタッセル付きのクッションをふたつほど移動させて場所をあけ、すわり心地の悪い大きなソファに腰をおろした。バービーはバーキャビネットをひらいて、グラスをふたつ出してきた。

「さて、飲み物は何がいいかしら。あなたはウィスキー飲みに見えるけど。別れた夫は、一日に一ガロンもウィスキーを飲んだの。わたしに我慢するにはそれくらい必要だと言って」彼女は笑った。「わたしはこう見えてワイン通なのよ。フランスのボルドー地方で講座に通ったから。鼻が利くの」

彼女は息を継ぎ、僕はその機会を逃がさずとらえて言葉をはさんだ。「ウィスキーは好きじゃない。僕はあまり酒を飲むほうじゃないんで……。たまにビールを飲むくらいです」

「あら」バービーは少々迷惑そうな顔をした。「うちにはビールはないの」

「かまいませんよ。飲み物はいりませ――」

「でも、わたしは飲ませていただくわよ。今日は悪いことつづきだったから」

バービーは大きなグラスに自分用にワインを注ぎ、長いおしゃべりに備えるようにアームチェアの上で身体を丸めた。

「さあ、なんなりと」流し目で微笑んで言った。「何が知りたいの?」

「二、三のことを質問させてください」

「ええ、どうぞ言って」

「医者にかかっている話をアリシアから聞いたことはありますか」

「医者?」質問に驚いたようだった。「精神科医ってこと?」

「そうじゃなくて一般の医者です」

「さあ、どうかしら……」声が消え入り、言葉につまった。「言われてみれば、たしか診てもらっている医者がいて……」

「名前はわかりますか」

「いいえ――でも、わたしのかかりつけのモンクス先生の話をしたのは憶えてる。驚くほどの名医よ。顔を見ただけでどこが悪いかわかって、何を食べたらいいか細かく教えてくれるの。何がすごいって、あなた――」その後は、医師に指示された食事制限のややこしい話が長々とつづき、あなたもその先生のところに行くといいと、バービーはしつこく僕に勧めた。こっちは忍耐力が切れてきた。バービーを話の本筋に引きもどすのはひと苦労だった。

「あなたは事件の当日にアリシアと会ったんですよね」

「ええ、ほんの何時間か前に」言葉を切ってワインをごくりと飲んだ。「会いにいったの。いつもよくコーヒーを飲みに顔を出してたのよ。まあ、コーヒーを飲むのは彼女で、わたしはだいたい何かボトルを持っていってたわ。何時間もおしゃべりするの。言ったでしょ、すごく仲がよかったのよ」

また言っている。だがバービーはほぼ完璧な自己愛人格傾向だと、僕はすでに診断をくだしていた。本人が何を求めるかにもよるが、まともに人付き合いができるかさえあやしい。おそらくアリシアはそんなふうに訪ねてこられても、自分からはあまり話さなかったにちがいない。

「当日の午後は、アリシアの精神状態はどんなふうでした？」

バービーは肩をすくめた。「ふつうに見えたわ。ひどい頭痛があったけど、それくらいよ」

「ぴりぴりしているとか、そういうことは？」

「なぜぴりぴりするの」

「それはその、状況からしたら……」

バービーは驚いた顔で僕を見た。「まさかあなた、彼女が犯人だと思ってるんじゃないでしょうね」笑い声をあげた。「残念だわ、ハニー――もっと賢い人かと思ってた」

「いや、じつは――」

「アリシアには人を殺す肝っ玉なんかありはしない。彼女は人殺しじゃなかった。信じて。彼女は無実よ。百パーセントの確信があるわ」

「証拠があるのに、なぜそんなふうに断言できるのか、ぜひとも教えてもらいたいですが……」

「あんな証拠が何よ。わたしにはわたしの証拠がある」

「本当ですか」

「もちろんよ。だけどその前に……あなたが信頼できる人か確かめたいわ」バービーの目がじろじろと僕をさぐった。僕はしっかりとその目を受け止めた。するとと彼女はあっさり口をひらいた。「あのね、男がいたのよ」

「男？」

「そう。見張ってたの」

これには僕は少々驚き、たちまち警戒心がわいた。

「見張ってたというのは、どういうことです」

「言葉どおりのことよ。見張ってたの。わたしから警察にも言ったけど、興味を示さなかった。ゲイブリエルの死体と銃といっしょにアリシアがいたのを見つけた瞬間、警察は結論を出したの。それ以外の筋書きにはいっさい聞く耳を持たなかった」

「筋書きというのは――具体的には？」

「話してあげるわ。今夜ここにわざわざ来てもらった理由が、きっとわかるから。聞く価値ありよ」

早いところはじめてくれ、と僕は思った。だが口では何も言わず、ただ促すように笑いかけた。

バービーはグラスにお代わりを注いだ。「はじまりは事件の二週間ほど前よ。アリシアのところに行って、いっしょに飲んだのだけど、なんだかいつもより口数が少なかったの。だから〝大丈夫？〟と聞いた。そしたら、泣きだしたのよ。そんな彼女を見るのは、はじめてだった。わんわん泣きじゃくってね。ふだんはすごくひかえめなのに……だけど、あの日は自分を吐きだしたた。ひどかったわ。手がつけられないほどひどかった」

「アリシアはなんて？」

「だれか近所をうろついてなかったかって。通りに男がいて、アリシアのことを見てたんですって」バービーはひと呼吸置いてつづけた。「見せてあげる。彼女がメールで送ってきたの」

マニキュアを施した両手を携帯電話にのばし、保存された写真をさがしだした。僕の顔の前にそれを突きだした。

僕は目を凝らした。何を見ているのか理解するまでに数秒かかった。ピントのぼやけた木の写真だった。

「これは？」

「何に見える？」

「木？」

「木のうしろよ」

木のうしろには灰色っぽいものが写っていた——街灯の柱から大きな犬まで、なんにでも見える。

「男よ」バービーは言った。「輪郭がはっきりわかるでしょう」

そうは思わなかったが、反論はしなかった。バービーの気を散らしたくない。

「つづけてください」僕は言った。

「以上よ」

「でも、何があったんですか？」

バービーは肩をすくめた。「何も。アリシアには警察に言うように勧めたわ——それでそのとき、ご主人にも話してないのがわかったの」

「ゲイブリエルに？　どうしてです」

「さあ。いずれにしても、あんまり思いやり深い人じゃないという印象はあったわね。ともかく警察には連絡するようにって、わたしは再三言ったわ。だって、わたしはどうなるの。わたしの安全は。外には不審者がうろついてる——そしてわたしは女の一人暮らし。夜は安心してベッドに入りたいじゃないの」

「アリシアはあなたの助言に従ったんですか?」

バービーは首を振った。「従わなかった。何日かしてアリシアは、夫と話し合って自分の思いすごしだと考えることにしたと言ったわ。わたしにも、もう忘れてくれって——それに、ゲイブリエルと会っても話題にしないでくれって。あやしいったらなかったわ。しかも、写真も削除してくれって言うじゃない。でも削除しなかった——アリシアが逮捕されたとき、それを警察に見せたの。だけど警察は興味を示さなかった。もう結論を出していたから。でも、絶対に何かがあった。聞いてくれるかしら……」バービーは声を落とし、わざわざひそひそ声で言った。「アリシアは怯えてたの」

バービーはワインを飲み干し、そこでもったいぶって間を取った。ボトルに手をのばした。

「本当にいらないのね?」

僕はあらためて断り、礼を言い、口実をつくって辞することにした。これ以上長居する意味はない。もうバービーには話せることはないのだから。僕には考えることが山のようにあった。

家を出ると、あたりは暗かった。となりの家の前で少し足を止めた——アリシアのかつての家だ。裁判のあとすぐに売却され、今は日本人のカップルが住んでいる。彼らは——バービーによると——ひどくそっけないらしい。何度か交流を試みたが拒絶されたという。もしとなりにバービーが住んでいて、しょっちゅう訪ねてこられたら、自分ならどう思うだろう。アリシアは彼女をどう思っていたのか。

タバコをつけ、今聞いた話を反芻《はんすう》した。つまりアリシアは、見張られていたことをバービーに話した。僕が想像するところでは、警察はバービーが注目を引くため作り話をしていると考えて、彼女の言うことを取り合わなかった。驚くことじゃない。バービーを真《ま》に受けるのはむずかしい。

要するにアリシアはバービーに——そして、あとからゲイブリエルに——助けを求めるほど、怯えていたということだ。その後はどうした？　アリシアはべつのだれかにも打ち明けただろうか。それをさぐりださなければ。

ふいに子供時代の自分の姿が目にうかんだ。すべての恐怖、すべての苦痛を自分でかかえ込んで、不安で今にもどうにかなりそうな少年。右往左往するばかりで、気が落ち着かず、怯えている。狂った父に対する恐怖にひとり向き合って。話す相手もいない。聞いてくれる相手もいない。アリシアもおなじような絶望を味わっていたにちがいない。そうでなければバービーなんかに打ち明けなかっただろう。

ふるえが出た——そして、頭のうしろに視線を感じた。

ふり返った——けれども、だれもいなかった。僕しかいなかった。通りは空っぽで、暗く、静まり返っていた。

31

　翌朝、バービーから聞いたことをアリシアに話そうと考えつつザ・グローヴに到着した。ところが受付に入ったとたんに、女の絶叫があがった。苦しげなわめき声が何度も廊下に響いた。

「なんだ？　何があった？」

　警備員は僕の問いかけを無視し、横をすり抜けて病棟へと走った。僕もつづいた。近づくにつれ、絶叫が大きくなった。アリシアが無事で、巻き込まれていないことを祈った――だが、なぜだか悪い予感がした。

　角をまがった。看護師、患者、警備員が、〈金魚鉢〉の前に群がっていた。ダイオミーディーズは電話をかけて、救急班を呼んでいる。シャツには血が散っていた――だが本人の血ではない。ふたりの看護師が床にひざをついて、泣き叫ぶ女性を介助している。アリシアではなかった。

　エリフだった。

　エリフはもだえ、痛みにわめき、血まみれの顔に手を押しあてている。目からは血が噴きだしていた。何かが突き刺さって眼窩《がんか》から飛びだしている。棒のように見えた。だが棒ではない。何かはすぐにわかった。絵筆だ。

　アリシアは壁ぎわにいて、ユーリともうひとりの看護師に押さえつけられていた。だが身体的拘束の必要はなかった。彼女は冷静そのもので、彫像のように身動きひとつしなかった。その顔つきはあの絵を強烈に思いださせた――〈アルケスティス〉。何も語らない無表情。虚ろ。彼女は真っすぐに僕を見た。

　そしてこのときはじめて、僕は恐怖をおぼえた。

32

「エリフの容体は？」ずっと〈金魚鉢〉で待っていた僕は、救急病棟からもどってきたユーリをその場でつかまえ、質問した。

「安定はしてる」ユーリは深刻そうなため息とともに言った。「それ以上は望めない」

「会わせてもらいたい」

「エリフに？　それともアリシアに？」

「まずはエリフ」

ユーリはうなずいた。「今夜は安静にさせたいそうだから、朝になったら案内する」

「何があった？　きみもその場にいたのか。アリシアが挑発を受けたんだと思うが」

ユーリはふたたびため息をついて、肩をすくめた。

「さあね。エリフはアリシアのアトリエの外をうろついてた。きっと、何かしら諍《いさか》いがあったんだろう。何が原因だったかは、まったくわからない」

「鍵は持ってるか？　見にいってみよう。何か手がかりが得られるかもしれない」

〈金魚鉢〉からアリシアのアトリエに移動した。ユーリが解錠してドアをあけた。そして明かりをつけた。

するとそこに、イーゼルの上に、僕らが求める答えがあった。

アリシアの絵画――炎上するザ・グローヴの絵――に落書きがされていたのだ。〝男たらし〟という文字が、赤い絵の具ででかでかと書き殴られていた。

僕はうなずいた。「これが理由だな」

「エリフの仕業ってことか？」

「ほかにだれがいる？」

エリフは救急病棟にいた。点滴につながれてベッドにもたれていた。片目をおおう分厚い眼帯が頭に巻かれている。エリフは悔しがり腹を立て、痛みにあえいでいた。

「失せろよ」僕を見るとエリフは言った。

僕は椅子をベッドに引き寄せ、腰をおろした。穏やかに、敬意を込めて話しかけた。「エリフ、こんなことになってしまって。心から同情するよ。本当にとんでもないことだ。悲劇としか言いようがない」

「ああ、そのとおりだよ。さあ、もう出てけよ、鬱陶しい野郎だ」

「何が起こったのか話してほしい」

「あのクソ女があたしの目をえぐりだした。そういうことだ」

「なぜ、そんなことを？　喧嘩でもしたのか」

「あたしのせいにしようってのか？　こっちはなんにもしてない！」

「責任を押しつけようとしてるんじゃない。なぜアリシアがそんなことをしたのか理解したいだけだ」

「頭のネジがゆるんでるからさ。それが理由だ」

「あの絵とは関係ないんだろうか。やったことは見た。絵に落書きをしただろう」

エリフは残っているほうの目を細め、そしてきつく閉ざした。

「あれはやってはいけないことだ、エリフ。だからといって、こんな反撃は許されないが、それでも――」

「あれが理由じゃない」

エリフは目をあけ、蔑《さげす》む表情で僕を見た。

僕はすぐには口が利けなかった。「ちがうのか？　じゃあ、なぜ攻撃された？」

エリフの唇がゆがんで、微笑みらしきものがうかんだ。口では何も言わなかった。ふたりしてじっとすわったまましばらくたった。もう限界だと思ったとき、エリフのほうから話しだした。

「本当のことを言ってやったのさ」

「本当のこと？」

「あんたが惚れてるって」

これには驚いた。僕が反論する前に、エリフが冷たい軽蔑を込めてつづけた。「あんた、あの女に惚れてるだろ。だから、そう教えてやったのさ。〝あいつはおまえにほの字だ〟って。〝おまえにほの字――セオとアリシア、木の下で。セオとアリシア、チュッ、チュッ、チュッ――〟」エリフは耳障りな金切り声をあげて笑いだした。あとのことは想像がついた――アリシアは逆上し、ふり返って絵筆を取り……そしてエリフの目に突き刺した。

「あの女は頭がイカれてる」痛みと疲労で今にも泣きそうな声だった。「錯乱してる」

そして、エリフの傷の眼帯を見ながら、僕はそのとおりなのかもしれないと考えずにはいられなかった。

33

集まった場所はダイオミーディーズのオフィスだが、主導権は最初からステファニー・クラークの手にあった。心理学という抽象的な世界を出て、健康と安全という具体的な領域に入ってきた今では、われわれはみなステファニーの管轄下にいて、そのことを本人もわかっていた。むっつり口を閉ざしているところから、ダイオミーディーズもおなじ理解のようだ。

ステファニーは腕組みをして立っていた。興奮が手に取るようにわかる。心が浮き立っているにちがいない、と思った――自分がこの場を仕切り、決定権をにぎっていることに。彼女が打ちだしたものをことごとくつがえし、束になって反対にまわる僕ら全員を、これまでどれだけ恨みに思っていたことか。ステファニーは今、復讐の機会を楽しんでいた。「昨日の朝の出来事は、到底容認できません」彼女は言った。「アリシアに絵を描かせることに対し強く釘を刺したのに、わたしは無視されました。個人的な特権は、つねに嫉妬と恨みを生みます。いつかこういうことが起こると、わかっていました。今後は安全を最優先にするように」

「アリシアが隔離されているのも、それが理由ですか？」僕は言った。「安全のため？」

「自分自身に対しても、他人に対しても、彼女は脅威です。エリフに襲いかかったんですよ——殺していたかもしれなかった」

「挑発されたんです」

ダイオミーディーズが首を振って会話に入った。くたびれた声だった。「どんなひどい挑発を受けたとしても、あんな反撃は許されるものじゃないだろう」

ステファニーはうなずいた。「そのとおり」

「一度かぎりの事件ですよ」僕は言った。「アリシアを隔離するのは残酷なだけじゃない——野蛮だ」隔離された患者はブロードムアで見てきた。家具も何もない、ベッドを置くのさえぎりぎりの窓のない小部屋に閉じ込められるのだ。数時間、数日隔離されれば、すでに情緒不安定な者はもちろん、どんな人間も気が変になる。

ステファニーは肩をすくめた。「この施設の責任者として、わたしには必要と思う措置を取る権限があります。クリスティアンにも相談しましたが、彼は賛成してくれました」

「でしょうね」

クリスティアンは部屋の向こうから僕にすました笑いを向けた。ダイオミーディーズの目も感じた。ふたりが何を考えているかはわかった——おまえは個人的に肩入れしすぎているし、感情を出しすぎている。でも気にしなかった。

「答えは彼女を閉じ込めることじゃありません。われわれは粘り強く話しかけないといけない。理解しないといけない」

「わたしは完璧に理解してる」クリスティアンがまるで呑み込みの悪い子供に言いふくめるように、相手を見下す太い声で言った。「問題はきみだ、セオ」

「僕？」

「ほかにだれがいる。波風を立てているのはおまえだ」

「波風？　どういう意味だ」

「事実だろう。減薬するよう運動を起こしたり……」

僕は笑った。「運動は大げさだろう。ただの介入だ。完全に薬漬けになっていた。あれじゃゾンビだ」

「くだらない」

僕はダイオミーディーズを見た。「本気で僕のせいにしようとしてるんじゃないですよね？　これはそういう集まりなんですか？」

ダイオミーディーズは首を振ったが、僕の目を避けた。「もちろん、ちがう。とはいえ、セラピーが原因で彼女が不安定になったことはたしかだ。負荷が大きすぎたし、時期尚早だった。それがもとで今回の不幸な事件が起きたと、わたしは考えている」

「その意見は受け入れられません」

「近くにいすぎるきみは、よく見えないんだろう」ダイオミーディーズは両手を挙げてため息をついた。「戦いに敗れた男。「これ以上の過ちは許されない。今は重大な岐路に立たされている――知ってのとおり、この施設の今後がかかってるんだ。われわれのミスのひとつひとつが、トラストに閉鎖の口実をあたえる」

彼の敗北主義、くたびれた忍従に、僕は激しくいらだった。「彼女を薬漬けにして、永遠に閉じ込めておくのは答えじゃない。われわれは看守じゃないんだ」

「わたしも同意見だわ」インディラが言った。僕に励ましの笑顔を向け、さらにつづけた。「問題は、わたしたちが極端にリスクを回避するようになってきたこと、試行錯誤するより過剰に薬をあたえることを選んできたことにある。わたしたちは勇気を持って病気を受け入れ、抱きとめないといけない――鍵をかけて閉じ込めようとするのではなく」

クリスティアンは白目をむき、反論に出ようとした。だがその前にダイオミーディーズがかぶりを振りながら言った。「もう遅すぎる。わたしの落ち度だ。アリシアはセラピーが有効な患者じゃない。そもそも許可したわたしがいけなかった」

自分を責めると言いながら、じつは僕を責めている。全員の目が僕に注がれていた。ダイオミーディーズの眉をひそめた落胆の眼差し。勝ち誇ったクリスティアンのあざけりの目、ステファニーの敵対の視線、心配そうなインディラの瞳。

懇願しているふうに聞こえないよう注意した。「必要ならアリシアの絵はやめてもいい。でも、セラピーはやめないでください――彼女に働きかける方法はそれしかないんです」

ダイオミーディーズは首を横に振った。「働きかけることは不可能だと、わたしは思いはじめている」

「もう少し時間をください――」

だが相手の有無を言わさぬ口調から、僕はこれ以上議論しても無駄だと悟った。

「だめだ」ダイオミーディーズは言った。「もう終わりだ」

34

雪雲についてはダイオミーディーズはまちがっていた。雪は降らなかった。かわりに午後から激しい雨が降りだした。怒れる雷鳴と稲妻をともなう嵐だった。

僕は窓を打つ雨をながめながら、セラピールームでアリシアを待った。

くたびれ、気が滅入った。すべてが時間の無駄だった。助ける前に、僕はアリシアを失った。これで永遠に不可能になった。

ドアがノックされた。ユーリがアリシアをセラピールームのなかまで誘導した。思っていた以上にひどい様子をしていた。血の気が失せ、青白くて、まるで幽霊だ。動きはぎこちなく、右脚はふるえが止まらない。クリスティアンの野郎、と僕は思った——薬で意識が飛んでいる。

ユーリが去ったあと、長い沈黙が流れた。アリシアは僕を見なかった。とうとう僕は口をひらいた。ちゃんと伝わるように、大きな声ではっきりしゃべった。

「アリシア。隔離されたことを心から気の毒に思ってる。そんな目に遭わされるなんて、本当に残念だ」

反応なし。僕は口が重かった。

「きみがエリフにしたことのせいで、われわれのセラピーは中止が決定された。僕が決めたことじゃない。むしろ反対の意見だが、僕にはもう何もできない。きみには今日のこの機会を、事情の説明と、エリフに対する攻撃の釈明をする場として使ってもらえたらと思う。そして、今感じているにちがいない後悔を示す場として」

アリシアは無言だった。薬で朦朧としている彼女には、言葉がとどいているかもあやしかった。

「僕がどう思っているかを言おう」先をつづけた。「はっきり言って腹が立つ。僕らの取り組みがろくにはじまりもしないうちに終わることになって、腹が立つ——それに、きみがもっと努力しなかったことに腹が立つ」

アリシアの頭が動いた。目が僕の目を見た。

「わかるよ、きみは怖いんだ。こっちは助けようと努力してきたのに——きみが、そうさせなかった。もう何をしていいかわからない」

僕は敗北し、黙り込んだ。

するとアリシアは、僕の記憶に永遠に刻まれる行動に出た。

ふるえる手をこっちにのばしてきたのだ。何かをにぎっていた——小さな革の手帳だった。

「これは?」

返事はない。彼女はそれをずっとさしだしている。

僕は興味を引かれてのぞき込んだ。

「それを僕に?」

反応なし。ためらいつつ、揺れる指から僕はそっと手帳を取りあげた。中身をひらいてぱらぱらめくった。手書きの記録、日記だ。

アリシアの日記だった。

文字の感じからして精神的にかなり混乱したなかで書かれたようで、とくに最後のほうのページはほとんど判読不能だった。角度もまちまちにページのあちこちに書かれた段落を、矢印でつないである。落書きや絵でおおわれたページもあり、花のつるがのびて書いてあった文字を隠し、ほとんど読めなくしていた。

僕は燃えあがる好奇心を胸に、アリシアを見た。

「僕にこれをどうしろと?」

質問するまでもない。何を望んでいるのかは明らかだ。

アリシアは僕に読んでほしがっている。

第三部

何もないところに奇妙さを付与してはならない。日記をつけるにあたり、危うさはそこにあると思う。つまり、なんでもかんでも大げさにし、つねに何かをさがしだそうとし、たえず真実を誇張すること。

ジャン＝ポール・サルトル

おれは生まれつき正直じゃねえが、うっかりそうなるときもある。

ウィリアム・シェイクスピア『冬物語』

アリシア・ベレンソンの日記

八月八日

今日、変なことがあった。

キッチンでコーヒーをいれていて、ふと窓を見ると——とくに何を見るでもなく、空想にふけってぼんやりしていると——何かが、というか、だれかが、外にいた。男だった。彫像みたいにただじっとわが家のほうを向いて立ってて、目についた。道の向こうの、ヒースの入り口のそばにいた。木の陰に。背が高くて、がっちりしていた。サングラスと帽子のせいで、顔はわからなかった。

窓ごしにわたしが見えていたかは、わからない——でも、真っすぐにこっちを見てるみたいな感じだった。変だと思った——道の向こうの停留所でバスを待つ人たちなら見慣れてる。でも、その男はバスを待ってはいなかった。うちを見ていた。

気づくとわたしはそこに何分も立っていた——それで意識して窓から離れた。アトリエに入った。絵を描こうとしても、集中できなかった。どうしてもあの男に意識がもどってしまう。それであと二十分だけ自分に許して、もう一度キッチンに行ってみることにした。もしまだいたら、そしたらどうする？　男はべつに悪いことはしてない。もしかしたら泥棒で、家の下見をしているのかもしれない——たしか最初はそんなことを思った。でも、あんな目立つようにしてただ突っ立ってるのは、なぜ？　ここに引っ越してこようかと思ってるとか？　通りの先の売り出し中の家を買おうとしてるとか？　それならわかる。

でも、もう一度キッチンに行って窓をのぞくと、姿は消えていた。通りにはだれもいなかった。

男が何をしていたのかは、たぶん、永遠にわからない。変なの。

八月十日

ゆうべはジャン＝フェリックスと芝居に出かけた。ゲイブリエルはやめろと言ったけど、とにかく行くことにした。怖かった――でも彼の希望を聞いていっしょに観劇すれば、それで終わりにできるかもしれないと思った。少なくともそう期待した。

早めに待ち合わせて一杯やることになったから（彼の提案で）、着いたときにはまだ明るかった。太陽は傾いて、川を血の赤に染めていた。ジャン＝フェリックスは劇場の外で待っていた。見られる前に、わたしが先に気づいた。しかめ面をして、人混みを目でさがしていた。わたしは自分のしていることが正しいか悩んでいたかもしれないけど、ジャン＝フェリックスの怒った顔を見て、そんなことはどうでもよくなった。とてつもない恐怖でいっぱいになった――そのまま踵《きびす》を返して逃げようと思った。でもその前に向こうがふり返って、わたしに気づいてしまった。手を振られたから、そっちに歩いていった。わたしは笑顔をつくろい、ジャン＝フェリックスもおなじようにした。

「来てくれて嬉しいよ」と彼は言った。「あらわれないんじゃないかと心配してた。なかに入って、何か飲もう」

わたしたちはホワイエで飲んだ。ひかえめに言ってぎくしゃくしていた。この前のことには、ふたりともふれなかった。どうでもいいことをたくさんしゃべった。というか、ジャン＝フェリックスが話して、わたしは聞いた。結局、それぞれ二杯ずつ飲んだ。お腹に何も入れてなかったので、ちょっと酔いがまわった。たぶんそれこそ彼の狙いだったんだと思う。ジャン＝フェリックスは一生懸命わたしを引き込もうとしたけど、会話はぎこちなかった。練りあげられ、演出された会話だった。彼の口から出てくるのは、〝あのときは楽しかった〟とか〝あんなことをしたのを憶えているか〟とか、そんな文言ではじまることばっかり。思い出話をリハーサルしてきて、あわよくばわたしの決心を揺るがして、いっしょに歩んだ過去があることとか、いかに親しかったかを思いださせようとしているみたいだった。ジャン＝フェリックスはたぶんわかってない。わたしの気持ちはもうかたまっている。それに、今さら何を言ったところで、決意は変わらない。

結果からすると、行ってよかった。ジャン＝フェリックスと会えたからじゃなく、芝居を見られたから。『アルケスティス』という悲劇については聞いたことがなかった。評判が立たないのは、わりと小粒な民衆悲劇だからだと思うけど、そこのところがすごく気に入った。舞台は現代の、アテネ郊外の小さな家。その規模感がいい。身近な感じの家庭悲劇《キッチンシンク》。夫は死ぬ運命にある――そして妻のアルケスティスは夫を助けたいと思う。アルケスティス役の女優はギリシア彫刻みたいで、みごとな顔立ちをしていた。彼女を絵にできないかと、わたしはずっと考えてた。情報を調べて、エージェントに連絡してみようと思った。もう少しでそれをジャン＝フェリックスに言いそうになったけど、こらえた。どんなレベルでも、もうわたしの人生に関わってほしくない。幕がおりるときには目頭が熱くなった――アルケスティスは死に、そして再生する。文字どおり死からよみがえる。考えさせられる何かがあった。具体的になんなのかは今でもよくわからない。

もちろんジャン＝フェリックスも劇に対していろいろ感想を持ったけど、どれもたいして共感できなかったので、彼を閉めだして耳を貸すのをやめた。

アルケスティスの死と復活が、どうしても頭から離れなかった――橋をわたって駅までもどるあいだも、ずっとそのことを考えていた。もう一杯どうかと誘われたけど、疲れたと言って断った。またぎこちない沈黙が流れた。わたしたちは駅の入り口にいた。わたしは今晩のお礼を言い、楽しかったと伝えた。

「ちょっと飲むだけだ」ジャン＝フェリックスは言った。「一杯だけ。むかしのよしみでさ」

「いい。帰らないと」

わたしは去ろうとした。そしたら腕をつかまれた。

「アリシア。ひとつ言っておきたい」

「もうやめて。何を言われたところで――」

「いいから聞いて。きみが考えているようなことじゃない」

そのとおりで、考えていたのとはちがった。友達でいたいとすがりつくか、画廊を離れることに罪悪感をおぼえさせようとしてるんだと思った。でも、ジャン＝フェリックスが言ったのは、ものすごく意表を突くことだった。

「気をつけたほうがいい。きみは疑うことを知らなすぎる。周囲の人たちを……信頼している。よくない。信じちゃだめだ」

わたしはぽかんとして相手を見た。少ししてようやく声が出た。

「なんの話？　だれのことを言ってるの？」

ジャン＝フェリックスは首を振るだけで、それ以上言わなかった。わたしの腕をはなして歩きだした。うしろから呼んでも止まらなかった。

「ジャン＝フェリックス。待って」

ふり返りもしない。そして角をまがって姿を消した。わたしは根が生えたようにその場に立ってた。どう考えていいかわからなかった。いったい、なんのつもり？　謎めいた警告を残して、あんなふうに歩き去るなんて。自分が優位に立つために、不意打ちを食らわしてわたしを不安にさせたかったのかも。だとすれば、それは成功した。

同時に怒りも感じた。おかげである意味、楽になった。わたしの人生から彼を切ろうという決意が、いよいよ固まった。〝周囲の人たち〟というのはどういう意味だったのか——たぶんゲイブリエルのこと？　でもどうして？

だめ。やめよう。それこそジャン＝フェリックスの思うつぼ——わたしを悩ませること。彼のことが気になってしかたなくなること。ゲイブリエルとわたしのあいだに割って入ること。

その手には乗るものか。もう考えるのはよそう。

家に帰ると、ゲイブリエルはベッドで眠っていた。撮影のために朝五時に現場に行く予定だった。だけどわたしは彼を起こして、愛し合った。これ以上無理なほどくっついて、自分の奥深くに彼を感じた。ひとつになって融け合いたかった。ゲイブリエルのなかに這い入って、消えたかった。

八月十一日

またあの男を見た。今日は少し離れたところにいた——ヒースの園内に入ったところのベンチに。でも、あの男なのはまちがいなかった。この暑さで、たいていの人は半ズボンにTシャツや、淡い色のものを着てるのに、その人物は黒っぽいシャツに長ズボン、黒いサングラスに帽子という格好だった。しかも、顔はうちの方向を向いて、そしてじっと見ていた。

変なことを考えた——きっと泥棒なんかじゃなくて、絵描きにちがいない。わたしみたいな画家で、通りを

——それか家を——絵にしようと考えているのかもしれない。でも思った瞬間にちがうと気づいた。本当に家の絵を描くつもりなら、ただじっとすわってるはずはない。スケッチをするはずだ。

わたしは動揺してゲイブリエルに電話をかけた。まちがいだった。忙しいのがわかった——だれかがうちを見張ってるとビクつくわたしの電話なんて、迷惑以外のなにものでもない。

もちろん、うちを見張ってるというのは、ただのわたしの推測。

もしかしたら、わたしを見ているのかも。

八月十三日

また、あいつがいた。

ゲイブリエルが家を出ていってすぐの、朝のこと。シャワーを浴びていたら、バスルームの窓からあの男が見えた。この前より近かった。バス停のそばに立っていた。ぶらぶらバスを待っているといったふうに。だれの目をごまかそうとしてるのか。

わたしは慌てて服を着て、よく見てみようとキッチンに急いだ。でも、もう姿はなかった。

帰ってきたゲイブリエルにその話をすることにした。適当にあしらわれると思ったけど、ちゃんと聞いてくれた。すごく心配そうだった。

「ジャン＝フェリックスか？」すぐにそう言った。

「ちがうにきまってるでしょ。まったく、なんでそんなことを考えるんだか」

わたしは驚いて腹を立てたふうに言った。でも、じつは、自分でもそのことを考えていた。あの男とジャン＝フェリックスは、体格としてはおなじだ。ジャン＝フェリックスかもしれない——でも、そうだとしても——そんなことは信じたくない。あんなふうにわたしを脅そうとするなんて。まさか、そんなことがある？

「ジャン＝フェリックスの電話番号は？」ゲイブリエルが言った。「今すぐかけてみる」

「ダーリン、お願いだからやめて。あの人じゃないから」

「たしかだな？」

「絶対に。何があったわけじゃないし。なんでこんな大騒ぎしているのか、自分でもわからない。たいしたことじゃないのに」

「どのくらいの時間、そこにいた？」

「長くはない――一時間くらいいて、そのあと消えた」

「消えたというのは？」

「ただいなくなった」

「そうか。ひょっとして、勘ちがいということはないだろうね」

その言い方の何かが癇《かん》に障った。「勘ちがいじゃない。信じてもらわないと」

「信じてるよ」

だけど、完全には信じてないのがわかった。信じているのは、彼のなかの一部だけ。ほかの部分は、ただわたしに合わせてる。正直言って、それが腹立たしかった。腹が立ってしょうがないから、ここでやめないと――そうじゃないと、あとで後悔するようなことを書いてしまいそう。

八月十四日

目覚めるとすぐにベッドを飛びだした。男がまたいるのを期待して、窓を見てみた――そしたらゲイブリエルも自分の目で確かめられると思ったのに、姿はなかった。それでいっそう、ばかみたいな気分になった。

午後は、暑いけど散歩に出ることにした。建物や道路や人々から離れて、ヒースで過ごしたいと思った——そして、自分だけで考えに没頭したかった。日光浴する人たちが散らばるのを両側に見ながら、パーラメントヒルまで道をのぼった。あいてるベンチを見つけてすわった。遠くできらめくロンドンをながめた。

そこにいるあいだじゅう、ずっと何かが気になった。何度もうしろをふり返った。だけど、人の姿はなかった。でも、だれかがずっとそこにいる。感覚でわかった。わたしは見られている。

帰るときは池のそばを通った。たまたま、ふと目をあげた——そしたら、いたの。あの男が。池の反対側にいて、遠すぎてはっきりは見えなかったけど、でもあの男だった。まちがいない。身動きせずにじっと立って、真っすぐこっちを見ていた。

冷たい恐怖でぞくっとした。それでとっさの行動に出た。

「ジャン＝フェリックス？」わたしは叫んだ。「そうなの？　やめてよ。わたしをつけるのはやめて！」

男は動かなかった。わたしは一刻も時間を無駄にしなかった。ポケットから携帯電話を出して、男の写真を撮った。なんの役に立つのか、わからないまま。そして背を向け、池の端に向かって早足で歩きはじめ、ひらけた道に出るまでふり返るのをこらえた。真うしろにいるんじゃないかと怖くてたまらなかった。

ふり向いた——男はいなくなっていた。

ジャン＝フェリックスじゃないと思いたい。心から。

家に帰ってきても、わたしは気が気じゃなくて、ブラインドを閉めて明かりを消した。窓から外をのぞいた——するとあいつがいた。

通りにいて、こっちを見あげてた。わたしは凍りついた——どうしていいかわからなかった。

だれかに名前を呼ばれて、飛びあがりそうになった。

「アリシア？　アリシア、いるの？」

おとなりに住む、あの鬱陶しいおばさん。バービー・ヘルマンだった。わたしは窓から離れて、裏口のドアをあけた。バービーは裏の門から勝手に入ってきて、庭にいた。手にワインボトルを持って。

「いたのね、ハニー」バービーは言った。「アトリエに姿がなかったから、どこにいるのかしらと思って」

「出かけてて、今帰ってきたところです」

「そろそろ一杯やる時間じゃない？」彼女がときどき使う、わたしを心底いらいらさせる、甘ったれ声でそう言った。

「じつは仕事にもどらないといけなくて」

「軽く一杯やるだけ。そしたら、わたしも帰らないと。夜はイタリア語のクラスがあるの。いいわよね？」

彼女は返事を待たずに入ってきた。キッチンをずいぶん暗くしてるとかなんとか言いながら、断りもせずにブラインドをあけはじめた。わたしは止めようとした——でも、外を見てみると、通りにはだれもいなかった。男は消えていた。

なぜバービーに話したのかわからない。彼女のことは好きでもないし、信用もしていない。でもたぶん怖かったんだと思う。それにわたしには話す相手が必要で、たまたまいたのが彼女だった。まったくわたしらしくないけど、いっしょに一杯やって、そして、わたしは泣きだした。するとバービーは目を丸くして、このときばかりは口をつぐんだ。わたしが飲み終えると、ワインのボトルを下に置いて、「もっと強いのがいるようね」って。そしてふたり分のウィスキーを注いだ。「さあ」わたしに一杯よこして言った。「あなたにはこれがいるわ」

そのとおりだった——わたしにはそれが必要だった。ぐっとあおると喉が焼けた。今度はバービーがしゃべって、わたしが聞く番だった。あなたを怖がらせたくはないと言いつつも、聞いて愉快な話じゃなかった。「そういうのをテレビで何千回も見たわ。男はあなたの家をじろじろ見てたのよね。これから何か行動を起こそうとして」

「泥棒だと思います?」

バービーは肩をすくめた。「それか強姦魔か。そこにこだわるの? どっちだって悪いにはちがいないじゃないの」

わたしは笑った。真剣に聞いてくれる人がいてほっとしたし、ありがたかった——相手がバービーでも。

携帯に保存した写真も見せたけど、反応は薄かった。

「わたし宛てに送信して。そしたら眼鏡をかけて見られるから。ぼんやりした汚れにしか見えないわ。ねえ、このことはもうご主人には話したの?」

嘘をつくことにした。「いえ、まだ」

バービーは訝しむ目でわたしを見た。「どうして?」

「さあ。大げさに言ってるとか、ただの勘ちがいだとか思われるのが嫌なのかも」

「勘ちがいなの?」

「ちがうわ」

バービーは嬉しそうな顔をした。「もしゲイブリエルが真剣に取り合ってくれないなら、いっしょに警察に行きましょう。あなたとわたしで。こう見えて、なかなか説得力があるのよ」

「ありがとう。でも、その必要はたぶんなさそう」

「すでに必要じゃないの。これは深刻なことよ、ハニー。ゲイブリエルが家に帰ってきたらちゃんと話すって約束して」

とりあえずうなずいた。でも、もうゲイブリエルには言わないと心を決めていた。話すこともない。男がついてきた証拠も、わたしを見ていた証拠もないのだから。バービーの言うとおりで、あの写真はなんの証明にもならない。

全部、きみの勘ちがい——ゲイブリエルはそう言うにきまってる。またいらいらさせるくらいなら、何も言わないのが一番。迷惑はかけたくない。

もう全部忘れよう。

午前四時

最悪の夜だった。

ゲイブリエルはくたくたになって十時ごろに家に帰ってきた。大変な一日だったらしく、早めにベッドに入りたがった。わたしも寝ようとしたけど、寝つけなかった。

そしたら二時間ほど前に物音がした。庭のほうで。わたしはベッドから起きて、裏手の窓にまわった。外をのぞいた——人の姿は見えなかったけど、だれかに見られている感じがした。暗闇からだれかがわたしを見てる。

やっとの思いで窓から離れて、寝室に駆け込んだ。ゲイブリエルをゆすり起こした。

「外に男がいる。家の外にいるの」

ゲイブリエルはわたしが何を言ってるのかわからなかった。やっとぴんと来ると、怒りだした。「頼むよ。もうやめてくれないか。あと三時間で仕事だ。お遊びに付き合わせないでくれ」

「お遊びじゃない。来て見てみて。お願い」

それでふたりで窓辺に立った——するともちろん、男はいなかった。だれの姿もなかった。

ゲイブリエルに外に出て確かめてもらいたかった——だけど、どうしても行ってくれなかった。ゲイブリエルはいらいらしながら二階にもどった。きちんと説得しようとしたけど、彼はもう話をする気はないと言って、客間に寝にいった。

わたしはベッドにはもどらなかった。あれからずっとここにいて、待ち構え、耳を立て、どんな音も聞き逃さないようにしながら、窓を見張ってる。今のところ、男の気配はない。

あと二、三時間。もうじき空が明るくなる。

八月十五日

ゲイブリエルは撮影に出かける支度をすませて、上の階からおりてきた。窓辺にいるわたしを見て、ひと晩じゅう起きてたのに気づくと、無口になって態度が変わった。

「アリシア、すわって。話をしよう」

「そうよ。話をしないと。あなたが信じてくれない件について」

「きみが信じているということは信じる」

「それじゃ意味がちがう。わたしはばかじゃない」

「ばかだなんて一度も言ってない」

「じゃあ、何が言いたいの」

今に喧嘩になると思ったので、ゲイブリエルのつぎの言葉には驚いた。ささやき声だった。ほとんど聞こえないくらいの。ゲイブリエルはこう言った。「人に相談してほしい。お願いだ」

「どういうこと？　警察に？」

「ちがう」また怒った顔をした。「警察じゃない」

どういう意味なのか、何を言おうとしているのか、わかった。でも、彼の口からそれを聞かないと気がおさまらなかった。ちゃんと口で言ってほしかった。

「じゃあ、だれ？」

「医者だ」

「医者には行かないから、ゲイブリエル――」

「おれのためだと思って。頼むから、ここは歩み寄ってくれ」そしてもう一回言った。「歩み寄ってくれ」

「何が言いたいのかわからない。歩み寄るって、どこまで行けばいいの？　わたしはここにいるわ」

「いいや。きみはここにいない！」

ゲイブリエルはひどく疲れて、ひどくいらだってるようだった。守ってあげたいと思った。慰めてあげたい。「大丈夫よ、ダーリン」わたしは言った。「きっと問題はなくなるから」

ゲイブリエルは信じてない顔で首を振った。「ウェスト先生のところに予約を入れる。向こうの都合のつきしだい一番早いスケジュールで。可能なら今日」ゲイブリエルは口を閉じてわたしを見た。「いいね?」

手をのばしてわたしの手を取ろうとした。わたしははらいのけるか、引っかくかしたかった。ゲイブリエルに嚙みつくか、平手打ちするか、テーブルの向こうまで投げ飛ばして、叫ぶかしたかった。「頭がおかしいと思ってるんでしょうけど、わたしはおかしくない! おかしくない! おかしくない!」

でも、どれもやらなかった。ただうなずいて、ゲイブリエルの手を取ってにぎった。

「わかった、ダーリン」わたしは言った。「望むとおりにする」

八月十六日

今日はウェスト先生のところに行った。嫌々だけど、とにかく行った。

大嫌いだと思った。本人のことも、細長い家も、二階のあの変な狭い部屋ですわらされて、飼い犬がリビングで吠える声を聞かされるのも、嫌でたまらない。犬はわたしがいるあいだじゅう、吠えるのをやめなかった。犬に向かって黙れと怒鳴りたかったし、ウェスト先生も何かひとこと言うだろうとずっと待ってたけど、先生はまるで聞こえてないみたいにふるまった。たぶんそうなのかも。わたしが言ったことも、全然聞こえていないようだった。わたしは何があったかを話した。男がうちを見張ってたこと、ハムステッド・ヒースであとをつけてくるのを見たこと。そうした全部を話したのに、反応がなかった。いつもの薄ら笑いをうかべて、前にすわってるだけで。虫か何かを見るような目で、こっちを見て。いちおうゲイブリエルの友人らしいけど、どうしてふたりが友達でいられるのかわからない。ゲイブリエルはとてもあたたかくて、ウェスト先生はあたたかいの逆。医者をつかまえてこんなことを言うのは変だけど、彼には親切心がない。

わたしが男の話を終えると、先生はずいぶん長いこと何も言わなかった。沈黙が永遠につづくようだった。聞こえるのは下の階の犬の声だけ。わたしは吠え声に心を合わせて、一種のトランス状態に入った。先生が現実に口をひらいたときには、びっくりした。

「前にもこんなことがあったね、アリシア」

わたしはぽかんとした顔で相手を見た。何を言っているのか、よくわからなかった。「そう？」

彼はうなずいた。「ああ。たしかにあった」

「わたしの思いすごしだと言いたいんでしょう。でも、思いすごしじゃない。現実の出来事です」

「おなじことを前回も言った。前回のことは憶えてますか。どんなことがあったか」

わたしは答えなかった。相手を満足させるのは癪《しゃく》だ。だから反抗的な子供みたいに、ただじっとすわって顔をにらみつけた。

ウェスト先生は返事を待たなかった。ひとりでしゃべりつづけ、父が死んだあとの出来事、わたしがひどく心身を病んだこと、妄想で人を責めたことを思いださせた。人から見張られ、あとをつけられ、密かに監視されていると思い込んだことを。「ほら、おなじことが前にもあったでしょう」

「でも、あれはちがった。あのときは感じただけだった。現実にだれかの姿を見ることはなかった。今回は、見たんです」

「それで、その相手というのは？」

「だから、言ったでしょう。男よ」

「どんな男だったか説明してもらおうか」

わたしは言葉につまった。「できません」

「なぜ？」

「はっきり見えなかったから。言ったでしょう――遠すぎたの」

「なるほど」

「それに――変装してたから。キャップをかぶって。それにサングラスも」

「こんな陽気で、サングラスをかけている人は大勢いる。帽子をかぶっている人も。そういう人たちはみんな変装してるとでも？」

そろそろ我慢の限界だった。「先生の意図ならわかってるわ」

「つまり？」

「わたしの頭がまた変になったって認めさせようとしてる――父が死んだあとのときみたいに」

「おなじことが起きているという自覚がある？」

「いいえ。あのときわたしは病気だった。今回はちがう。わたしには何ひとつ問題はない――だれかがわたしをこっそり見張ってて、あなたがわたしを信じないということをのぞけば！」

ウェスト先生はうなずいただけで、何も言わなかった。自分の手帳に何かを書き込んだ。

「また薬を飲んでもらおう。予防のためだ。手に負えない事態になるのは、だれもが避けたいところだろう」

わたしは首を振った。「薬はいっさい飲みません」

「なるほど。服薬を拒否するなら、結果を覚悟しておくことが大事だ」

「結果って？　わたしを脅そうとしてるの？」

「わたしは関係ない。ご主人の話だ。前回きみが調子をくずしたときに強いられた苦労のことを、彼がどんなふうに考えていると思って」

うるさい犬とリビングで待つゲイブリエルの姿を想像した。「わからない」わたしは言った。「本人に聞けばいいでしょう」

「おなじ苦労をまた最初から味わわせたい？　彼のほうにも我慢の限界があると、ひょっとして考えられないか」

「何が言いたいの。わたしがゲイブリエルを失う？　そう思ってるんですか」

言葉にするだけで気分が悪かった。ゲイブリエルを失うと思うだけで耐えられない。彼といるためなら、なんだってする――実際はちがっても、気が変になったふりだってする。だから、わたしは折れた。自分が考え、感じていることを、〝正直に〟先生に伝えること、もしも何かの声が聞こえたらちゃんと報告することに同意した。もらった薬を飲み、二週間後にまた診察に来ると約束した。

ウェスト先生は満足げだった。それじゃあ下のゲイブリエルのところに行こうと言った。前をおりていくのを見ながら、わたしは手をのばして階段から突き落としてやりたいと思った。本当にそうすればよかった。

帰り道、ゲイブリエルは来たときよりずっと嬉しそうだった。運転しながらちらちらこっちを見て、微笑んだ。「よくやった。えらかったな。ふたりできっと乗り越えていける」

わたしはうなずいただけで何も言わなかった。だって、もちろん嘘だから――〝ふたりで〟乗り越えるんじゃないから。

わたしひとりでなんとかしないと。

人に話したのがまちがいだった。あした、バービーにも全部忘れるように言おう――わたしももう考えないことにしたから、二度とその話はしたくないと言って。わたしを変だと思うだろうし、刺激を奪われて腹を立てるだろうけど、こっちがふつうにしていれば、向こうもすぐに全部忘れるにちがいない。ゲイブリエルのことは、ちゃんと安心させてあげるつもり。全部がふつうにもどったふりをする。みごとに演じてみせる。ひとときも油断することなく。

帰りに薬局に寄って、ゲイブリエルがわたしの処方薬を受け取った。家にもどるといっしょにキッチンに行った。

彼は黄色い錠剤と一杯の水をくれた。「これを飲んで」

「子供じゃないんだから」わたしは言った。「いちいちわたしてくれなくて大丈夫よ」

「子供じゃないのは知ってる。ちゃんと飲むのを確認したいだけだ――捨てたりせずに」

「ちゃんと飲むわ」

「じゃあ、飲んで」

ゲイブリエルはわたしが薬を口に入れ、水をすするのを見守った。

「いい子だ」そう言って頬にキスをした。そして部屋を出ていった。

ゲイブリエルがうしろを向いた瞬間に、わたしは薬を吐きだした。シンクに出して、水で流した。どんな薬も絶対に飲まない。前回、ウェスト先生に出された薬を飲んだら、気が変になりかけた。そんな危険は二度とおかさない。

今は冷静な判断力を失うわけにはいかない。

気を引き締めないと。

八月十七日

この日記は隠すことにした。客間に床板のゆるんでいるところがある。その板の下の空間に、これを見えないようにしまうことにした。理由？　だって、ページの上では正直すぎるから。そのへんに置いておいたら危険だ。ゲイブリエルがたまたま日記帳を見つけて、好奇心に抗いつつもとうとう表紙をひらいて読みはじめる姿が、何度も目にうかんだ。薬を飲んでないのを知ったら、ひどく裏切られたと思うだろうし、ひどく傷つくだろう――それは耐えられない。

いろいろ書き込めるこの日記があって、本当によかった。おかげで正気でいられる。ほかに話せる相手はいない。

信頼できる相手は。

八月二十一日

もう三日間、外に出てない。ゲイブリエルが留守の午後のあいだに散歩に出てることにしてるけど、それは嘘。

外に出ると考えるだけで、怖くなる。あまりに無防備で。少なくとも家のなかにいれば安全だ。窓辺にすわって、通行人を監視することもできる。わたしは通り過ぎるひとりひとりを見て、あの男の顔をさがしてる――でも、どんな顔かわからないのが問題だ。変装をやめていて、まったく気づかれないまま前を行き来している可能性だってある。

そう思うと不安。

八月二十二日

まだあの男があらわれる気配はない。でも、集中を切らさないようにしないと。時間の問題だから。いつか、あいつはもどってくる。覚悟しておかないと。対策を練らないと。

今朝、目を覚まし、ゲイブリエルの銃のことを思いだした。客間から移動させておこう。すぐに手にできるように、下の階に置いておく。キッチンの窓の横の戸棚がいい。そうすれば必要なとき、そこにある。

ばかみたいなのは、わかってる。何も起こらないといいと思ってる。あの男を二度と見ないことを願ってる。

でも、見ることになるという恐ろしい予感があった。

どこにいる？　なぜ、あらわれない？　わたしを油断させようとしてるの？　そうはさせない。引きつづき窓辺で監視しないと。

ひたすら待つ。

ひたすら見張る。

八月二十三日

全部わたしの勘ちがいだったのかもと、思いはじめてる。たぶん、そう。

ゲイブリエルは調子はどうか、大丈夫かと、年じゅう質問する。大丈夫だって言ってるのに、心配してるのがわかる。わたしの演技は、もう通じないみたい。もっとがんばらないと。わたしは一日じゅう仕事に打ち込んでるふりをしている――じつは、仕事なんてすっかり頭から遠ざかってるけど。そっちとは完全につながりが切れて、作品を仕上げようという勢いが失せた。こうやって書いている今も、そのうちにまた絵を描くつもりだと、本心からは言えない。ともかく、この一件が過去となるまでは。

なんで外出したくないのか、これまでいろいろ言い訳をならべてきた――だけど、今夜ばかりはしょうがないとゲイブリエルに言われた。マックスが夕食に誘ってきたから。

マックスと会うほど最悪なことはない。キャンセルしてほしい、仕事がある、とお願いした。だけど、出かけるのはわたしのためにもなるって。ゲイブリエルは譲らないし、しかも本気でそう思ってるみたいだったから、どうしようもなかった。だから折れて、わかったと言った。

今夜のことが朝から不安。そっちの心配をしだしたとたんに、全部が腑に落ちた感じがしたから。全部、筋が通る。なんでこれまで考えなかったんだろう。こんなにわかりやすいのに。

今ではわかった。あの男は——わたしを見ているあの男は——ジャン＝フェリックスじゃなかった。ジャン＝フェリックスはあんなことをするほど陰険でも回りくどくもない。わたしを苦しめ、怯えさせ、罰をあたえたい人は、ほかにだれがいる？

マックスだ。

当然、マックスだ。マックスにちがいない。わたしをおかしくさせようとしている。

怖いけど、どうにか勇気を集めないと。今夜が勝負。

今夜、マックスと対決する。

八月二十四日

長いこと家に引きこもっていたから、ゆうべの外出は違和感をおぼえたし、少し怖かった。

外の世界がものすごく広く感じられた——がらんとしたスペースがまわりにあって、頭上には大きな空がある。自分がとても小さく感じられて、わたしはゲイブリエルの腕にしがみついた。

いつものお気に入りの〈オーガストス〉だったのに、安心できなかった。前みたいに気が休まらないし、親しみもわかない。なんだかレストランそのものが変わってしまったみたい。しかも、においまでちがう——何かが焼けてるにおいがした。厨房《ちゅうぼう》で何か燃えてるのかなと言ったら、ゲイブリエルは何もにおわない、きみの勘ちがいだって。

「問題は何もないよ。とにかく、落ち着いて」

「わたしは落ち着いてる。そう見えない？」

ゲイブリエルは返事をしなかった。いらだったときのいつもの癖で、奥歯を嚙みしめた。わたしたちは席にすわって、無言でマックスを待った。

マックスは事務所の受付係を夕食に連れてきた。名前はタニア。ふたりは付き合いだしたらしい。マックスはいかにも彼女に夢中という感じにふるまって、いろんなとこに手を置いたり、さわったり、キスしたり──そしてそのあいだじゅう、ずっとわたしのことを見てた。わたしを嫉妬させようとして？　最低な男。吐き気がする。

タニアは何かがあるのに気づいた──マックスがわたしを見ているところを何度か目撃して。マックスのことを警告してあげるべきだった。この先に何が待っているか、言ってあげるべきだった。そのうち言うかもしれないけど、それはまた今度。今はそれより大事なことがあった。


マックスがトイレに行くと言った。わたしは一瞬待ってから、このチャンスに飛びついた。わたしもトイレに行きたいと言って。そして席を立ってマックスを追いかけた。

角をまがったところで追いついて、彼の腕をつかんだ。強い力でにぎった。

「やめて」わたしは言った。「やめてよ！」

マックスは困惑した顔をした。「何を？」

「わたしをこそこそ見張ってるでしょう、マックス。監視してるでしょう。わかってるんだから」

「は？　なんの話だかさっぱりわからないよ、アリシア」

「嘘つかないで」声を抑えるのに必死だった。叫びたかった。「姿を見たんだから。写真も撮った。あなたの写真を撮ったの！」

マックスは声をあげて笑った。「いったいなんの話だ。はなしてくれ、イカれた腐れ女」

わたしは顔をひっぱたいた。思いきり。

そしてふり返ると、タニアがいた。自分がひっぱたかれたような顔をして。

タニアはマックスを見て、わたしを見たけど、何も言わなかった。そしてレストランを出ていった。

マックスはわたしをにらみつけて、タニアを追う前にすごい剣幕で言った。「なんの話だかさっぱりわからない。だれがおまえを監視するか。わたしの前から失せろ」

そしてこれほどの怒り、これほどの軽蔑を込めたその口調から、マックスが言っているのは本当のことだとわかった。わたしはマックスを信じた。信じたくはなかったけれど、信じた。

でも、マックスじゃないなら……いったい、だれ？

八月二十五日

今、何か聞こえた。外で物音がした。窓を見た。そしたら、暗闇で動きまわる何者かが——

あの男だ。あの男が外にいる。

ゲイブリエルに電話したけど出てくれない。警察を呼ぶべき？　どうしていいかわからない。どうしようもなく手がふるえて、たぶん——

音がする——下の階——窓をあけようとして、今度はドア。なかに入ろうとしてる。

ここから出ないと。逃げないと。

どうしよう——音がする——

なかにいる。

家のなかにいる。

第四部

セラピーの目的は過去を正すことではなく、自身の過去と向き合うこと、過去を悲しむことを、患者にできるようにさせることである。

アリス・ミラー

1

アリシアの日記を閉じて、机に置いた。

窓をたたく雨音を聞きながら、僕は身動きせずにじっとすわっていた。たった今読んだ内容をどうにか理解しようとした。アリシア・ベレンソンには、僕が思っていた以上にいろいろなものがあったらしい。彼女は僕にとって閉じた本だった。その本の表紙が今ひらき、思いがけない中身に衝撃を受けた。

疑問が山のようにわいた。アリシアは見張られていると思っていた。結局、男の正体を突き止めることはできたのか。だれかに話をしたのか。それをさぐりださねば。知るかぎりでは、打ち明けた相手は三人のみ――ゲイブリエル、バービー、それにこの謎のウェスト先生だ。そこでとどめたのか、さらにだれかに話したのか。もうひとつの疑問。なぜ、日記はこんなふうに唐突に終わっているのか。べつのどこかにつづきが書かれているのか。僕にわたさなかったべつの手帳に。それに、僕に日記をわたした真意もよくわからない。もちろん、何かを伝えようとしているのだ――しかもその伝え方は、衝撃的なまでに赤裸々だった。これは誠意の証で、僕をどれほど信頼しているか示しているのだろうか。それとも、もっと不吉な何かなのか。

ほかにもある。確認しないといけないことが。ウェスト先生――アリシアを診察した医師。殺人事件当時の精神状態について決定的な事実をにぎる、重要な性格証人だ。それにもかかわらず、ウェスト医師はアリシアの裁判で証言をしなかった。それはなぜか。その人物のことは、どこにも記載がなかった。アリシアの日記で名前を目にするまでは、存在すらしないようだった。彼はどれほどのことを知っているのか。なぜ、名乗りでなかったのか。

ウェスト医師。

まさか同一人物じゃないだろう。もちろん、ただの偶然にちがいない。とにかく確かめなければ。

日記を机の引き出しに入れて、鍵をかけた。そして、すぐさま考えなおした。引き出しの鍵をあけ、日記を出した。自分で持っていたほうがいい――目のとどかないところに置くより安心だ。日記をコートのポケットに入れ、それを腕にかけて持った。

部屋を出た。下の階におりて廊下を進み、一番奥のドアの前に立った。

足を止めて一瞬見た。ドアには、小さな表札に名前が刻まれていた。〈ドクター・C・ウェスト〉。

ノックはははぶいた。僕はドアをあけて、なかに入った。

2

クリスティアンは机にいて、箸《はし》を使ってテイクアウトの寿司を食べていた。目をあげて眉をひそめた。

「ノックのやり方を知らないのか」

「話がある」

「あとにしてくれ。食事中だ」

「長くはかからない。ちょっと質問するだけだ。アリシア・ベレンソンを診察したことがあったのか」

クリスティアンは口いっぱいの米を呑み込んで、唖然とした顔で僕を見た。

「何を言ってる。知ってるだろう。わたしは彼女の治療チームの責任者だ」

「ここでの話じゃない――アリシアがザ・グローヴに

入院する前だ」

僕はしっかりとクリスティアンを観察した。その表情が僕の知りたいことと全部に答えていた。クリスティアンは顔を赤くして箸を置いた。

「なんの話だ」

僕はアリシアの日記をポケットから出して、示した。

「きっと興味があるにちがいない。アリシアの日記だ。殺人事件の数カ月前から書かれている。僕は中身を読んだ」

「それがわたしとどう関係ある?」

「あんたのことが書かれてる」

「わたしのことが?」

「アリシアがザ・グローヴに入院する前に、個人的に診ていたようだな。そうとは知らなかった」

「な、なんのことか。何かのまちがいだろう」

「そうは思えない。数年にわたり個人的な患者として診ていた。それなのに、法廷に出て証言をすることをしなかった——証拠の重要性にもかかわらず。さらに、ここで働くようになったときも、アリシアを以前から知っていることを黙っていた。たぶんアリシアは顔を見てすぐに気づいただろうに——彼女が何もしゃべらないのは幸いだな」

僕は淡々としゃべったが、腹が煮えていた。アリシアの口をひらかせようとする僕の試みに、なぜクリスティアンがあれほど抵抗したのか、ようやくわかった。彼女を無言のままにさせておくことが、自分の利益と深く関わっていたのだ。

「自分中心の腐った野郎だよ、あんたは」

僕を見るクリスティアンの顔は、しだいに狼狽の色を増した。「クソッ」口のなかで言った。「クソッ。セオ、聞いてくれ——そういうことじゃないんだ」

「じゃあ、なんだ」

「日記には、ほかに何が書いてあった?」

「ほかに何を書くことがある?」

クリスティアンはその質問には答えなかった。片手を出した。

「見せてもらえないか？」

「悪いな」僕は首を振った。「それは適切とは思えない」

クリスティアンは箸を手でいじりながら話した。

「ああいうことはすべきじゃなかった。でも後ろめたいことは何もない。信じてくれ」

「残念だが信じられない。後ろめたいことがないなら、殺人事件のあとでどうして証人として立たなかった？」

「本当にアリシアの医者じゃなかったからだ――正式に担当したんじゃなかった。ゲイブリエルのためにしたことだ。ゲイブリエルとは友人だった。大学がいっしょで。結婚式にも出た。何年も会ってなかった――そこへ、妻のために精神科医をさがしてるとゲイブリエルが電話をかけてきた。父親が死んでから、調子をくずしたと言って」

「それで、自分が診察すると申しでたのか」

「まさか。その逆だ。知り合いを紹介しようと思った――だが、おまえが診てくれとゲイブリエルに押し切られた。アリシア本人がそもそもとてもしぶっていて、友達の医者ということなら少しは協力的になってくれるかもしれない、と。もちろん、わたしは気が乗らなかった」

「それはどうだか」

クリスティアンは気分を害した目で僕を見た。「そんな皮肉な言い方をすることないだろう」

「診察はどこで？」

口が重かった。「ガールフレンドの家だ。だけど、言ったとおりだ」クリスティアンは早口に言った。「正式な診察じゃなかった――彼女の医者というのは本当にちがう。めったに会うこともなかった。ほんのときどきで――」

「そういうめったにない機会には、診察料は取ったのか?」

クリスティアンはしきりに瞬きし、僕の視線を避けた。「ゲイブリエルが払うと言って譲らず、しかたなく――」

「当然、現金だろうね」

「セオ――」

「現金だな?」

「そうだが、それは――」

「そして、申告しなかった」

クリスティアンは唇を噛み、返事を保留した。つまり、しなかった、というのが答えだ。そして、アリシアの裁判で証人として立たなかったのは、それが理由だった。ほかにどれだけの患者を〝非公式〟に診察し、収入の申告を省いたのだろう。

「なあ」クリスティアンは言った。「もしダイオミーディーズに知られたら、職を失うことになるかもしれない。わかるだろう?」僕の同情に訴えようとして、懇願する声で言った。だが、僕はこれっぽっちの同情も感じなかった。感じるのは軽蔑だけだった。

「教授のことはいい。それより医事委員会は? 医師登録を取り消されるぞ」

「そうなるのは、おまえが他言した場合だけだ。だれにも言う必要はない。今ではもう全部過ぎたことじゃないか。わたしのキャリアがかかってるんだぞ、ちくしょう」

「そういうことは、前もって考えるべきだったな」

「セオ、頼む……」

こんなふうに僕に取り入らねばならないのは、クリスティアンにとって忌々しいかぎりだろうが、身悶《みもだ》えする姿を見ても僕はなんの満足も得られなかった。いらだちだけが募った。ダイオミーディーズに告げ口するつもりはない――少なくとも、今は。このまま棚上げにしておいたほうが、僕としてはクリスティアンを有効に利用できる。

「大丈夫だ」僕は言った。「だれも知る必要はない。今のところは」

「恩に着る。本当にありがたい。借りは返すよ」

「そうだな。さっそく頼もう」

「何が望みだ」

「話してほしい。アリシアのことについて話が聞きたい」

「どんなことを知りたいんだ？」

「全部だ」僕は言った。

3

クリスティアンは箸をもてあそびながら、僕に目を据えた。少し考えてから口をひらいた。

「あまり話すようなことはない。何を聞きたいのかわからない――どこからはじめたらいいのか」

「一番最初からだ」僕は言った。「何年ものあいだ、彼女を診てたんだろう」

「いや――ああ、そうだが――さっき言ったとおり、そういう表現をするほど頻繁に診察したわけじゃない。父親の死後、せいぜい二、三度だ」

「最後に会ったのは？」

「殺人事件の一週間ほど前」

「そのときはどんな精神状態だった？」

「精神状態ね」いくらか安全な領域に入ったことでクリスティアンは肩の力を抜き、椅子にもたれた。「妄想や幻覚が激しく――精神病症状を呈していたと言ってもいい。だが、前にもそうなったことがあった。以前から気分変動があった。つねに気分にむらがある――典型的な境界性《ボーダーライン》だ」

「余計な診断はいい。事実だけ教えてくれ」

クリスティアンはすねた目をしたが、反論はしなかった。「何が知りたい？」

「アリシアは診察で見張られていることを打ち明けた、そうだな？」

クリスティアンはぽかんとした顔をした。「見張られている？」

「何者かが彼女をこっそり見ていた。本人から話があったと思うが」

クリスティアンは奇妙な目で僕を見た。それから、驚いたことに声をあげて笑った。

「何がそんなにおかしい」

「まさか、本気で信じちゃいないだろうな。のぞき魔が窓から見てるって話を」

「つまり、真実ではないと？」

「完全な妄想だ。わかりきったことじゃないか」

僕は日記をあごでさした。「記述にはとても説得力があった。僕は信じた」

「当然、話にも説得力があった。詳しく知らなければ、わたしも信じるところだった。あのときは精神病症状があらわれていた」

「またそれか。日記の文章は精神病のようには見えなかった。ひたすら怯えているようだった」

「過去にもやらかしているんだ――ハムステッドに来る前に住んでいた場所で、おなじことがあった。それで引っ越すことになった。自分をのぞき見していると いって、通りの向かいの老人に文句をつけたんだ。大騒ぎを起こした。結局、その老人は盲目だった。のぞき見どころか、彼女の姿さえ見えていなかったというわけだ。そんなふうに、むかしからかなり不安定だった。だが、決定的だったのは父親の自殺だ。それから回復できずにいる」

「その話を本人の口から聞いたのか？　父親の話を」

クリスティアンは肩をすくめた。「話というほどじゃないが。父親のことは愛していたし、ごくふつうの関係だったと、本人はいつも言い張った。母親が自殺したにしては、とてもふつうの関係だったとね。正直なところ、彼女から何かを聞きだせるだけでラッキーだった。どうにも非協力的でね。彼女は――彼女がどんなかは、おまえも知ってるな」

「どうやらあんたほどじゃなかった」僕はクリスティアンが何かを言う前につづけた。「父親が死んだあと、彼女は自殺を試みた」

クリスティアンは肩をすくめた。「まあ、好きに言え。わたしはそういう表現はしない」

「なら、どう言う？」

「自殺行動だったが、死ぬ気でいたとは思えない。自己愛が強すぎて、本気で自分を傷つけたいなんて思うわけがない。薬物を過剰に摂取したが、ただの素振りで、それ以上のものじゃない。自分の苦しみを、そうやってゲイブリエルに伝えようとした――哀れな女だ、つねにゲイブリエルの気を引こうとした。守秘義務がなければ、すぐに縁を切れとゲイブリエルに警告してやったところだ」

「あんたがそんな倫理的な男で、ゲイブリエルはじつに不運だったな」

クリスティアンは顔をゆがめた。「セオ。きみが非常に共感的な人間だというのは知っているし、だからすぐれたセラピストでいられるんだろうが、アリシア・ベレンソンのことは時間の無駄だ。殺人事件を起こす前から、内観とでも、メンタライジングとでも、呼び方はどうでもいいが、そういった能力が彼女にはこれっぽっちもなかった。自分や自分の芸術のことしか頭になかった。おまえがどんなに彼女に共感しようと、どんなに親切に接しようと、彼女にはそれを返す能力がない。見込みなしだ。ただのクソ女だ」

クリスティアンは軽蔑の表情でそれを言った——あれだけの傷を負った女性に対する共感は、わずかすら感じられなかった。アリシアではなくクリスティアンこそボーダーラインかもしれない、とふと思った。そのほうがいろいろと納得がいく。僕は席を立った。

「アリシアに会ってくる。確かめたいことがある」

「アリシアに?」クリスティアンは驚いた顔をした。「どうやって、答えを得るつもりだ」

「質問をして」僕は言って、出ていった。

4

ダイオミーディーズが自室に消え、ステファニーがトラストとの打ち合わせに入るまで、僕は待った。そして〈金魚鉢〉に忍び込んで、ユーリをつかまえた。

「アリシアに会いたい」僕は言った。

「アリシア?」ユーリは不思議そうな顔をした。「だけど——セラピーは中止されたんじゃ」

「そうだ。だけど、ちょっと個人的に話したいことがある」

「ああ、なるほど」ユーリは首をかしげた。「そうだな、セラピールームはふさがってる——午後はずっとインディラが患者との面談に使う予定だ」少しのあいだ考えた。「どこでもよければ、アートルームがあいてる。ただし、すばやくすませることだ」

ユーリは詳しい説明は省いたが、言いたいことはわかった――気づいただれかにステファニーに報告されないように、われわれは急ぐ必要がある。ユーリが味方でありがたかった。いいやつなのは、まちがいない。初対面のときに不当な評価をくだしたことを申し訳なく思った。

「ありがとう。恩に着る」

ユーリはにやりと笑った。「十分で連れてくる」

ユーリは言ったことを守った。十分後、アリシアと僕はアートルームにいて、絵の具の飛び散った作業台をはさんで、向かい合わせにすわっていた。

僕は危なっかしさをおぼえつつ不安定なスツールに腰かけた。アリシアは完全に落ち着きはらった様子で、今椅子にすわった――肖像画のモデルをつとめるか、今から肖像画の制作にかかろうとするかのように。

「ありがとう」僕は彼女の日記を自分の前に出した。「これを読ませてくれて。こんな個人的なものを託してくれたことは、僕にとって大変に意味があった」

僕は微笑みかけたが、前にある顔は無表情なままだった。アリシアの顔つきは硬く、険しかった。日記をわたしたことを悔やんでいるのだろうか。自分をすっかりさらけだしたことに恥ずかしさをおぼえているのだろうか。

僕は少し待ってから先をつづけた。「このあとどうなる、というところで、日記はぷっつり終わっている」日記の残りの白紙のページをぱらぱらめくった。「僕らのセラピーとちょっと似てるな――完結を見ないまま、中断された」

アリシアは何も言わなかった。ただ凝視している。何を期待していたかは自分でもわからないが、こういうことじゃなかった。日記をわたすという行為は、何かの変化の兆しだと考えていた――誘い、取っかかり、入り口の象徴だと。それなのに僕はまた振り出しに逆もどりし、突き破ることのできない壁の前に立たされている。

「僕に間接的に——ページを通して——話をしてくれたから、もしかしたら今日はさらに一歩進んで、直接話が聞けるんじゃないかと期待してた」

反応なし。

「コミュニケーションしたくて、これを僕にわたしたんだと思う。たしかに伝わったよ。これを読んで、きみをたくさん知ることができた——孤独だったこと、孤立していたこと、不安だったこと——きみはこれまで僕が理解していたより、ずっと複雑な状況にあった。ウェスト先生との関係もしかり」

クリスティアンの名を出しながら様子をうかがった。目が細まるとか、あごに力が入るとか、どんなものでもいいから、何かの反応があることを期待した。けれどそうしたものはいっさいなく、瞬きすら見られなかった。

「ザ・グローヴに入院する前からクリスティアン・ウェストを知っていたとは、意外だった。数年にわたり個人的に診てもらってたとは。クリスティアンがここで働くようになって、当然、彼だと気づいただろう——きみがここに来て数ヵ月後のことだ。知らないふりをされて、きみは混乱したにちがいない。それに、想像するに、腹が立ったんじゃないだろうか」

質問のつもりで言ったが、答えはなかった。クリスティアンにはあまり関心がないらしい。アリシアは退屈し、落胆してそっぽを向いている——僕がまちがった方向に進んでチャンスを取り逃したとでも言いたげに。彼女は僕に何かを期待していた。その何かの期待に僕はそえなかったのだ。

だが、話は終わってない。

「まだある」僕は言った。「日記を読んでいくつかの疑問がわいた——答えを確かめたい疑問が。筋が通らないところ、僕がほかから得た情報と一致しないところがあった。読ませてもらった以上、僕には調べを進める義務があると感じている。そのことを理解してもらいたい」

　アリシアに日記を返した。彼女は受け取り、上に手を置いた。僕らはしばらくたがいを見合った。

「僕はきみの味方だ、アリシア」僕はとうとう言った。「わかってるね？」

　アリシアは何も言わなかった。

　イエスという意味だと、僕は受け取った。

5

　キャシーはだんだん注意がおろそかになってきた。そうなるのも当然なのだろう。不倫がお咎《とが》めなしにこんなに長くつづき、気が抜けてきたのだ。

　僕が家に帰ると、彼女はちょうど出るところだった。

「散歩してくるわ」スニーカーをはきながら言った。「長くはかからないから」

「僕も身体を動かしてもいいな。いっしょに行ってもいい？」

「ううん、台詞の練習をしないといけないから」

「なんなら、テストしてあげるよ」

「いい」キャシーは首を振った。「ひとりのほうがやりやすいから。長台詞をくり返し練習するだけ――第二幕のところがなかなか頭に入らないの。声に出してくり返しながら、公園をぶらぶらするつもり。どんな変な目で見られるか、あなたにも見せたいわ」

なかなかのものだ。キャシーは視線をじっと合わせて、誠実そのものの口調で言った。たいした女優だ。

こっちの演技も上達してきた。僕は優しい屈託のない笑顔をうかべた。

「がんばって」

キャシーが家を出ると、うしろからあとをつけた。用心して距離を置いた——だが、彼女は一度たりともふり返らなかった。やはり、不注意になっている。

五分ほど歩いて公園の入り口に着いた。彼女が近づいていくと、暗がりから男があらわれた。背中を向けていて、顔は見えなかった。髪は黒っぽく、体格はがっちりしていて、背は僕より高い。キャシーがそばまで行くと、男は彼女を引き寄せた。ふたりはキスをはじめた。キャシーは男に身をゆだね、むさぼるようにキスに応えている。彼女がべつの男の腕のなかにいるのを見るのは、ひかえめに言って変な気分だった。男の手が服の上から胸をまさぐり、愛撫している。

身を隠さないといけないのはわかっていた。僕はまわりに何もない、丸見えの場所にいた——もしキャシーがふり返ったら、まちがいなく僕が見える。だけど動くことができなかった。メドゥーサを見て硬直し、石になってしまった。

ようやくふたりはキスをやめ、腕を組んで公園のなかに入っていった。僕はあとをつけた。方向感覚が変になりそうだった。遠目にうしろから見ると、男は僕と似てなくもなかった——一瞬、頭が混乱して、幽体離脱を経験し、キャシーと公園を歩く自分を見ている気になった。

キャシーは鬱蒼《うっそう》とした雑木林のほうに男を導いた。男はキャシーにつづいて林に入り、ふたりの姿は見えなくなった。

恐怖で胃がむかむかした。息がかすれ、遅く、荒くなった。ここを去れ、走れ、離れろと全身が僕に告げていた。でも従わなかった。僕は彼らを追って雑木林へ入っていった。

できるだけ音を立てないように気をつけた――けれども足の下では小枝がはじけ、行く手をはばむ太枝が僕を引っかいた。ふたりの姿はどこにも見えない――木が密集していて、すぐそこまでしか見通せなかった。

足を止めて聞き耳を立てた。木々のあいだでカサカサという音がした。でもただの風かもしれない。とそのとき、明らかな音を耳にした。聞いてすぐにわかる、喉がこすれるような低い声。

キャシーがあえいでいる。

僕はもっと近づこうとしたが、枝につかまり、蜘蛛の巣の蠅《はえ》のように捕らえられてしまった。木の皮と土のかび臭いにおいを吸い込みながら、薄暗いその場所でじっとした。男に犯されるキャシーのあえぎ声を聞いた。男は動物のようなうなり声を発している。

僕は強烈な憎しみに呑まれた。この男はどこからかやってきて、僕の人生に入り込んだ。僕にとってこの世でたったひとつのかけがえのないものを盗み、誘惑し、堕落させた。ものすごいことだ――神業だ。もしかしたらあの男は人間じゃなく、僕に罰をくだそうという邪悪な神の手先かもしれない。神が僕を罰しているのか？　なぜだ。僕に――恋に落ちたこと以外に――どんな罪がある？　愛が深すぎ、愛に貪欲すぎたからいけなかったのか。愛しすぎたからか。

この男はキャシーを愛しているのか？　あやしいものだ。絶対に僕ほどじゃない。彼女を利用しているだけだ。彼女の肉体を。僕以上に彼女を大切に思えるわけがない。僕は彼女のためなら死ねる。

彼女のためなら、人も殺せる。

父のことを思った――こういう状況に陥った父がどうしたかはわかる。あいつを殺したはずだ。男を見せろ、父がそう叫ぶのが聞こえる。勇気を出せ。そうすべきなのか？　あいつを殺すべきなのか？　始末すべきなのか？　それはこのごたごたから抜けだすひとつの方法ではある——呪縛《じゅばく》を解いてキャシーを解放し、僕らを自由にする方法ではある。キャシーが男を失った悲しみに暮れたあとは、それでもう終わりで、男は思い出となってあっさり忘れ去られる。そして僕らは、もとのとおりにやっていける。僕は今この場で、この公園で片をつけることもできる。池に引きずっていって、頭から水に突っ込んでやればいい。身体が痙攣《けいれん》し、僕の腕のなかでだらりとなるまで、そのまま押さえ込むのだ。さもなければ地下鉄で家に帰るあいつのあとをつけて、ホームで真うしろに立ち、そして——思いきりひと突きし——入ってくる電車の前に突き落とす。または、人気《ひとけ》のない道でうしろから忍び寄り、手にしたレンガを脳天にたたきつける。悪くない。

　キャシーのあえぎが急に大きくなり、絶頂に達するときのうめき声を出しはじめた。やがてしんとなり……そして、僕のよく知る抑えたくすくす笑いが、その静けさを破った。雑木林を出ていく、小枝のポキポキいう音がした。

　僕は数秒待った。それから周囲の枝を折り、手に切り傷や引っかき傷をつくりながら、苦労して木々のあいだを抜けた。

　林から出てくるころには、僕の目は涙で半分見えなくなっていた。血のにじむこぶしで涙をぬぐった。

　僕は行くあてもなく、よろめく足で歩きだした。頭のおかしな人のように、ぐるぐるぐる歩きつづけた。

6

「ジャン＝フェリックス？」

受付のデスクは無人で、呼んでもだれもあらわれなかった。一瞬迷ったが、僕は画廊のなかに入った。〈アルケスティス〉のかかっている場所まで廊下を歩いていった。あらためて、絵をながめた。あらためて、読み解こうと試みた。そしてふたたび失敗した。この絵には解釈を許さない何かがある――でなければ、この絵には僕がまだ理解できていない、何かの意味がある。だが、それはなんなのか？

するとそのとき、これまで見えてなかったものに気づいて、僕は息を呑んだ。アリシアのうしろの暗い場所。目を細めて絵を一生懸命に見ると――角度によって二次元から三次元に見えてくるホログラムのように――影の一番濃い部分がひとつに集まり、闇のなかから突然ある形があらわれてくる……男の影が。ひとりの男――暗闇に隠れている。監視している。アリシアをこっそり見張っている。

「なんの用だ」

声がして、びくっとした。ふり返った。ジャン＝フェリックスは僕を見てとくに嬉しそうではなかった。

「ここで何をしてるんだ」

僕は絵のなかの男を指さしてジャン＝フェリックスに聞いてみようかと思った――だが、それはやめたほうがいいという直感があった。そこで僕は笑顔をつくった。

「もういくつか質問したいことがあって。今、大丈夫ですか？」

「いや、あまり大丈夫じゃない。知ってることは全部話しましたよ。もう、何もないはずだ」

「じつは、新たにわかったことがあって」か。

「というと?」

「まず、アリシアはここの所属を離れることを計画していたそうですね」

一拍遅れてジャン=フェリックスは答えた。今にも切れそうな輪ゴムのように声が緊張していた。

「なんの話ですか」

「本当のことですか?」

「あなたには関係ないでしょう」

「アリシアは僕の患者だ。僕は、彼女にふたたび話をさせようとしている――ところが、このまま口をつぐんでいるほうが、あなたには都合がいいらしいということがわかってきた」

「いったい何が言いたいんだ」

「つまり、彼女が離れたがっていた事実を人に知られなければ、あなたはアリシアの作品をいつまでも手元に置いておける」

「具体的に何が悪い?」

「悪いと責めているわけじゃない。ただ事実を話しているだけです」

ジャン=フェリックスは笑った。「それはどうかな。うちの弁護士に連絡する――そして正式に病院に苦情を申し入れさせてもらう」

「それはないでしょう」

「なぜ?」

「アリシアが離れるつもりでいたことを僕がどうやって知ったか、まだ話してませんでしたね」

「それを言っただれかは、嘘をついていた」

「アリシア本人ですよ」

「なんだって?」ジャン=フェリックスは度肝を抜かれたようだった。「つまり……しゃべった?」

「ある意味で。僕に読むようにと、自分の日記をわたしてくれました」

「彼女の――日記?」情報処理が追いつかないように

数回目をしばたたいた。「アリシアが日記をつけていたとは初耳だ」

「じつは、つけていたんです。あなたと最後に会った何回かのことを、わりと詳しく書いている」

僕はそれ以上言わなかった。その必要はなかった。重苦しい間があった。ジャン＝フェリックスは黙り込んだ。

「また連絡します」僕はにこやかに言って外に出た。

ソーホー地区へ向かいながら、こんなふうにジャン＝フェリックスの神経を逆立てたことに一抹《いちまつ》の罪悪感をおぼえた。けれど、あえてしたことだ――刺激してどんな効果があらわれるか、彼がどう反応し、どんな行動に出るか、見とどけたかった。

あとはじっくり待つだけだ。


ソーホーを抜けながら、今から行くと伝えるために、アリシアのいとこのポール・ローズに電話をかけた。


突然家を訪ねて前回のような歓迎を受けるのはごめんだ。頭の痣は、まだすっかり治ってはいなかった。

耳と肩で電話をはさみ、タバコに火をつけた。ほとんど一服する間もなく、最初の呼び出し音で相手が出た。リディアでなくポールであることを願った。ツキは僕にあった。

「もしもし？」

「ポール。セオ・フェイバーだ」

「やあ。ちょっと、ひそひそ声で悪いな」ポールは言った。「母さんがうたた寝してて、起こしたくない。頭の具合はどう？」

「おかげさまで、ずいぶんよくなった」

「それはよかった。で、なんだ？」

「アリシアのことで新たな情報を得たんだ……それについて話ができないかと思って」

「情報って、どんな？」

アリシアから日記をわたされた話をした。

「日記？　日記をつけてたなんて知らなかった。何が書いてあるんだ？」

「直接会って話したほうが早い。ひょっとして、今日はあいてないかな」

　ポールは口ごもった。「うちには来てもらわないほうがいいと思うんだ。母さんは……そのさ、前回来られたときは、あまり喜ばなかった」

「たしかにそのようだった」

「道のつきあたりのとこにパブがある。交差点のそばだ。〈ホワイトベア〉っていう――」

「ああ、憶えてる」僕は言った。「そこがいいだろう。時間は？」

「五時ぐらいは？　そのころなら、ちょこっと家をあけられると思う」

　うしろでリディアのわめき声がした。起こしてしまったらしい。

「切らないと」ポールは言った。「じゃあ、夕方に」


　そして通話を切った。

　数時間後、僕はふたたびケンブリッジに向かっていた。そして列車のなかから、もう一本電話をかけた――マックス・ベレンソンに。かけるのに迷いはあった。すでに一度ダイオミーディーズに抗議している彼は、僕からの再度の電話を喜びはしないだろう。それでも、目下のところ選択の余地はなさそうだった。

　電話に応えたのはタニアだった。風邪はましになったようだが、相手が僕だとわかると声が硬くなった。

「あの――その、マックスは多忙で。今日は一日、会議に出ています」

「かけなおします」

「そうしていただくのもどうかと。わたしから――」

　マックスがうしろで何かを言うのが聞こえた。それに答えるタニアの声も。「そんなことは言いません、マックス」

マックスが電話をつかみ、直接僕に向かって言った。

「かけてくるなばか野郎と言えと、タニアに言ったとこだ」

「ああ」

「よくもかけてきたな。ダイオミーディーズ教授に苦情を伝えたはずだぞ」

「ええ、それは知ってます。ですが、新たな情報が出てきて、直接あなたと関係のあることなので——連絡をするしかないと思いました」

「どんな情報だ」

「殺人事件までの数週間にアリシアがつけていた日記です」

電話の向こうで沈黙が流れた。僕は少し待って、先をつづけた。「あなたについて、いくらか詳しいことが書いてある。アリシアにロマンチックな感情をいだいていた、と。僕が疑問なのは——」

カチッという音とともに電話が切れた。ここまでは順調だ。マックスは餌に食いついた——あとはどう出てくるか、待つのみだ。

僕はマックス・ベレンソンに少々恐れをなしていることに、自分で気づいた。タニアが恐れているのとおなじように。彼女が声をひそめて、ポールと話すよう助言してくれたことが思いだされた。何かを聞けと言ったが、なんだったか。アリシアの母親が事故死した晩についての何かだった。そして、マックスが出てきたときのタニアの顔つき、口をつぐんでマックスに笑いかける様子を思いだした。やはりマックス・ベレンソンのことは侮《あなど》るべきではない。

それは危険な誤りだろう。

7

列車がケンブリッジに近づくにつれ、風景は平らになり、気温がさがった。コートのボタンを留めて、駅を出た。氷の剃刀《かみそり》がいっせいに飛んできたように、風が顔を切りつけた。僕はポールと会うためパブに向かった。

〈ホワイトベア〉は今にも傾きそうな古い店だった。長い年月のあいだに、もともとの建物に何度か増築がくわえられたようだ。学生の二人組がこの風のなか、マフラーをぐるぐる巻きにして外の庭の席でビールを飲み、タバコを吸っていた。なかは暖炉の火が赤々と燃えているおかげでかなりあたたかく、寒い外からやってくるとほっとでき、ありがたかった。

飲み物を買って、ポールの姿をさがした。メインとなる空間の奥に小部屋がいくつかあり、照明は低く落とされていた。暗い先にいる人たちの顔をのぞき込んだが、ポールは見つからなかった。密会にはもってこいの場所だ、と思った。そして、想像するに、これも密会なのだろう。

ポールは小さな部屋にひとりでいた。ドアに背を向けて、暖炉のそばにすわっている。身体の大きさからすぐにわかった。広い背中で暖炉がほとんど見えなかった。

「ポール？」

ポールはびくっとして、ふり返った。小さな部屋にいる巨人といった風情だ。天井に頭をぶつけないように、わずかに背中をまげている。

「やあ」ポールは言った。医者から悪い知らせを聞く覚悟をしているような顔つきだった。場所をあけてくれたので、僕は暖炉の前にすわった。顔と手に火があたって、人心地がついた。

「ロンドンより寒いな」僕は言った。「おまけにこの風だ」

「シベリアから直接吹いてきてるとか、そんなことを言ってた」ポールは雑談をする気分ではないらしく、息継ぎもはさまずに言った。「日記がどうしたって？

アリシアが日記をつけてたとは、全然知らなかった」

「それがつけていたんだ」

「で、それをあんたにわたした？」

僕はうなずいた。

「で？　何が書いてある？」

「殺人事件前の二、三カ月のことが詳しく書いてある。それで、きみに話を聞きたい矛盾がいくつかあるんだ」

「どんな矛盾？」

「きみと彼女の説明とのあいだの矛盾だ」

「何が言いたい？」ポールはビールを置いて、僕をじっと見た。「なんのことだ？」

「まず、アリシアとは殺人事件を起こすまで何年も会っていなかったと、きみは僕に言ったね」

ポールはもじもじした。「そうだっけ？」

「一方、アリシアの日記には、ゲイブリエルが殺される数週間前に会ったと書いてある。きみがハムステッドの家に来たと」

ポールががっくりきているのが傍目からもわかった。急に、大きすぎる身体を持て余した子供のようになった。ポールは恐れている、それはたしかだ。しばらく答えがなかった。ポールはこそこそした目で僕をうかがった。

「見せてもらえないかな。日記を」

僕は首を振った。「それは適切じゃないだろう。どっちみち、ここには持ってきてない」

「じゃあ、ほんとにあるかもわからないじゃないか。あんたが嘘をついてるのかもしれない」

「僕は嘘はついてない。だがきみはちがった――僕に嘘をついた。どうしてだ、ポール？」

「あんたには関係ないことだからさ」

「残念ながら関係はある。アリシアの健康は僕の関心事だ」

「アリシアの健康とは全然関係ないさ。おれは害になるようなことはしてない」

「害をおよぼしたとは言ってない」

「そうか」

「何があったのか話してもらいたい」

肩をすくめた。「話せば長くなる」ポールはしぶったが、やがてとうとうあきらめた。早口に一気にしゃべった。ようやくだれかに打ち明けられてほっとしているのがわかった。「おれはやばいことになってた。厄介事をかかえてたんだ――ギャンブルして、借金して、返せなくなって。それで金が必要だった……チャラにするために」

「それでアリシアに頼んだんだな。彼女は金をきみにわたした？」

「日記にはなんて？」

「何も書いてない」

ポールは迷ったすえに首を振った。「いや、アリシアは一銭もくれなかった。そんな余裕はないってさ」

また嘘をついている。なぜなのか？

「だったら、どうやって金を工面した」

「じつは――じつは自分の貯金に手をつけた。ここだけの話にしといてくれると助かる――母さんには知られたくないんだ」

「リディアを巻き込むべき理由は、とくにはなさそうだが」

「ほんとに？」ポールの顔にいくらか血の気がもどった。表情が楽観的になった。「ありがとう。助かるよ」

「アリシアがだれかに見張られてると思っていた話は、

聞いたことはあるだろうか?」

ポールはグラスをおろし、混乱した目で僕を見た。

「つまり、聞いたことはない。「見張られてる? なんだよ、それ?」

僕は日記に書いてあった一連の出来事を話した——知らないだれかに見られていると疑がっていたこと、その挙げ句、自宅で襲われると恐怖するようになったこと。

ポールは首を振った。「アリシアは正気じゃなかった」

「つまり、彼女の思いすごしだと」

「だって、そう考えるのが妥当だろう」ポールは肩をすくめた。「だれかにストーカーされてただなんてさ。まあ、たぶん、あり得なくはないけど……」

「ああ、あり得なくはない。つまり、その件については、きみには何も話さなかったということだね」

「まったく聞いてない。だけどさ、アリシアとおれは、もともとそんなにしゃべらなかった。アリシアはふだんからかなり無口だった。家じゅうみんなそうだった。アリシアが変な感じだって言ってたのを憶えてるよ——友達の家に行くと、よその家族は冗談を言って笑ったり、いろんなことで会話してる——それにひきかえ、うちの家はすごく静かだって。会話なんてなかった。しゃべるのは、ああしろ、こうしろって言う母さんくらいだ」

「アリシアの父親のヴァーノンは? どんな人だった?」

「ヴァーノンおじさんもあんまりしゃべらなかった。正気じゃなかった——エヴァおばさんが死んでからは。あれ以来、変わっちゃって……。それを言うなら、アリシアもだけど」

「それを聞いて思いだした。きみに質問したいことがあった——タニアにあることを言われて」

「タニア・ベレンソン? 彼女と話したのか」

「ほんの少しだけだ。きみと話すといいと言われたよ」

「タニアに？」ポールの頬が赤く染まった。「彼女のことはよくは知らないけど、いつもすごく親切にしてくれた。いい人だ。すごい、いい人だ。おれと母さんを、二、三度、訪ねてきてくれた」ポールは口元に笑みをうかべて、一瞬遠くを見つめた。彼女に恋をしているにちがいない。マックスはどう思うことか。

「タニアはなんだって？」ポールは言った。

「きみに話を聞いてみるといいと――自動車事故の晩にあったことについて。それ以上詳しいことは言わなかった」

「ああ、なんのことかはわかるよ――裁判のときに話したんだ。だれにも言わないでくれって頼んでおいた」

「彼女は何も言わなかった。話をするのはきみだ。もしその気があるのなら。もちろん、話したくなければ……」

ポールはビールを飲み干して、肩をすくめた。「べつにどうでもいい話かもしれないけど――もしかしたら、アリシアを理解する助けになるかもしれない。アリシアは……」

ポールは言いよどみ、黙り込んだ。

「つづけて」僕は言った。

「アリシアは……アリシアが病院からもどってきて――事故のあと、ひと晩泊まらされたんだ――それでまずしたのは、家の屋根にあがることだった。おれものぼった。ほとんどひと晩じゅう、ふたりで起きてた。よくそうしてたんだ。アリシアとおれで。ふたりの秘密の場所だった」

「屋根の上が？」

ポールはためらった。一瞬僕を見て考えた。そして心を決めた。

「行こう」ポールは席を立った。「見せてやる」

8

僕らは真っ暗な家に近づいていった。

「そこだ」ポールは言った。「ついてきて」

家の側面に、鉄製の梯子《はしご》が据えつけてあった。どうにかそこまで歩いていった。地面の泥は凍りつき、かちかちの溝やうねりと化している。ポールは僕を待たずに梯子をのぼりはじめた。

刻一刻と冷えてきた。上にのぼるのはあまり賢くない気がした。僕はポールにつづいて梯子の一段目をつかんだ――氷のように冷たくて、すべりやすかった。おまけにつる性の何かの植物がからみついている。たぶん蔦だろう。

一段ずつなんとかのぼった。上までたどりつくころには指はかじかみ、風が顔を切りつけた。梯子をまたいで屋根にあがった。ポールは興奮した少年のようなにんまりした顔で、僕を待っていた。空には糸のように細い月がかかっている。それ以外は真っ暗だった。

そのとき、いきなりポールが変な顔つきで僕に迫った。腕がのびてきて、僕は一瞬パニックになった。身をよじって避けようとしたが、手でがっちりつかまれた。屋根から投げ落とされるのかと肝を冷やした。だがその逆で、ポールは僕を自分のほうに引っぱった。

「そんな端っこじゃだめだ。真ん中に来て。そのほうが安全だ」

僕は呼吸を整えながらうなずいた。こんなことはやめるべきだった。ポールがいっしょだと、ひとときも安心できない。下にもどろうと言おうとしたが、ポールがタバコを出して僕に一本さしだした。迷ったものの、勧めを受けることにした。ふるえる手でライターを出し、タバコに火をつけた。

僕らは屋根に立って、しばし無言でタバコを吸った。

「ここにいつもすわってた」ポールは言った。「アリシアとおれで。ほとんど毎日」

「きみが何歳のころ?」

「七歳か、たぶん八歳か。アリシアはせいぜい十歳だった」

「梯子をあがるには、まだ少し小さすぎる」

「ああ、たぶんね。おれたちにはふつうだった。十代のときは、ここにあがってタバコを吸ったりビールを飲んだりもした」

父親と横暴な叔母から隠れようとする十代のアリシアを、僕は想像してみた。そして、あとからくっついて梯子をのぼる、彼女を慕う年下のいとこポール。アリシアはむしろ、ひとり静かに思いに浸りたかったにちがいない。

「絶好の隠れ場所だ」僕は言った。

ポールはうなずいた。「ヴァーノンおじさんは梯子をのぼれなかった。図体が大きくてさ。母さんみたく」

「僕もやっとだった。あの蔦は危なくてしょうがない」

「蔦じゃない。ジャスミンだ」ポールは梯子のてっぺんに巻きついている緑のつるに目をやった。「今は花がついてない――春にならないと。花がたくさんつくと、香水みたいににおう」ポールはつかの間思い出に浸っているようだった。「不思議だよな」

「何が?」

「たいしたことじゃない」ポールは肩をすくめた。「記憶に残ってることってさ……。今、ジャスミンのことを考えてたんだ――あの日は満開だった。エヴァおばさんが死んだ、あの事故の日」

僕は周囲を見まわした。「きみとアリシアは、いっしょにここにあがった」

ポールはうなずいた。「母さんとヴァーノンおじさんは、下でおれたちをさがしてた。ふたりの呼ぶ声は聞こえてた。けど、おれたちは何も言わなかった。ずっと隠れてた。あれはそのときだった」

ポールはタバコをもみ消し、奇妙な顔で笑った。

「だからここに連れてきたんだ。自分の目で見られるように——犯行現場を」

「犯行？」

ポールは笑いをうかべているだけで、答えなかった。

「ポール、犯行というのは？」

「ヴァーノンの犯行。ヴァーノンおじさんは性根のいい人じゃなかったんだ。全然、そうじゃなかった」

「なんの話だ？」

「おじさんが決定的なことをしたのは、あのときだった」

「何をだ？」

「アリシアを殺したのは、あのときだった」

僕は聞いたことが信じられず、まじまじとポールを見た。「アリシアを殺した？　なんだ、それは？」

ポールは下の地面を指さした。「ヴァーノンおじさんは、母さんと下のあの場所にいた。酒に酔ってた。母さんはどうにか家のなかに連れもどそうとしてた。けど、おじさんは下のあそこに立って、アリシアの名前を叫びつづけた。アリシアにかんかんに怒ってた。完全に怒り狂ってた」

「アリシアが隠れていたから？」といったって——まだ子供じゃないか。母親を亡くしたばかりの」

「質《たち》の悪いクズ野郎だったんだ。唯一大切に思う相手がエヴァおばさんだった。だからたぶん、あんなことを言ったんだ」

「何を言った？」だんだん忍耐が切れてきた。「話がよく理解できない。具体的に何があったんだ？」

「おじさんは自分がどんなにエヴァを愛してたかってことを、えんえんしゃべりつづけた——彼女なしには生きていけない、とかなんとか。泣き言は止まらなかった。〝おれのエヴァ、あわれなエヴァ……。なぜ死ななきゃならなかったんだ？　なぜエヴァが死ななきゃならなかったんだ？　なぜ、かわりにアリシアが死ななかった」

僕は驚いてポールの顔を一瞬見つめた。ちゃんと理解したか自信がなかった。

「〝なぜ、かわりにアリシアが死ななかった〟」

「そう言ったんだ」

「アリシアが聞いているところで？」

「ああ。そしたらアリシアはおれにささやいた――あれは一生忘れられないよ。アリシアは〝わたしを殺した〟って言ったんだ。〝お父さんが今――わたしを殺した〟」

言葉を失ってポールを見た。頭のなかで鐘がいっせいに鳴りだし、カランカランと響きわたった。僕が求めていたのはまさにこれだ。ジグソーパズルの欠けていたピースが、とうとう見つかったのだ――このケンブリッジの屋根の上で。

ロンドンへの帰り道、僕は今聞いた話が何を示唆するかについてずっと考えていた。なぜ『アルケスティス』がアリシアの心に訴えたのか、これでわかった。アドメトスがアルケスティスを肉体的な死に追いやったように、ヴァーノン・ローズは娘を精神的な死に追いやった。アドメトスはアルケスティスをどこかでは愛していたにちがいない。だがヴァーノン・ローズには愛情はかけらもなく、あるのは憎悪だった。彼のしたことは精神的幼児殺しで、アリシアもそれを理解していた。

「わたしを殺した」とアリシアは言った。「お父さんが今、わたしを殺した」

ようやく僕は取っかかりをつかんだ。自分の知っているものをつかんだ――子供が受けた心の傷が情緒にあたえる影響、また、それが大人になってどのように顕在化してくるか。想像してみるといい――じつの父親、生きていくうえで頼らなければならないその人が、自分の死を望んでいるのだ。子供にとって、それがどれだけ恐ろしく、どれだけトラウマになることか。自尊心がいかに崩壊するか。その痛みはあまりに大きすぎ、あまりにとてつもなく、結果として人はそれを呑み込み、押し殺し、葬り去る。時間の経過とともに、トラウマのもととの接点がなくなり、原因の根本との関係が切れ、人は忘れる。ところがある日、ドラゴンの腹から噴きだされる炎のごとく、すべての痛みと怒りが一気に噴出する――そして銃を手に取るのだ。その怒りは、すでに亡くなり記憶から去った、手のとどかない父親に向けられることはない――だがそれは夫に向けられる。今の人生で父に取って代わった男、自分を愛し、ベッドをともにする男に。そして頭を狙って五回、銃を撃つ。もしかしたら自分でも理由がわからないままに。

列車は夜のあいだを抜けてロンドンへと急いだ。ようやくだ、と思った――ようやく、彼女に近づく方法がわかった。

僕らはようやく始動できる。

9

僕は黙ってアリシアとすわっていた。

慣れて忍耐がつき、こうした沈黙にもだんだんうまく対処できるようになり、辛抱がつづくようになった。この小部屋で彼女と椅子にかけ、無言でいることが、心地よく感じられるようにさえなってきた。

アリシアは両手をひざに置き、心臓の鼓動のようににぎったりひらいたりをリズミカルにくり返した。向かいの僕には目をくれず、鉄格子の窓の外をながめている。雨がやみ、つかの間、雲のあいだから水色の空がのぞいた。やがてまたべつの雲がわいて、かすんだ灰色が空をおおった。少しして僕は口をひらいた。

「新たに知ったことがある。きみのいとこから聞いた」

できるだけ穏やかな口調で話した。なんの反応もないので先をつづけた。

「ポールの話では、子供だったころ、きみはお父さんがとんでもないことを言うのを耳にした。お母さんが事故で亡くなったとき……お母さんのかわりにきみが死ねばよかったと、父親が言うのを聞いてしまった」

反射的な動きやなんらかの反応が見られるにちがいないと思っていた。僕は待った。けれど何もなかった。

「ポールにその話をされたことに対して、どんなふうに思うだろうね——秘密をばらされたと感じるかもしれない。でもポールとしては、きみのためを思ってのことだったにちがいない。きみは僕の患者だからね」

反応なし。僕は逡巡しつつ言った。「この話をしたら、きみの助けになるかな。いや——それは誠実じゃない——助けられるのは僕のほうかもしれない。じつは僕は、想像以上にきみのことがよくわかる。あまり多くをさらけだしたくはないが、われわれは似たような子供時代を経験して、似たような父親がいた。そして、ふたりとも最初の機会をとらえて家を飛びだした。ところが、地理的な距離は精神的な世界ではあまり意味がないことを、すぐに思い知らされることになった。そう簡単に切れない縁もある。きみの子供時代がどれほど有害なものだったか、僕は知っている。重要なのは、それが深刻なことだと自分で理解することだ。お父さんの発言は精神的な人殺しに等しい。お父さんはきみを殺したんだ」

今度は反応があった。

アリシアはふいに顔をあげた——僕を真っすぐに見すえて。焼き尽くすよう視線だった。目で人を殺せるのなら、僕はその場で死んでいただろう。僕はひるまずに、殺気に満ちた目を受け止めた。

「アリシア。これは僕らの最後のチャンスだ。ダイオミーディーズ教授には内緒で許可も得ずに、僕は今こうしてここにいる。きみのためにこんなふうに規則を破りつづければ、いつか馘になるだろう。だから、僕と会えるのはこれが最後だ。わかるか?」

希望も感情もすでに涸《か》れ、僕はなんの期待も思い入れもなくこれを言った。壁に頭を打ちつけるのは、もううんざりだ。もはやどんな反応も期待していなかった。するとそのとき……

最初は気のせいだと思った。空耳だと。息を呑んでアリシアを見た。心臓が激しく打った。しゃべろうとすると口がからからだった。「今——今、何かを……言った?」

ふたたび沈黙が流れた。やはり聞きまちがいだったのだ。ただの勘ちがい。だがそのとき……ふたたびそれが起こった。

アリシアの唇がゆっくりつらそうに動いた。油が足りずに軋む門のように、出そうとすると声が少し割れた。

「何……」アリシアはささやくような声で言った。そしてやめた。それからもう一度言った。「何……何が――」

一瞬、僕らはただ見合った。僕の目にゆっくり涙があふれた――驚きと興奮と感謝の涙が。

「何が望みかって？」僕は言った。「そのまま話して……。話して――僕に話をして、アリシア」

アリシアは僕をじっと見た。何かを考えている。そして結論に達した。彼女はゆっくりうなずいた。

「わかった」そう言った。

10

「何が、とそう言ったんだな？」

ダイオミーディーズ教授は驚きに打たれた顔で、僕を見た。ふたりで外でタバコを吸っていた。無意識に吸いさしを地面に落としたところから、彼の興奮の度合いが伝わってきた。「しゃべったんだな？　アリシアが本当にしゃべったんだな？」

「しゃべりました」

「信じられない。つまりきみは正しかった。きみが正しかった。そしてわたしがまちがっていた」

「そんなことはありません。あなたの許可を得ずに彼女と面談したことは、まちがいでした、教授。すみません。ただ勘というか……」

ダイオミーディーズは僕の謝罪を手を振って受け流し、僕のかわりにつづきを言った。「きみは自分の直感に従った。わたしもきっとおなじことをしただろう、セオ。よくやった」

過剰に祝われるのは気が進まなかった。「喜ぶのはまだ早いです。たしかに大きな前進ですよ。でも保証は何もありません――いつまた退行して逆もどりするかわかりません」

ダイオミーディーズはうなずいた。「そのとおりだ。できるだけ早急に正式な審査会を組織して、アリシアの面談を行おう。アリシアを呼んで、審査委員はきみとわたしと、トラストのだれか――ジュリアンがいいだろう。あの男は無害だから――」

「先を急がないでください。僕の話を聞いてましたか。まだ早すぎます。そういうことはアリシアを怖がらせる。ゆっくりやることが必要です」

「そうは言うが、重要なのはそれをトラストに伝えて――」

「まだだめです。たぶん、一度きりのことだったかもしれません。待ちましょう。何も発表せずにいましょう。今はまだ」

ダイオミーディーズは理解してうなずいた。手をのばして僕の肩をつかんだ。「よくやった」重ねて言った。「たいしたもんだ」

僕はプライドがくすぐられるのを感じた――父に褒められる息子。教授を喜ばせたい、信じてくれる気持ちに応え、誇らしく思われたい、そんな欲求が心にあるのを自覚した。こみあげるものが少々あった。ごまかすためにタバコをつけた。「この先はどうしますか？」

「このままつづけてくれ」ダイオミーディーズは言った。「アリシアとの面談をつづけるんだ」

「もしステファニーに知られたら？」

「ステファニーのことは気にするな――わたしに任せ

なさい。きみはアリシアのことだけを考えろ」

僕はそのとおりにした。


つぎのセッションでは、アリシアと僕は休みなく話をした。長くつづいた沈黙のあとだけに、アリシアがしゃべるのを聞くのは慣れないし、どうにも落ち着かなかった。最初は、彼女はためらいがちにとつとつとしゃべった――しばらく使っていなかった脚で歩こうとするように。感覚はすぐにもどり、話す速度も舌の回転も増して、沈黙していた時期などなかったように思えるほど――ある意味で、実際そうだったのだが――軽快に文章から文章へ移った。

セッションが終わると、僕は自分の部屋に行った。机にすわり、記憶がまだ新しいうちに話の内容を書き留めた。すべてについて、言葉の逐一をできるだけ詳細かつ正確に記録した。

見てわかるとおり、信じがたい物語だ――そのことはまちがいない。

信じるかどうかは、それぞれに任せたい。

11

アリシアはセラピールームで僕の向かいの席にすわっていた。

「はじめる前に、少し質問したいことがある。明確にしておきたい点がいくつかあって……」

返事はない。アリシアはいつもの無表情な顔でこっちを見ていた。

僕はつづけた。「とくに、きみの沈黙について理解したい。なぜ話すのを拒んでいたのか、知りたいんだ」

アリシアはその質問にがっかりしたようだった。顔をそむけて窓の外を見た。

一分ほど、そのまま沈黙がつづいた。僕は不安な気持ちをどうにか抑えた。前進はいっときだけのものだったのか？　これまでとおなじことをつづけるのか？　そうはさせるものか。

「アリシア。大変なのはわかる。でもとにかく話しはじめれば、あとはきっと楽になるはずだ」

反応なし。

「がんばって。お願いだ。あれだけの前進を見せたのに、あきらめないでくれ。さあ。話して……なぜ口を利こうとしないのか、話して」

アリシアはふり返り、冷ややかな目で僕を見た。低い声で言った。「何も……何も言うことがなかった」

「にわかには信じられないな。言うことが多すぎたんじゃないか」

間があった。肩をすくめた。「たぶん」アリシアは言った。「たぶん……そう」

「つづけて」

彼女は口ごもりながら話した。「最初、ゲイブリエルが……彼が死んだときは――しゃべれなかった。しゃべろうとしても……それが……できなかった。口をひらくのに――声が出ない。夢のなかみたいに……叫ぼうとするのに……できない」

「ショック状態にあったんだ。でも何日かたつうちに、また声が出るようになったと思うが……」

「そのときは……もう意味がなかった。遅かった」

「遅かった？　自分を弁護するのに？」

アリシアは謎めいた笑みを唇にうかべて、目で僕をじっととらえた。口では何も言わずに。

「ふたたび話そうと思ったのは、なぜ？」

「答えはわかってるはず」

「僕が？」

「理由はあなた」

「僕？」驚いてアリシアを見た。

「あなたがここに来た」

「それで何かが変わった？」

「何もかも――何もかも……変わった」アリシアは声を落とし、瞬きしない目で僕を見た。「わからせたい――わたしに何があったか。どんな思いだったか。重要だから……あなたが理解することが」

「理解したいと思ってる。日記をわたしてくれたのも、そのためじゃないかな。僕に理解させたかったから。一番大切な人は、あの男の話を信じてくれなかったようだね。今も不安だろう……僕がきみを信じているかどうか」

「信じてる」彼女は言った。

疑問ではなく、事実として述べられた発言だった。

そして僕はうなずいた。

「そのとおり、信じてる。なら、そこからはじめるのはどうだろう。男が家に侵入してきたことを書いた、最後の日記から。あれから何があった？」

「何も」

「何も？」

アリシアは首を振った。「あの男じゃなかった」

「ちがった？　じゃあ、だれだ」

「ジャン＝フェリックス。彼は――彼は個展の話をしにきた」

「日記の感じだと、きみは客を迎えるような精神状態じゃなかった」

アリシアは返事のかわりに肩をすくめた。

「ジャン＝フェリックスは長居した？」

「帰ってと頼んだ。でも帰りたがらなかった――怒ってて。わたしに大声を出したりしたけど――少しして帰っていった」

「それから？　ジャン＝フェリックスが帰ったあとは何が？」

アリシアは首を振った。「話したくない」

「話したくない？」

「今はまだ」

アリシアの目が一瞬僕の目をとらえた。それからすばやく窓のほうを向いて、暗くなってきた空を鉄格子の向こうにながめた。首をまげているその仕草は、どこか男に甘えるようでもあった。それから口の端に笑いの兆候があらわれた。彼女は楽しんでいるのだ、と思った。僕を手玉に取ることを。

「じゃあ、どんな話がしたい？」僕は聞いた。

「さあ。とくに。ただ話がしたい」

そこで僕らは話をした。リディアのこと、ポールのこと、お母さんのこと、お母さんが死んだ夏のこと。アリシアの子供時代の話――それから僕の子供時代の話。僕は父のことや、あの家で育った経験について語った。彼女は僕の過去や、何が僕を形づくり、何があってこういう人間になったのか、最大限に知りたがっているようだった。

もう、あともどりはできない、そう思ったのを憶えている。僕らはセラピストと患者の境界を、最後のひとつまで壊そうとしていた。そしてじきに、だれがどっちだか区別がつかなくなるのだ。

12

翌朝、僕らはふたたび顔を合わせた。なぜかアリシアはこの日は様子がいつもとちがった――自分を抑えて警戒している。たぶん、ゲイブリエルが死んだ日のことを話そうと覚悟を決めているせいだろう。

彼女は向かいの椅子にすわり、めずらしく真正面から僕を見て、ずっと目を合わせていた。促されもせずに自分から話しだした。ゆっくり丁寧に、そのつど話す言葉を注意深く選びながら。いわば、キャンバスに慎重に筆をおろすように。

「あの午後、わたしはひとりだった」彼女は語りはじめた。「絵を描かないといけないのはわかってたけど、暑すぎて、集中できなかった。でも、やってみることにした。それで買ってあった小さな扇風機を、庭のアトリエに持っていって、そしたらそのとき……」

「そのとき？」

「携帯電話が鳴った。ゲイブリエルだった。撮影で帰りが遅くなるっていう」

「いつものこと？　遅くなると電話をかけてくるのは？」

アリシアは変な質問だと思ったのか、妙な顔つきでこっちを見た。首を振った。「いいえ。なぜ？」

「べつの理由で電話をかけてきたのかもしれないと思って。きみの様子を確かめるためとか。日記によると、きみの精神状態を心配していたようだから」

「ああ」アリシアは不意を突かれて、考えた。ゆっくりうなずいた。「そうね。そうだったかもしれない……」

「悪かった——さえぎってしまって。つづけて。電話がかかってきたあとは？」

アリシアは口ごもった。「彼を見たの」

「彼？」

「あの男。見たというか——映ってたの。窓に。なかにいたの——アトリエのなかに。わたしのすぐうしろにいた」

アリシアは目を閉じて、椅子の上でじっとしていた。長い間があった。

僕は穏やかに言った。「説明できるかな。男はどんな外見だった？」

アリシアは目をあけて、少しのあいだ僕のことを見ていた。「背が高かった……がっちりしていて。顔は見えなかった——覆面《ふくめん》を、黒い覆面をつけてた。でも目は見えた——ただの暗い穴。まったく光を宿してなかった」

「男を見て、きみはどうした？」

「何も。あまりに怖くて。相手から目をはなさなかった……。手にはナイフがあった。何が望みなのと聞いた。男はしゃべらなかった。だからわたしは、キッチンのバッグにお金があると言った。そしたら首を振って、〝金はいらない〟と。そして笑ったの。ガラスが割れるみたいな、ぞっとする笑い声。ナイフをわたしの首にあてた。刃の尖った先を喉につけて、皮膚に押しあてて……。いっしょに家のほうに行けと言った」

アリシアは目を閉じて記憶をよみがえらせた。「促されてアトリエから芝生に出た。家に向かって歩いた。外の通りに出る門が見えた。ほんの少し行った先に――すぐそこだった……。そのとき、自分のなかの何かがわたしを突き動かした。逃げるなら――逃げるなら今しかない。だから、男を思いきり蹴ってふりはらった。そして逃げた。門に向かって」目があいて、アリシアは思いだし笑いをした。「一瞬――わたしは自由になった」

笑みが消えた。「そしたら――男が跳びかかってきた。うしろから。いっしょに地面に倒れ込んで……。手で口をふさがれて、喉にひんやりした刃をあてられた。動いたら殺すぞって。何秒かのあいだ地面にいて、相手の息が顔にかかった。くさかった。やがて男はわたしを引き起こして――家のなかに引きずっていった」

「それから？　何が起きた？」

「ドアに鍵をかけた。そして、わたしは閉じ込められた」

この時点でアリシアは呼吸が荒く、頬が火照っていた。つらくなってきたのかもしれないと心配になり、僕は無理をさせすぎないように慎重になった。

「休憩にしようか」

彼女は首を振った。「このままつづけたい。この話をするまで十分すぎるほど待ったから。最後まで終わらせたい」

「本当に？　ひと息入れるのもいいかもしれないよ」

アリシアは少し迷って言った。「タバコをもらえる?」

「タバコ? 吸うとは知らなかった」

「今は吸わない。前に——吸ってた。一本くれる?」

「僕が喫煙者だとなぜわかった?」

「においで」

「そうか」僕はいくらかばつの悪さを感じつつ笑った。

「よし」立ちあがって言った。「じゃあ外に行こう」

13

中庭には大勢の患者がいた。いつものグループでかたまって、噂話をしたり、言い合ったり、タバコを吸ったりしている。寒さに負けないように腕で自分をかかえ、足踏みをする患者も目についた。

アリシアは長く細い指でタバコを押さえて、口にくわえた。僕は火をつけてやった。炎が先端をとらえると、パチパチ音がして赤く光った。アリシアは僕の目を見ながら深く吸い込んだ。楽しんでいるふうにさえ見えた。「自分は吸わないの? それは適切じゃない? 患者といっしょにタバコを吸うなんて」

からかっているんだと思った。ただし、言っていることはもっともだ——スタッフと患者がいっしょにタバコを吸っていけないという規則はない。それでもスタッフの喫煙組は、たいてい建物の裏手の非常口に出てこそこそ吸う。当然、患者の前で吸うことはない。この中庭でアリシアと喫煙するのは、感覚としては逸脱行為だ。それに思いすごしかもしれないが、周囲の目が僕らに集まっている気がした。窓からのぞくクリスティアンの視線も感じられる。言われた言葉がよみがえった――「ボーダーラインの患者は誘惑的だからな」。僕はアリシアの目をのぞき込んだ。誘惑的どころか好意的でさえなかった。その目の奥には猛烈な知性があった。たった今目覚めはじめた鋭敏な才知が。このアリシア・ベレンソンという人物は侮れない。僕は今、それを理解した。

クリスティアンが鎮静剤をあたえる必要性をおぼえたのも、もしかしたらそのせいかもしれない。彼女が何をし、何を言うか、たぶん恐れていたのだろう。僕自身も彼女がいくらか怖い。正確には、怖いとはちがう――警戒し恐れている。用心しなければならないのはわかっている。

「よし」僕は言った。「一本吸おう」

タバコを口にくわえて火をつけた。僕らは至近距離で目を合わせたまま、しばらく無言でタバコを吸い、やがてとうとう青くさい妙な気恥ずかしさをおぼえて、僕のほうから目をそらした。中庭を手で示してごまかした。「歩きながらしゃべろうか」

アリシアはうなずいた。「ええ」

僕らは塀にそって中庭を一周しはじめた。ほかの患者たちが見ている。何を思っているのだろう。アリシアは気にしていないようだった。目に入ってさえないようだ。しばらく無言のままふたりで歩いた。やがてようやく彼女が言った。「つづける？」

「きみが望むなら……。もういいのかい」

アリシアはうなずいた。「ええ、いいわ」

「家に入ったあとは、何があった？」

「男は……飲み物がほしいと。それで、ゲイブリエルのビールをわたした。わたしはビールは飲まない。家には、ほかに何もなかった」

「それから？」

「男がしゃべった」

「何を？」

「憶えてない」

「本当に？」

「ええ」

アリシアは黙り込んだ。僕は我慢の限界まで待ってから、先を促した。

「話を進めよう。きみはキッチンにいた。どういった感情をいだいてただろう」

「何かを……何かを感じた記憶がまったくない」

僕はうなずいた。「そういう状況下ではめずらしくないことだ。戦うか、逃げるか、だけじゃない。攻撃にさらされた人間に同様によく見られる、三つ目の反応がある――すくむんだ」

「すくんだんじゃない」

「ちがう？」

「そう」彼女は激しい視線を僕に向けた。「準備してたの。備えてたの……戦いに――相手を殺すために」

「なるほど。どうやって実行するつもりだった？」

「ゲイブリエルの銃で。銃を取りにいかないとと思った」

「キッチンにあったんだな。自分でそこに置いておいた。日記にはそう書いてあった」

アリシアはうなずいた。「そう。窓の横の食器棚に」彼女は深々と吸い込んで、細く長く煙を吐きだした。「水が飲みたいと男に言った。そしてグラスを取りにいった。キッチンを歩いた――たったそこまでの距離に永遠かかった。一歩ずつ進んで、食器棚にたどりついた。ふるえる手で……扉をあけて……」

「それで？」

「棚は空《から》だった。銃はなかった。そのとき、声がした。〝グラスは右側の食器棚だ〟。わたしはふり返った。すると銃があった。男の手のなかに。それをこっちに向けて、笑ってた」

「それから？」

「それから？」

「きみはどんなことを思った？」

「逃げる最後のチャンスだったのに、なのに――なのに、男はわたしを殺そうとしている、と」

「殺すと本気で思った？」

「殺すつもりなのはわかった」

「それなら、なぜそんな時間をかけるんだ」僕は質問をはさんだ。「家に侵入してすぐ実行に移さず」

アリシアから答えはなかった。顔をうかがった。驚いたことに、唇に笑みがうかんでいた。

「小さいころ、リディアおばさんが子猫を飼ってた。トラ猫を。わたしはあまり好きじゃなかった。乱暴で、ときどき爪を立てて襲いかかってくるの。意地悪な猫だった――それに残酷で」

「動物は本能で行動するものだろう。それを残酷と呼べるのか」

アリシアはじっと僕を見た。「動物は残酷よ。あの猫はそうだった。せっせといろんなものを野原から持って帰ってきた――捕まえたネズミとか小鳥とか。しかも、いつもまだ半分生きてた。傷つきながらも生きてた。わざと生きたままにして、もてあそぶの」

「なるほど。つまり、きみは男の獲物だったと。男がきみを相手に、ある種のサディスティックなゲームをしていたと。そう言いたいんだな？」

アリシアは地面に吸い殻を落として、足で踏んだ。

「もう一本ちょうだい」

僕はパックごとわたした。アリシアは一本出して、自分で火をつけた。しばらくタバコを吸った。そして先をつづけた。「ゲイブリエルは八時に帰ってくる予定だった。あと二時間。わたしは何度も時計を見た。〝どうした〟と男が言った。〝僕とふたりで時間を過ごすのが嫌か？〟と。そして銃をわたしの腕にあてて、上下に動かして肌をなでた」思いだしても身をふるわせた。「わたしはゲイブリエルがすぐにも家に帰ってくると言った。そしたら男は〝帰ってきたところでどうなる？〟と。〝きみを助けてくれるか？〟」

「それに対して、きみは？」

「何も言わなかった。ただじっと時計をにらんで……するとそのとき、携帯が鳴った。ゲイブリエルだった。男は出ろと言った。わたしの頭に銃をあてて」

「で？　ゲイブリエルはなんて？」

「ゲイブリエルは……撮影が悪夢の展開になっている──だから食事は待たないでいい。早くても十時までは帰れない、と。わたしは電話を切った。〝夫は今、帰る途中だって。あと数分で着く。もどってくる前に、今すぐ出ていって〟そうわたしは言った。男はただ笑った。〝十時まで帰らないと言うのが聞こえたぞ〟と言って。〝何時間かつぶさないといけないな。ロープがいる。それともテープか何か。きみを縛っておきたい〟男はそう言った。

わたしは言われたとおりにした。もう望みがないのはわかってた。結末はわかってた」

アリシアは話すのをやめて僕を見た。目には生々しい感情がうかんでいた。無理をさせすぎているのかと、僕は心配になった。

「休憩にしたほうがよさそうだ」

「いいえ、終わらせないと。やり遂げないと」

彼女は少し早口になって先をつづけた。「ロープはなかったから、男はキャンバスを吊すためのワイヤーを手に取った。そしてわたしをリビングに移動させた。食卓の背もたれつきの椅子を一脚引いた。そしてすわれと。椅子に縛りつけるのに、足首にワイヤーを巻きつけはじめた。肉に食い込んだ。〝お願い、やめて〟

とわたしは言った——でも聞いてくれなかった。両手首をうしろで固定した。いよいよわたしを殺す気だと確信した。そうすればよかった……殺せばよかったのに」

アリシアは吐き捨てるように言った。彼女の激しさに僕は驚いた。

「なぜ、そんなことを望んだんだ」

「実際に男がしたのは、もっとひどいことだったから」

一瞬、アリシアは泣きだすんじゃないかと思った。彼女を支えてやりたいという唐突な衝動と、僕は闘った。両腕でつつみ、キスをして、大丈夫、もう安心だと慰めてやりたいという衝動と。自分を抑えた。赤レンガの壁でタバコをもみ消した。

「きみは保護を必要としていると、僕は感じる」僕は言った。「きみを守りたいと思っている自分がいる」

アリシアはきっぱり首を振った。「あなたに求めるものは、それじゃない」

「じゃあ何？」

アリシアは答えなかった。うしろを向いて、建物のなかにもどっていった。

14

セラピールームの明かりをつけ、ドアを閉じた。ふり返ると、アリシアはすでに席についていた――ただし自分の椅子ではない。僕の椅子にすわっていた。

それは明らかなジェスチャーであり、ふだんなら本人とともにその意味をさぐるところだ。でも今は、僕は何も言わなかった。僕の席にすわることで自分の優位を示しているのだとすれば、それはそのとおりだ。結末まではもうあと少しで、僕は最後まで聞きたくてうずうずしている。だからそのまま椅子にかけ、アリシアが話しだすのを待った。彼女は目を半分閉じていて、微動だにしなかった。やがてようやく口をひらいた。「椅子に縛りつけられて、身じろぎするたびにワイヤーがさらに脚に深く食い込んで、とうとう血が出てきた。考えじゃなく、その傷に意識を集中できるのは救いだった。頭にのぼるのは、恐ろしすぎることばかりで……。二度と、ゲイブリエルに会えないと思った。自分は死ぬんだと思った」

「それから？」

「わたしたちは永遠のような時間、そこにすわっていた。面白いことに、恐怖というのは冷たい感覚だとばかり思ってたけど、ちがった――火のように燃えていた。窓もブラインドも閉めてあって、部屋はものすごく暑かった。空気がこもって、どんよりして、息苦しくて。玉の汗が額から流れて、目に染みた。男が飲んだりしゃべったりするたびに、アルコールと汗がぷんとにおった――男はしゃべりどおしだった。わたしはほとんど聞いてなかった。まるまるした大きな蠅がブラインドと窓のあいだでブンブンいっていた――そこから出られなくて、何度もガラスにあたった。コツン、

コツン、コツン。男はわたしとゲイブリエルのことを質問した――どんなふうに知り合って、いっしょになってどのくらいで、ふたりは幸せかと。このましゃべらせておければ、生きのびるチャンスも増すと思った。だから、質問に答えた――わたしのこと、ゲイブリエルのこと、わたしの作品のこと。聞きたがることをなんでもしゃべった。時間をかせぐために。そのあいだもずっと時計を意識してた。針の音に耳を立ててた。すると、気づくと十時になって……。やがて……十時半。それでもまだゲイブリエルは帰ってこなかった。

〝遅いな。帰ってこないのかもしれない〟と男は言った。

〝帰ってくるわ〟とわたしは言った。

〝こうしていっしょにいる相手がいて、よかったな〟

そして時計が十一時をさしたとき、外で車の音がした。男は窓の前に立って外をのぞいた。〝完璧なタイミングだ〟と口にして」

その後の展開は――アリシアによれば――あっという間だった。

男はアリシアをつかんで椅子ごとまわし、ドアに背を向けさせた。そして、ひとことでも言葉を発したり音をたてたりしたら、ゲイブリエルの頭を撃ち抜くぞと、釘を刺した。そして姿を消す。その直後、照明のヒューズが飛んで、すべてが闇につつまれた。廊下の先で、玄関のドアがひらいて閉まった。

「アリシア?」ゲイブリエルが呼んだ。

返事がないので、ゲイブリエルはもう一度名前を呼んだ。リビングに入った――そこでアリシアが暖炉の前にいて、こちらに背を向けてすわっているのを見る。「なんでこんな暗くしてすわってるんだ?」ゲイブリエルはたずねた。返事はない。「アリシア?」

アリシアは必死に口をつぐんだ――叫びたかったが、

暗さに目が慣れてくると、前方の部屋の隅で、男の銃が闇に光るのが見えた。銃口はゲイブリエルに向いている。アリシアは彼のために口を閉ざしつづけた。

「アリシア？」ゲイブリエルはアリシアに近づいた。「どうした？」

手をのばしてアリシアにふれようとしたそのとき、闇から男が飛びだした。アリシアは悲鳴をあげたが手遅れで——そしてゲイブリエルは床に倒され、上に男がのしかかった。銃がハンマーのように高々とあげられ、耳をふさぎたくなる音とともにゲイブリエルの頭に振りおろされた——一度、二度、三度——そしてゲイブリエルは意識を失い、血を流してその場に転がった。男はゲイブリエルを引きあげて椅子にすわらせた。そしてワイヤーで縛りつけた。意識がもどりゲイブリエルは目を覚ました。

「何だ、これは？　いったい——」

男は銃をあげ、ゲイブリエルに狙いを定めた。銃声が響いた。もう一発。さらにもう一発。アリシアは悲鳴をあげた。男は撃ちつづけた。ゲイブリエルの頭に六発の弾を撃ち込んだ。そして銃を床に捨てた。

あとは無言で去っていった。

15

そういうことだ。アリシア・ベレンソンは夫を殺してなかった。正体不明の侵入者が家に押し入り、動機不在と思われる悪行を働き、ゲイブリエルを撃ち殺し、夜のなかに消えた。アリシアはまったくの無罪だった。アリシアの説明を信じれば、そういうことになる。

僕は信じなかった。ひとことも。

明らかな矛盾や誤りもある――たとえば、ゲイブリエルが撃たれたのは六発ではなく実際は五発だった（一発は天井に向けて放たれた）し、アリシアは椅子に縛られた姿ではなく、手首を切り、部屋の真ん中に立っているところを発見された。男が自分のワイヤーを解いた話はしなかったし、今の説明をどうして最初から警察にしなかったのか、理由も言わなかった。そう、彼女は嘘をついているのだ。そして、おそまつな嘘の話を意味もなく堂々とされたことに、僕は腹が立った。ふと思ったが、この話を受け入れるかどうか、僕を試しているのかもしれない。もしそうなら、絶対に内心を悟らせまい。

僕は黙ってすわっていた。めずらしいことにアリシアのほうから口をひらいた。

「疲れたわ。もう終わりたい」

僕はうなずいた。反対はできない。

「つづきはあしたに」彼女は言った。

「まだ話すことがあるのか」

「ええ。最後にひとつだけ」

「わかった」僕は言った。「じゃあ、あした」

ユーリが廊下で待っていた。ユーリはアリシアを自室へ連れていき、僕は自分のオフィスに向かった。

前にもふれたとおり、セッションが終わってすぐに内容を書き留めることを、僕は長年の習慣としている。五十分のあいだにあった発言を正確に記録する能力は、セラピストとして大変に重要だ——そうでないと、多くの詳細は忘れられ、生々しい感情が失われてしまう。

　机につき、ふたりのあいだのやり取り全部を、できるだけすばやく書き留めた。終わった瞬間、僕は書いた紙をにぎりしめて廊下を進んだ。

　ダイオミーディーズのドアをたたいた。返事がなかったので、もう一度ノックした。やはり応答はなかった。ドアを細くあけた——するとそこに本人がいて、ソファでぐっすり眠り込んでいた。

「教授？」それから少し大きな声でもう一度言った。

「ダイオミーディーズ教授？」

　彼ははっと目を覚まして、慌てて起きあがった。瞬きしながら僕を見た。「どうした。何か問題があったか」

「お話ししたいことがあります。あとにしますか？」

　ダイオミーディーズは顔をしかめて首を振った。

「軽く昼寝をしていた。昼食後の常だ。午後が楽になる。年取ってくると、そういうことが必要になるんだ」あくびをして立ちあがった。「入ってくれ、セオ。さあ、かけたまえ。顔つきからして重要なことのようだな」

「ええ、そう思います」

「アリシアか？」

　僕はうなずいた。僕は机のうしろ側にすわった。ダイオミーディーズは前にかけた。片側の髪が立ち、顔もまだ半分眠っていた。

「よければ出なおします」

　ダイオミーディーズは首を振った。自分用に水差しからグラスに水を注いだ。「もう起きた。話してくれ。何があった」

「アリシアといっしょにいて、話をしたところです……指導《スーパーヴィジョン》をお願いしたいんですが」

ダイオミーディーズはうなずいた。一秒ごとに目が覚め、興味を引かれているように見えた。「つづけて」

僕は椅子にかけなおし、自分の記録を読みはじめた。セッションの最初から最後までを、もう一度ここに再現した。できるだけ正確に彼女の言葉をくり返し、彼女が語ったストーリーをそのまま伝えた。アリシアを見張っていた男が家に侵入し、彼女を拘束し、銃を放ってゲイブリエルを殺した、という話を。

話し終えると、長い沈黙が流れた。ダイオミーディーズはほとんど無表情だった。机の引き出しから葉巻の箱を出した。小さな銀のシガーカッターを取り、葉巻の先端を挿し入れて、切り落とした。

「逆転移の観点からはじめよう」しまいに言った。「きみの感情体験について話してくれ。最初からいくぞ。彼女の語る話を聞いて、どんな感情がわき起こったか」

僕は一瞬考えた。「たぶん興奮……。それから不安。恐れ」

「恐れ？ きみの、それとも彼女の？」

「両方だと思います」

「それなら、きみは何を恐れたのか」

「わかりません。たぶん、失敗に対する恐怖かと。多くのことが、これにかかってますからね」

ダイオミーディーズはうなずいた。「ほかには？」

「あとは、もどかしさ。彼女とのセッションでは、よくもどかしさを感じます」

「それに怒り？」

「ええ、たぶん」

「手のかかる子を相手にする、いらだった父親のような気分？」

「はい。彼女を助けたい――だけど、本人が助けてほしがっているのか、わからない」

ふたたびうなずいた。「怒りの感情に注目しよう。

もう少し話してくれ。その感情はどんなふうにおもてに出てくる」

僕は迷った。「ええと、たいていセッションが終わるころには割れるような頭痛がします」

ダイオミーディーズは大きく首を動かした。「まさに、それだ。いずれにしても、なんらかのかたちであらわれるものだ。〝不安をおぼえない訓練者は、不調をおぼえる〟というだろう。だれの言葉だったか」

「さあ、知りません」僕は肩をすくめた。「僕は不調で、なおかつ、不安です」

ダイオミーディーズは微笑んだ。「それに、きみはもはや訓練者でもない――まあ、そうした感覚がすっかり消えることもないがね」葉巻を手にした。「外に吸いにいこう」

われわれは非常口に出た。ダイオミーディーズは深く考えながら、しばし葉巻をくゆらせた。やがてひとつの結論を出した。

「彼女は嘘をついているな」

「男がゲイブリエルを殺したことですか？　僕もそう思います」

「それだけじゃない」

「というと？」

「すべてだ。作り話全部だ。わたしはひとつの言葉も信じない」

僕は啞然とした顔をしていたにちがいない。アリシアの物語のいくつかの要素については、疑うかもしれないと思っていた。ただ、全部を否定するとは予想外だった。

「男の存在を信じていないんですか？」

「ああ、信じてないね。本当にいたとは思えない。作り話だ。最初から最後まで」

「なぜそこまで確信が持てるんです」

ダイオミーディーズは奇妙な微笑みをうかべた。

「わたしの直感だ。長年、作り話に接してきたプロとしての経験だよ」僕は言葉をはさもうとしたが、手で制された。「もちろん、きみから同意を得ることは期待してないよ、セオ。アリシアと深く関わっていて、きみの感情はもつれた毛糸玉のようにアリシアの感情とからみあっている。こうしたスーパーヴィジョンの目的はそこにある――もつれた毛糸をほどき、何が自分で、何が彼女のものか、見極める手助けをすること。そしていったん距離を置いて、物事がはっきり見えてきたら、きみもアリシア・ベレンソン相手のやり取りにちがった感想を持つようになるんじゃなかろうか」

「おっしゃっている意味がよくわかりません」

「まあ、遠慮なく言わせてもらうと、わたしが思うに、彼女はきみの前で演技し、きみを操ってきた。しかもその演技というのは、とりわけきみの騎士道的本能に訴えるために練られたものだった……そして、言うなれば、ロマンチックな本能に。きみが彼女を救いたがっていることは、わたしの目には最初から明らかだった。アリシアの目にも明らかだったことは、まずまちがいないだろう。だから、きみを誘惑したんだ」

「クリスティアンみたいなことを言いますね。僕は誘惑されていません。患者の性的投影には断固流されない自信があります。見くびらないでください、教授」

「きみこそ彼女を見くびるな。彼女の演技はみごとだ」ダイオミーディーズはかぶりを振り、灰色の雲を見あげた。「攻撃にさらされた、孤独で、保護が必要な、か弱い女性。アリシアは自分を被害者に、そしてその謎の男を悪者に仕立てた。だが実際、アリシアと男は同一人物だ。彼女がゲイブリエルを殺した。彼女は有罪だ――そして今なお、罪を受け入れることを拒んでいる。だから分裂し、解離し、妄想する――アリシアは無実な被害者となり、きみは彼女の擁護者となる。そして、その妄想に付き合うことで、彼女に全責任を否定することを許している」

「賛成できませんね。僕は彼女が嘘をついているとは思いません。少なくとも意識的には。ともかくアリシアは、自分の話を真実だと思っています」

「ああ、彼女は信じている。アリシアは攻撃にさらされている――だが外界からではなく、自分の精神によってだ」

それが事実でないのは僕にはわかっていた――とはいえ、そこのところをこれ以上議論する意味はない。僕はタバコをもみ消した。

「この先どう進めたらいいと思いますか」

「真実と向き合わせる。そうしてはじめて、回復への希望が出てくる。きみは彼女の話を受け入れることをきっぱり拒否しないといけないぞ。彼女に対抗する。真実を話すよう迫るんだ」

「アリシアはそうすると思いますか」

ダイオミーディーズは肩をすくめた。「それは」葉巻を長々と吸い込んで言った。「だれにもわからない」

「そうですね。あした、話をします。彼女と対決します」

ダイオミーディーズはかすかに不安げな顔をし、何かを言い足そうと口をひらいた。だが、思いなおした。きっぱりした態度でうなずいて葉巻を消した。「よし、あしただ」

は向かいのカフェで待った。出てきたのはおよそ一時間後だった。キャシーは男にまとわりついて唇を重ねた。ふたりはしばらく道端でキスをつづけた。見ているこっちは胸がむかつき、憎しみで腸《はらわた》が煮えくり返った。

彼女はとうとう別れを告げ、ふたりは解散した。キャシーは歩きだした。男は踵を返し、逆の方向へ進んだ。僕はキャシーを追うことはしなかった。

男のあとをつけた。

男はバス停で待った。僕はうしろに立った。背中や肩を見ながら、突き飛ばすことを想像した――やってくるバスの下敷きにしてやるのだ。だが、押さなかった。男はバスに乗り、僕もつづいた。

真っすぐ家に帰るのかと思ったが、ちがった。バスを何度か乗り継いだ。僕は遠くからあとをつけた。イーストエンドまで来ると、ある倉庫に三十分ほど消えた。それからまたべつのバスで、べつの場所へ向かった。

16

仕事のあと、僕はふたたびキャシーを公園までつけた。案の定、前回とおなじ場所で愛人が待っていた。ふたりは十代の若者のようにキスを交わして、まさぐり合った。

キャシーがこっちを見たので、一瞬ひやりとしたが平気だった。キャシーの目にはあの男しか入らない。僕は今度こそもっとちゃんと姿を見ようとがんばった。だが、どうしても顔がよく見えない。それでも、体つきにはどこか見覚えがあった。どこかで会ったことがあるような気がした。

ふたりはカムデン方面へ歩き、〈ローズ・アンド・クラウン〉という怪しげな雰囲気のパブに消えた。僕た。電話を二、三本かけ、声を落としてしゃべり、何度も笑った。キャシーと話しているのだろうか。僕はますますいらだち、気を落とした。だがこっちも頑固で、絶対にあきらめなかった。

やがてようやく男は帰路についた――バスを降りて、閑静な並木道に入った。まだ電話で話していた。僕は距離を取ってうしろを歩いた。通りには人気《ひとけ》がなかった。もしふり返れば、姿を見られてしまう。けれど、男がふり返ることはなかった。

ロックガーデンと多肉植物で飾られた一軒の前を通った。僕は頭で考えずに行動した――身体が勝手に動くようだった。低い塀の向こうに腕がのびて、庭の石をひろいあげた。持つと重みを感じた。手は為すべきことを知っている。手は男を殺すことを決めていた。なんの価値もないあの畜生の頭蓋骨をかち割るのだ。僕は思考停止した催眠状態でその案に盲従し、そっとあとをつけ、忍び足で距離を縮めていった。すぐに十分に近いところまで迫った。石を高くあげて、渾身の力で相手めがけて振りおろそうと構えた。地面に倒して、脳をたたき割ってやる。僕は真うしろにいた。今も電話で話していなければ、男も気配を聞きつけただろうに。

今だ。僕は石を高くあげ、そして――

すぐうしろの左側で、玄関の扉がひらいた。ふいに会話の声がもれてきて、別れ際の〝ありがとう〟や〝さようなら〟の騒々しい声が響いた。僕は凍りついた。すぐ前ではキャシーの愛人が足を止め、声のした家のほうをふり返った。僕は横にどいて、木の陰に身を隠した。姿は見られずにすんだ。

男はまた歩きだしたが、僕は追わなかった。じゃまが入ったおかげで、はっとわれに返った。石が手からこぼれ、地面にドスッと落ちた。木の陰から男をながめた。男はある玄関までぶらぶら歩いていって、鍵をあけ、なかに入った。

数秒後、キッチンの明かりがともった。男は窓からいくらか離れたところに横向きに立っていた。通りからは部屋の半分しか見えなかった。死角にいるだれかに話しかけている。会話しながら、ワインの栓を抜いた。彼らは席についていっしょに食事をした。そのとき、相手がちらりと見えた。女だった。妻だろうか。はっきりとは見えない。男は腕をまわし、相手にキスをした。

つまり、裏切りにあっているのは僕だけじゃないということだ。あいつは僕の妻とキスしたあと、何事もなかったかのように帰宅し、あの女性が用意してくれた料理を食べているのだ。このままにしておくわけにはいかない、と思った——何か手を打たなければ。だが、何をする？ 殺人の場面をみごとに思い描けたとしても、僕は人殺しじゃない。僕には男は殺せない。

それよりもっと賢い方法を考えなければ。

17

僕は朝一番にアリシアと徹底的に話し合おうと考えていた。男がゲイブリエルを殺したというのは嘘だと認めさせ、真実に向き合わせるつもりだった。

残念ながら、そのチャンスは得られなかった。

ユーリが受付で僕を待ち構えていた。「セオ、話が——」

「どうした？」

僕はユーリをまじまじと見た。ひと晩のうちに顔が老け込んでしまったようだった。しぼんで、青白く血の気がない。悪いことが起きたのだ。

「事故だ」ユーリは言った。「アリシアが——過量服薬を起こした」

「なんだって？　まさか――？」

ユーリは首を横に振った。「まだ命はあるが――」

「よかった――」

「昏睡状態だ。あまり期待はできない」

「どこにいる？」

ユーリは施錠された廊下をいくつも通り抜けて、僕を集中治療病棟まで案内した。アリシアは個室にいた。心電図と酸素吸入器につながれていた。目は閉じている。

もうひとりの医師とともにクリスティアンもいた。顔は灰色だった――救急室の医師がこんがり日焼けしているのとは対照的に。彼女のほうは休暇からもどってきたばかりらしい。ただしリフレッシュしたようには見えなかった。疲れきっていた。

「アリシアの容体は？」僕は言った。

医師は首を横に振った。「よくありません。昏睡へ誘導する必要がありました。呼吸器系が機能していなくて」

「摂取したのはどんな薬物ですか」

「オピオイド系の何かでしょう。おそらくはヒドロコドン」

ユーリはうなずいた。「部屋の机の上に空《から》になった調剤瓶があった」

「発見したのは？」

「おれだ」ユーリが言った。「ベッドの横で、床に倒れてた。息をしてるように見えなかった。最初は死んでると思った」

「どうやって薬を手に入れたのか、心当たりは？」

ユーリがそっちを見ると、クリスティアンは肩をすくめた。

「病棟内でさかんに取り引きされているのは、だれもが知るところだ」

「エリフが流してる」僕は言った。

クリスティアンはうなずいた。「ああ、そのようだ」

インディラが入ってきた。今にも泣きそうだった。ベッドサイドに立ち、しばらくアリシアのことを見ていた。「周囲に悪い影響をおよぼすでしょうね」彼女は言った。「こうしたことが起こると、患者たちはたいてい何カ月も後退してしまうわ」腰をおろし、腕をのばしてアリシアの手をなでた。吸入器が上下するさまを、僕はながめた。しばし沈黙が場を支配した。

「僕がいけなかった」少しして言った。

インディラは首を横に振った。「あなたのせいじゃないわ、セオ」

「もっとしっかり面倒を見るべきだった」

「あなたはベストを尽くしたわ。彼女の助けになった。ほかのだれにもできなかったことよ」

「教授にはもう伝えてあるんですか」

クリスティアンが首を振った。「どうやっても連絡がつかない」

「携帯電話も?」

「家の電話もだ。何度かかけてみた」

ユーリが眉をひそめた。「でも――ダイオミーディーズ教授なら見かけたぞ。ここに来てた」

「来てた?」

「ああ。今朝早くに見かけた。廊下の先にいて、なんだか急いでいた――ともかくおれは、教授だと思った」

「変だな。家に帰ってるかもしれない。もう一度かけてみてほしい」

ユーリはうなずいた。どこか心ここにあらずだった。放心し、ぼんやりしていた。ひどくこたえているにちがいない。僕は申し訳ない気分になった。

ポケベルが鳴ってクリスティアンを驚かせた。彼は急いで病室を出ていき、ユーリと医師もそのあとにつづいた。

インディラが少しして声を落として言った。

「しばらくアリシアとふたりきりになりたい？」

うまくしゃべれる自信がなくて、僕はただうなずいた。インディラは立ちあがり、一瞬、僕の肩をぎゅっとにぎった。そして、出ていった。

アリシアと僕のふたりきりになった。

ベッドの横にすわった。アリシアの腕を取った。手の甲には管がつけられている。僕はそっと手を持って、手のひらと手首の内側をなでた。指でなぞり、皮膚の下の血管と、盛りあがって分厚くなった自殺未遂の傷痕にふれた。

これでおしまい。こうして終わりを迎えるのだ。アリシアはふたたび沈黙し、今度の沈黙は永遠につづく。ダイオミーディーズはなんと言うだろう。クリスティアンが教授にどう告げるかは想像がついた――あの男はどうにかして僕を非難しようとするはずだ。僕のセラピーによって呼び覚まされた感情を、アリシアはかかえきれなかった――そこで自分で自分を癒やし、治そうとして、ヒドロコドンを入手した。ダイオミーディーズが言うのが聞こえる――過剰に摂取したのは事故だったかもしれないが、それは自殺行為だった。そして、それが必然の結果を招いた。

だが、そうじゃない。

見落とされている何かがある。だれも気づいていない、重要な何かが。ベッドの横で意識を失ったアリシアを発見したユーリですら気づかなかった何か。アリシアの机の上には空《から》の調剤瓶があり、床にもいくつか薬がこぼれていたから、当然、本人による過量服薬だと推測された。

だがちょうどここ、僕の指の下の、アリシアの手首の内側には、まったくべつの筋書きを語るちょっとした痣と、ぽつっとした小さな跡がある。

静脈上に残る針で刺した跡――注射針でできた小さな穴――が、真実を語っていた。アリシアは自殺の素振りとして薬をひと瓶飲んだのではなかった。相当量のモルヒネを注射された。過量服薬ではなかった。
殺人未遂だ。

18

ダイオミーディーズは三十分後にあらわれた。トラストとの打ち合わせに出ていたとのことで、そのあと信号故障により地下鉄で足止めを食った。ダイオミーディーズは僕を呼びにユーリをつかわした。

ユーリは自室にいる僕をつかまえた。「教授が来た。ステファニーといっしょだ。きみを待ってる」

「ありがとう。すぐに行く」

僕は最悪の事態を予測して、ダイオミーディーズの部屋に向かった。責任を着せるスケープゴートが必要なのだ。自殺があるとブロードムア病院でもおなじ光景が見られた。セラピストであれ医者であれ看護師であれ、自殺者と一番親しかった者が責任を取らされる。

ステファニーが僕を血祭りにあげようとしているのは、まちがいなかった。

ドアをノックして、入った。ステファニーとダイオミーディーズが、机をはさんで立っていた。その張り詰めた沈黙から察するに、僕は対立のさなかに来てしまったらしい。

ダイオミーディーズが先に口をひらいた。明らかな興奮状態にあり、両手があちこちへ飛んだ。

「とんだ事態になった。最悪だ。起こるタイミングとして、これ以上悪いものはない。トラストにここを閉鎖する絶好の口実をあたえてしまう」

「今一番に考えるべきは、トラストのことじゃないでしょう」ステファニーが言った。「まず大事なのは患者の安全です。正確に何があったのか検証しないと」

僕のほうを見た。「インディラによると、あなたはエリフが薬の売買をしていると疑っているそうですね。つまり、アリシアはその筋からヒドロコドンを入手したと?」

僕は返答につまった。「といっても証拠はありません。看護師どうしが話しているのを聞いただけです。でも、それよりほかに耳に入れたいことが――」

ステファニーが首を振ってさえぎった。「何があったかはわかってます。犯人はエリフではなかった」

「え?」

「クリスティアンがたまたまナースステーションを通ると、薬のキャビネットがあけっぱなしになっていた。ステーションは無人だった。ユーリが施錠を怠ったんです。だれでも入って自由にできる状態だった。さらにクリスティアンは、アリシアがすぐそこに隠れているのを見た。そんなところで何をしているのかと、そのときは疑問に思ったそうよ。もちろん、今では理由は明らかですけど」

「そうした全部を目にする場所に居合わせたとは、ずいぶんツイてたな」

僕の声には皮肉な響きがあったが、ステファニーはあえて取り合わなかった。

「ユーリの不注意に気づいたのは、クリスティアンひとりじゃありません。ユーリはセキュリティに対して緊張感がなさすぎると、わたしもかねがね思っていました。患者に対して気安すぎる。人気取りに熱心すぎる。もっと早くにこうしたことが起こらなかったのが、むしろ驚きだわ」

「なるほど」と僕は言った。まさに、なるほどだ。ステファニーが僕に丁寧に接している理由が、ようやくわかった。僕は危機を免れたらしい。ステファニーはユーリをスケープゴートに選んだのだ。

「ユーリはいつも注意が行き届いているように見えたのに」僕は言い、会話に入ってこないかとダイオミーディーズのほうを見た。「まさかユーリが……」

ダイオミーディーズは肩をすくめた。「個人的な意見を言うと、アリシアはもとより自殺のリスクがきわめて高かった。われわれが知るとおり、死にたいと望む者がいれば、周囲がどれだけがんばって保護に努めても、自殺を阻止するのはたいがい不可能だ」

「それがわたしたちの仕事じゃないの」ステファニーが語気を荒らげた。「阻止することが」

「ちがう」ダイオミーディーズは首を振った。「われわれの仕事は患者を癒やすことだ。ただし、こっちは神じゃない。人の生き死にに対しては無力だ。アリシア・ベレンソンは死にたがっていた。いつかの時点でそれを達成する運命だった。部分的な達成だとしても」

僕は迷った。言うなら今しかない。

「それは本当のことでしょうか」僕は言った。「僕は自殺未遂だったとは思わない」

「事故だったというのか？」

「いいえ、事故だったとも思わない」

ダイオミーディーズは興味を引かれて僕を見た。

「何が言いたい、セオ。ほかに何が考えられる？」

「まず言うと、ユーリがアリシアに薬をあたえたとは、僕は思いません」

「クリスティアンの思いちがいということか」

「そうじゃない。クリスティアンが嘘をついているんです」

ダイオミーディーズとステファニーは衝撃を受けた顔でこっちを見た。両者が言葉を取りもどす前に、僕は先をつづけた。

アリシアの日記にあったこと全部を、ざっとふたりに話した。ゲイブリエル殺害以前にクリスティアンがアリシアを個人的に診察していたこと、裏で個人的にとっていた患者はアリシア以外にも複数いたこと、クリスティアンが裁判で証言に立たず、さらにアリシアがザ・グローヴに入院してきたときも彼女を知らないふりをしたこと。「アリシアにふたたび話をさせようという試みにことごとく反対していたのにも、納得です」僕は言った。「もし口を利いたなら、アリシアはクリスティアンの嘘を暴ける立場にいた」

ステファニーは呆然と僕を見つめた。「でも――どういうこと？　まさか本気で、クリスティアンが――」

「ええ。そういうことです。あれは過量服薬じゃなかった。彼女を殺そうとする企てだった」

「アリシアの日記はどこにある」ダイオミーディーズが言った。「きみが保管しているのか」

僕は首を振った。「いいえ、もう持ってません。アリシアに返しました。きっと彼女の部屋にあるでしょう」

「だったら、回収しないと」ダイオミーディーズはステファニーのほうを向いた。「だがその前に、警察を呼ぶべきだろう。ちがうか？」

19

そこからは、ばたばたと事が運んだ。

警察がザ・グローヴのいたるところにあふれ、質問をし、写真を撮り、アリシアのアトリエと個室を封鎖した。捜査を率いるのはスティーヴン・アレン警部。禿頭に大きな老眼鏡のずんぐりした男で、その眼鏡のおかげで目がゆがみ、拡大されて、興味と好奇心で飛びだしているように見えた。

アレン警部は興味を持って注意深く、僕の話に耳を傾けた。僕はダイオミーディーズに話したことすべてを彼に伝え、スーパーヴィジョンの記録も見せた。

「ご協力に心から感謝します、ミスター・フェイバー」彼は言った。「セオと呼んでください」

「あなたには正式な供述をお願いしたいと思います。あとでまたお話をしましょう」

「わかりました」

アレン警部は拠点として押さえたダイオミーディーズのオフィスの外へ、僕を送りだした。彼の部下に供述をすませたあとは、僕は廊下でぶらぶらしながら待った。すると、さほど時間を置かずに、クリスティアンが警官に戸口まで連行されてきた。不安で怯えているようだった——それにやましそうに見えた。すぐに起訴されるだろうと、僕は満足した。

あとはもう、待つ以外にやることはなかった。ザ・グローヴを出るとき、〈金魚鉢〉の前を通った。なかをのぞいた——そして目にした光景に、足がその場で止まった。

エリフがユーリから薬をこっそり受け取り、ユーリが現金をポケットにおさめようとしていた。

エリフが出てきて、ひとつしかない目で僕をにらんだ。軽蔑と憎しみの目だった。

「エリフ」僕は言った。

「どきな」

エリフはのしのし歩いていって、角をまがって消えた。つづいてユーリが〈金魚鉢〉から出てきた。僕の姿を見たとたんに口が大きくひらいた。

「い、いたとは気づかなかった」

「そのようだな」

「エリフが――薬を忘れて。それで、あげてたところだ」

「なるほど」僕は言った。

結局のところユーリが薬を横流しして、エリフにわたしていたのだ。ほかにどんな良からぬことにおよんでいるのか――ステファニーの前であんなにきっぱり擁護したのは、少々早計だったかもしれない。ユーリのことはしっかり見張っていたほうがいい。

「ちょうど聞こうと思ってた」ユーリは僕を〈金魚鉢〉の遠くへ誘導しながら言った。「ミスター・マーティンはどうすればいい」

「なんのことだ」僕は驚いてユーリを見た。「ジャン＝フェリックス・マーティン？　彼がどうした？」

「何時間か前からここにいるんだ。今朝、アリシアに会いにきた。それからずっと待ってる」

「なんだって。なんで教えてくれなかった。このあいだじゅう、ずっといたってことか」

「悪かった。ばたばたしてて、つい頭から抜けて。待合室にいる」

「わかった。行って話をしたほうがいいな」

今聞いたことについて考えながら、僕は急いで階段をおりて受付に向かった。ジャン＝フェリックスがここで何をしているのか？　何が望みで、これは何を意味するのか？

待合室に入って、見まわした。

だが、そこにはだれもいなかった。

20

ザ・グローヴを出てタバコに火をつけた。僕の名を呼ぶ男の声があった。ジャン＝フェリックスだと思って、顔をあげた。だがちがった。

マックス・ベレンソンだった。車から降りて、つかつかとこっちへやってきた。

「なんなんだ」彼は叫んだ。「何があった？」真っ赤になった顔は怒りでゆがんでいた。「ついさっき電話があって、アリシアのことを聞いた。彼女に何があった？」

僕はあとずさった。「ミスター・ベレンソン、まずは落ち着いて」

「落ち着くだ？　おまえたちの怠慢のせいで、義理の妹が昏睡状態にあるんだぞ……」

手は固くにぎられていた。マックスはそれをあげた。一発お見舞いされると思った。だがタニアの横槍が入った。慌ててやってきたタニアはマックスに劣らず怒っていた——といっても、怒りの相手は僕ではなく、マックスだった。

「やめて、マックス！」彼女は言った。「お願いだからやめて。これ以上事態を悪くしてどうするの。セオのせいじゃないでしょう！」

マックスはタニアを無視して、ふたたび僕を見た。目が殺気立っていた。

「おまえがアリシアの面倒を見ていた。どうしたら、こんなことになるんだ？　なあ？」

マックスの目に怒りの涙があふれた。感情を隠そうともしない。ただ立ち尽くし、涙を流している。僕は横目でタニアを見たが、夫のアリシアへの思いを知っているのは明らかだった。タニアは失望し、疲れきっているように見えた。それ以上何も言わず、うしろを向いて車にもどっていった。

一刻も早くマックスから遠ざかりたかった。僕は歩きつづけた。

マックスは罵倒の言葉を叫びつづけた。追ってくるかと思ったが、それはなかった——失意の男はその場から動けずに、僕に向かって哀れな声をあげた。「おまえのせいだ。かわいそうなアリシア。わたしの大切なアリシア……かわいそうに……。おまえ、ただですむと思うな！　聞いてるか！」

マックスは叫びつづけたが、僕は無視した。じきに彼の声は静けさのなかに消えた。僕はひとりだった。

僕は歩きつづけた。

21

　ふたたび、キャシーの愛人の家まで歩いてやってきた。一時間、立って見張っていた。とうとうドアがひらいて、男があらわれた。僕は出かける姿を見送った。どこへ行くのか？　キャシーに会いにいくのか？　迷ったすえ、あとは追わないことにした。その場にとどまり、家を観察した。

　男の妻を窓ごしに見た。そうやって見ているうちに、どうにかして彼女を助けなければという思いが、ますます深まった。彼女は僕であり、僕は彼女だ。僕らはだまされ、裏切られた、罪のない被害者どうしだった。彼女は愛されていると思い込んでいる――だが、男は彼女を愛してはいない。

　あるいは、僕のまちがいだろうか――彼女が不倫について何も知らないと決めつけるのは。もしかしたら、じつは知っているのかもしれない。夫婦は性的にオープンな関係を楽しんでいて、妻のほうもおなじように奔放だということはないだろうか。けれど、なぜかちがう気がした。彼女はかつての僕のようにうぶに見えた。目をひらかせるのは僕の義務だ。彼女がひとつ屋根の下、ベッドをともにする男の真の姿を、僕は暴くことができる。選択の余地はなかった。彼女を助けないわけにはいかなかった。

　その後も何日か、僕は通いつづけた。ある日、彼女は家を出て散歩に行った。僕は遠くからあとをつけた。姿を見られたと不安になったときもあった。だが見られたとしても、向こうからしたらただの見知らぬ他人だ。今のところは。

　僕はよそへ行って、二、三の買い物をした。そしてまた家のところにもどった。通りの向かいに立って、見張った。窓辺にいる彼女がふたたび見えた。

計画と呼べるようなものはなかった。達成すべきことについての、漠然とした、形にならない考えがあるだけだった。いわば経験の浅い芸術家といっしょで、自分がめざしたいものはわかっている——それをどう実現させるかわからないままに。しばらく待ってから、家に近づいた。門を押してみた——鍵はかかっていなかった。ひらいたあいだから、僕は庭に入った。アドレナリンがどっとわきだした。他人の敷地に侵入しているという、背徳のスリル。

そのとき、裏口のドアがあくのが見えた。僕は隠れ場所をさがした。芝生の向こうに小さなあずまやがあった。忍び足で芝生を走ってつっきり、なかに忍び込んだ。しばらくそこで息を整えた。心臓がばくばくいっていた。姿を見られただろうか？　彼女の足音が近づいてくる。もう、あともどりはできない。尻のポケットに手を入れ、買っておいた目出し帽を出した。頭からかぶった。手には手袋をはめた。

彼女が入ってきた。電話で話していた。「わかったわ、ダーリン。じゃあ、八時にね。ええ……わたしも愛してる」

通話を終えると、扇風機のスイッチを入れた。彼女はその前に立って、髪を風になびかせた。絵筆を取り、イーゼルのキャンバスに近づいた。こっちには背を向けていた。やがて窓に映る僕に気づいた。最初に目に入ったのはナイフだったんじゃないだろうか。彼女は身を硬くし、ゆっくりとふり返った。目が恐怖で見ひらかれていた。僕らは無言で見合った。

僕がアリシア・ベレンソンと顔を合わせたのは、これが最初だった。

それからあとのことは、よくある表現だが、みなさんご存じのとおり、というわけだ。

第五部

たといわたしは正しくても、わたしの口はわたしを
罪ある者とする。

『ヨブ記』九章二十節

1

アリシア・ベレンソンの日記

二月二十三日

セオが出てった。今はひとり。できるだけ急いでこれを書いてる。時間がない。力が残ってるうちに書かないと。

最初は、自分の頭が変なんだと思った。現実だと思うより、自分が変だと考えるほうが楽だった。でもわたしは変じゃない。ちがう。

セラピールームで最初に会ったときは自信がなかった——どこか似てたけど、ちがった——目には憶えがあった。色だけじゃなくて形に。それに、おなじタバコのにおいに、スモーキーなアフターシェイブのにおい。あと、言葉のつむぎ方、話すリズム。でも声のトーンがなんとなくちがった。だから自信がなかった。だけどつぎに会ったとき、あいつは正体をあらわした。おなじ言葉を言ったのだ——わたしの記憶に刻みつけられた、うちで言ったのとまったくおなじあの台詞。「きみを助けたい——きみの目を覚まさせてあげたい」

聞いた瞬間、頭で何かがカチッといって、ジグソーパズルがぴったりおさまった——絵が完成した。

あの男だった。

そして、自分のなかの野生の本能のようなものがわたしを支配した。殺してやりたい、殺《や》るか殺られるか——わたしは跳びかかって必死に首を絞め、目をかきだし、割れるまで頭蓋骨を床にたたきつけた。だけど殺すまでにはいたらず、わたしは押さえつけられ、薬を打たれて監禁された。そして——その後は弱気になった。また自分を疑いだした——たぶんわたしのまちがいで、ただの勘ちがい、人ちがいだ。

だって、セオのはずがある？　なんの目的があって、こんなふうにわたしを苦しめるために、わざわざここへ？　そのとき理解した。わたしを助けたいとかいう、あの台詞——何よりぞっとするあれ。あいつはそれが快感なんだ。陶酔してる——だからここに来た——自己満足に浸りたくて、もどってきた。

「きみを助けたい——きみの目を覚まさせてあげたい」

やっと目が覚めた。今でははっきり見える。そのことをわからせたかった。だからゲイブリエルの死について嘘をついた。向こうが嘘に気づいたのが、話をしながらわかった。おたがい目と目を合わせ、そしてセオは理解した——わたしが気づいていることに。すると、見たことのないものが、その瞳にうかんだ。恐怖だ。わたしを恐れてる——わたしが何を言うかを。怯えていた——わたしの出す声を。

それで何分か前にまたやってきた。今度は何も言わなかった。もう言葉は不要。わたしの手首をつかんで、静脈に針を刺した。抵抗はしなかった。応戦しなかった。好きにさせた。自業自得——わたしはこの罰を受けて当然の人間。わたしは罪をおかした——でもそれはセオもおなじだ。だからこれを書いてる——罪から逃れられないように。あいつも罰を受けるように。

急がないと。自分でわかる——打たれたものが効いてきた。ひどい眠気。横になりたい。眠りたい……。でもだめ——まだだめ。目を覚ましてないと。話を終わらせないと。そして今度こそ真実を伝えたい。

あの夜、セオはうちに入ってきてわたしを縛りあげた——そして帰ってきたゲイブリエルを殴って気絶させた。最初は殺してしまったと思った――でも、息をしている様子が見えた。セオはゲイブリエルを引っぱりあげて、椅子に縛りつけた。わたしと背中合わせになるように椅子を動かしたから、ゲイブリエルの顔は見えなかった。

「お願い」わたしは言った。「彼を傷つけないで。お願いだから――なんでもする。望むことをなんでもする」

セオは笑った。その笑いがすでに不快でたまらなかった――冷たくて空虚な笑い。残酷な笑い。「傷つける?」彼は首を振った。「今から殺そうとしてるのに」

本気だった。怖くて怖くて、涙が止まらなかった。泣いてすがった。「望むことをなんでもする。なんでもするから――お願い、どうか彼を生かして――生きていい人なの。だれよりも優しくて、こんないい人はいない――愛してるの、心から愛してるの――」

「聞かせてくれ、アリシア。夫に対する愛情について。この男はきみを愛してると思うか、聞かせてくれ」

「愛してるわ」わたしは言った。

時計の針の音がした。反応があるまで永遠のような時間が過ぎた。「今にわかる」セオは言った。黒い目でじっと見られ、闇に呑み込まれそうな気分がした。わたしは人間ですらない化け物の前にいた。邪悪そのものだった。

セオは椅子をまわってゲイブリエルの前に立った。限界まで首をひねっても、ふたりのことは見えなかった。鈍い恐ろしい音がした――ゲイブリエルの顔をたたく音に、身がすくんだ。何度も何度もたたいて、とうとうゲイブリエルは咳き込んで目を覚ました。

「やあ、ゲイブリエル」

「だれだ、おまえは?」

「妻帯者だ」セオは言った。「だから人を愛するというのがどういうことか、知っている。そして、裏切られるのがどういうことかも」

「何をべらべらしゃべってる」

「自分を愛してくれる人を裏切るのは、卑怯者だけだ。おまえは卑怯者か、ゲイブリエル?」

「うるさい」

「おまえを殺そうと思ってた。ところがアリシアが命乞いをした。そこで選択肢をあたえようと思う。おまえが死ぬか――アリシアが死ぬか。自分で決めてくれ」

冷ややかで、冷静で、落ち着きはらった口調。感情はいっさいなかった。ゲイブリエルは一瞬答えなかった。殴られたあとのように息苦しそうだった。

「だめだ――」

「だめじゃない。アリシアが死ぬか、おまえが死ぬか。自分が選べ、ゲイブリエル。アリシアに対する愛情がどれほどのものか、見せてもらおうじゃないか。彼女のために死ぬか? 決断に十秒やろう。十……九……」

「信じちゃだめ」わたしは言った。「どうせふたりとも殺すつもりよ――愛してるわ――」

「八……七……」

「愛してくれてるのは知ってる、ゲイブリエル――」

「六……五……」

「わたしを愛してる――」

「四……三……」

「ゲイブリエル、愛してるって言って――」

「二……」

そしてそのとき、ゲイブリエルが口をひらいた。はじめは彼の声だとわからなかった。ものすごく小さな声で、かぼそくて――男の子のような声だった。生死をあやつる力をその手につかもうとしている、幼い子供。

「死にたくない」ゲイブリエルは言った。

そして、しんとなった。すべてが静止した。わたしの身体のなかの細胞ひとつひとつがしぼんだ。細胞がしおれた。枯れた花びらが花から落ちるみたいに。地面に舞い散るジャスミンの花。どこからか香りがするような。そう、あの甘いジャスミン——きっと窓辺に……

セオはゲイブリエルの前からどいて、今度はわたしに話しかけた。言葉に集中するのがむずかしかった。

「わかったか、アリシア。ゲイブリエルは卑怯者だと、僕は知っていた——隠れてうちの妻をファックしてた。僕が手にした唯一の幸せを壊しやがった……」セオは身をのりだして、わたしの顔の真ん前に迫った。「こんなことをして申し訳ないと思う。ただ率直に言って、真実を知ってしまったからには……きみも死んだほうがましだろう」

銃をあげて、わたしの頭に向けた。わたしは目をつむった。ゲイブリエルが叫ぶのが聞こえた——「撃つな、撃つな、撃つな——」

カチリという音。そして銃声——すべての音を一掃する凄まじい音だった。数秒間、無音だった。わたしは死んだのかと思った。

でもそんな幸運はなかった。

目をあけた。セオがまだそこにいた——銃を天井に向けて。笑みをうかべた。指を唇にあてて、黙っているようわたしに指示した。

「アリシア?」ゲイブリエルが叫んだ。「アリシア?」

何が起きたか見ようとして、椅子の上で必死に身をよじる音がした。

「この野郎、彼女に何をした? ふざけやがって、この野郎。ああ、なんてことだ……」

セオはわたしの手首をほどいた。銃を床に落とした。それから、ものすごく優しく、そっと頬にキスをした。そして歩いて出ていき、玄関のドアがばたんと閉まった。ゲイブリエルとわたしは、ふたりきりになった。

ゲイブリエルはほとんど言葉を発することができず、ただむせび泣いて、叫んだ。ひたすらわたしの名前をくり返して、泣きわめいた。「アリシア、アリシア——」

わたしは黙っていた。

「アリシア？　クソッ、クソッ、なんだよ、クソ——」

わたしは黙っていた。

「アリシア、答えてくれ、アリシア——ああ、神様——」

わたしは黙っていた。話せるはずがある？　ゲイブリエルに死の宣告をされたのだから。

死者は話さない。

足首のワイヤーをほどいた。椅子から立った。床に手をのばした。銃をにぎりしめた。熱くて重かった。椅子をまわって、ゲイブリエルの正面に立った。彼の頰を涙がぼろぼろつたっていた。ゲイブリエルは目を見ひらいた。

「アリシア？　生きてたのか——よかった、生きて——」

わたしは敗者の味方についた、そう言いたいところだ——裏切られ、傷ついた者のために立ちあがった、と——ゲイブリエルは暴君の目を、父の目をしていた、と。でも今さら嘘をついてもしょうがない。真実を言うと、ゲイブリエルは突然わたしの目をしていた——そして、わたしが彼の目をしていた。いつの間にか、ふたりの立場は入れ替わっていた。

このとき理解した。わたしは二度と安心できない。二度と愛されない。希望はことごとく打ち砕かれた——夢は全部砕け散り——何も、何も、わたしには残らない——父は正しかった——わたしは生きててもしょうがない。わたしは——価値がない。ゲイブリエルがわたしにしたのは、そういうことだった。

それが真実。わたしはゲイブリエルを殺してない。

彼がわたしを殺した。

わたしは引き金を引いただけ。

2

「すべての所持品がダンボールにおさまるのを見ることほど、哀れをもよおすものはないわね」インディラは言った。

僕はうなずいた。悲しい目で部屋を見まわした。

「本当に驚くわ」インディラはしゃべりつづけた。「こんなに持ち物が少なかったなんて。ほかの患者たちは、どうしようもないものをせっせと集めるのに……。アリシアが持っていたのは数冊の本と、絵と、服だけ」

インディラと僕は、ステファニーの指示でアリシアの個室を片づけていた。「彼女が目を覚ますことは、おそらくないでしょう。そしてざっくばらんに言うと、ここはベッドが足りていません」ステファニーはそう言った。僕とインディラはほぼ黙々と作業を進め、箱にしまうものと処分するものとを選り分けた。僕は慎重にアリシアの所持品を点検した。罪の証拠となるものがないよう、念を入れておきたかった。僕を出し抜くものが出てこないように。

アリシアはどうやってこんな長いこと、だれにも知られずに日記を隠し持っていられたのだろう。患者はザ・グローヴに入院するときに、多少の所持品の持ち込みを許される。アリシアは下絵のポートフォリオを持ってきたので、おそらく、そこに日記を忍ばせたのだろう。そのポートフォリオをひらいて、絵をぱらぱらめくった――ほとんどが未完成の鉛筆によるスケッチや、習作だった。ページにざっと描かれただけの線だが、またたく間に命を得て、まぎれもない特徴をとらえ、あざやかに訴えかけてくる。

インディラに一枚のスケッチを見せた。「ほら、あなただ」

「え？　ちがうわよ」

「そうですって」

「そうかしら」

インディラは嬉しそうな目で絵をしげしげと見た。「そう思う？　わたしを絵にしていたとは、ちっとも気づかなかった。いつの間に描いたのかしら。上手な絵ね」

「ええ。もらったらいいですよ」

インディラは顔を引きつらせ、スケッチを僕にもどした。「それはできません」

「大丈夫です。アリシアは気にしないでしょう」僕は微笑んだ。「だれにもばれませんよ」

「ええ――たぶん、そうね」インディラは壁に立てかけた床の絵を見た――燃えさかる建物の非常口にいる僕とアリシアを描いた、エリフがあとから落書きした絵。

「それはどうするの？」インディラが言った。「持っていく？」

僕は首を振った。「ジャン＝フェリックスに連絡します。きっと管理してくれるでしょう」

インディラはうなずいた。「手元に置けないのは残念ね」

僕はしばしそれをながめた。好きじゃなかった。アリシアの全作品のなかで、唯一好きになれないのがこの一枚だった。自分が描かれているのに、不思議だ。

ひとつはっきりさせておきたい——僕はまさかアリシアがゲイブリエルを撃つとは思っていなかった。そのところは重要だ。ゲイブリエルを殺させる気もなければ、それを期待してもいなかった。僕が望んだのは、僕が気づいたように、アリシアにも自身の結婚生活の真実に気づいてもらうこと、それだけだった。ゲイブリエルがアリシアを愛してないこと、彼女の暮らしは嘘で、ふたりの結婚は偽りだということを、僕はアリシアに示したかった。それを知ってはじめて、彼女も僕と同様、瓦礫《がれき》から新たな人生を築くチャンスを得ることができる。嘘ではなく、真実を土台にした人生を。

アリシアに情緒不安定の既往があったとは、まったく知らなかった。もし知っていたら、あそこまでの無茶はしなかった。まさかあんな反応に出るとは思わなかった。そして話がマスコミじゅうをにぎわし、アリシアが殺人で裁判にかけられると、僕は個人的に深い責任を感じ、そして、罪滅ぼしがしたい、自分に事件への責任がないことを証明したい、そんな希望を持つにいたった。そこでザ・グローヴの職に応募した。アリシアが殺人事件の後遺症を克服するのに、力を貸したかった——何があったか理解し、それに向き合い——そして自由になってほしかった。意地悪な人は、僕がいわば証拠隠滅のために犯行現場を再訪したと言うかもしれない。それは真実じゃない。こんな大それたことをするリスクを認識していても、逮捕される可能性が現実にあり、悲惨な結末が待っているかもしれなくても、僕には選択の余地はなかった——それは僕が僕であるためだ。

忘れてもらっては困るが僕は心理療法士だ。アリシアは助けを必要としていた——そして僕だけが、彼女を助けるすべを知っていた。

あのときは覆面をして声をつくっていたとはいえ、彼女に正体を見破られるんじゃないかという不安はあった。けれどもアリシアは気づく様子もなく、僕は彼女の人生における新たな役割を演じることができた。そしてその後、自分が図らずもある場面を再演していたことを、ケンブリッジでのあの晩、はじめて理解した。長らく忘れ去られていた地雷を、僕は踏んでしまったのだ。ゲイブリエルはアリシアに死を宣告したふたり目の男だった。ひとつ目のトラウマの再来は、彼女にはどうしても耐えられなかった——だから銃をひろって、待ちに待った復讐を果たしたのだ——父親ではなく、夫に。想像していたとおり、殺しの根は僕が何をするよりはるかに古く深いところにあったのだ。

ところが、ゲイブリエルの死に方について嘘の話をされたとき、アリシアは僕に気づいていて、僕を試しているんだとわかった。それで行動に出ることを余儀なくされた。アリシアを永遠に沈黙させるために。責任はクリスティアンになすりつけた——因果応報だと思った。彼をはめることに後ろめたさは感じなかった。一番頼りにされていたときにクリスティアンはアリシアを見捨てたのだ。罰を受けて当然だろう。

アリシアを沈黙させるのは、そこまで簡単じゃなかった。モルヒネを注射するのは人生最大の難関だった。彼女が死なずに眠りつづけていることは、むしろよかった——僕は引きつづき彼女を日々見舞い、ベッドの横にすわって手をにぎることができる。まだ彼女を失ってはいない。

「これで終わったかしら?」インディラの言葉が僕の物思いを断ち切った。

「そのようですね」

「さあ。わたしは行くわね。患者が十二時に待ってるの」

「どうぞ、行って」僕は言った。

「じゃあ、またお昼にね」

「ええ」

インディラは僕の腕をぎゅっとにぎって、出ていった。

腕時計を見た。早退して帰ろうかと思った。くたくただった。電気を消して部屋を出ようとしたとき、あることに思いいたり、身体が硬直した。

日記だ。どこにある?

箱詰めがすみ、きっちり片づけられた部屋のあちこちに目が泳いだ。われわれはすべて点検した。僕は彼女の所持品を、ひとつずつ見て確認した。

それなのに日記は出てこなかった。

よくもこんな不注意になれたものだ。インディラと、彼女のどうでもいいおしゃべりのせいだ。おかげで気が散って、つい散漫になった。

どこにある? このなかにあるはずだ。日記がないと、クリスティアンを有罪にする証拠はないに等しい。なんとしても見つけださなければ。

部屋をさがしながら、僕はしだいにパニックに陥った。ダンボールの箱をひっくり返し、中身を床にぶちまけた。がらくたを引っかきまわしたが、なかった。服を引き裂いたが、何も出てこない。作品のポートフォリオを乱暴にひらき、スケッチを床に向けて振ったが、日記はまぎれていなかった。それから棚を調べ、引き出しを片っ端からあけ、中身が空《から》なのを確かめながら放った。

けれど、どこにもなかった。

3

トラストのジュリアン・マクマーンが受付で僕を待っていた。くしゃくしゃの赤毛の大男で、「ここだけの話」とか「結論から言うと」とか「要は」といった言いまわしを好み、それが会話の随所にはさみ込まれた。それも、しばしばひとつの文章のなかに。基本的に温和な人物で、トラストのなかでは親しみやすい相手だ。彼は僕が家に帰る前にひとこと話をしたがった。

「つい今までダイオミーディーズ教授のところにいたんです。あなたも知っておいたほうがいいと思って。辞職されたんですよ」

「そうでしたか」

「早期退職というかたちで。ここだけの話、辞職するか、さもなくば、この混乱の調査の矢面に立つかのどちらかだった……」肩をすくめた。「やはり気の毒ですな——長年の輝かしい経歴を思うと、栄誉ある最後とは言えませんから。まあ少なくとも、マスコミの大騒ぎを避けることはできますがね。ところで、教授からあなたの名前が挙がりましたよ」

「ダイオミーディーズから？」

「ええ。自分の後任はあなたでどうかと、われわれに」ジュリアンはウィンクした。「これ以上ない適任者だとおっしゃって」

僕は笑った。「大変ありがたいことです」

「結論から言うと、アリシアの身に起きたこととクリスティアンの逮捕を考えると、ザ・グローヴの運営をつづけることは、残念ながらまったくもって論外です。トラストはここを閉鎖します」

「驚いたとは言えませんね。つまり、現実問題として、譲り受けるポストはない、と」

「要は、まあ、こういうことです——われわれはもっと費用効率のいい精神科の施設を、数カ月後にここに開設することを計画しています。それで、あなたにその運営にあたっていただけないかと思っているんですよ、セオ」

僕は興奮を隠しきれなかった。喜んで承諾した。

「ここだけの話」彼の言葉を借りて言った。「そんな機会を夢に見ていました」本当のことだ。薬をあたえるだけでなく、現実にその人たちを助けるチャンスだ。僕がふさわしいと信じる方法で、その人たちを助けるチャンスだ。ルースが僕を助け、僕がアリシアを助けようとした方法で。

物事は僕にいいように運んだ——そう認めないのは恩知らずだ。

僕は望むものすべてを手にしたようだった。あと、もう少しで。

僕とキャシーは、昨年、ロンドンの中心部からサリーに引っ越した。僕が育った場所に舞いもどったということだ。父は死に、家を僕に遺した。母は生きているあいだは住みつづけられる条件だったが、家を僕らに譲って、自分は介護施設に入居した。

キャシーと僕は、家が広くなり庭が持てるなら、ロンドンまで通勤する甲斐はあると考えた。ふたりのためになると、僕も思った。いっしょに家を改造しようとはりきり、装飾をやりなおし、過去を一掃する計画を立てた。だが越してきて一年近くたった今も、家はまだ装飾の途中で、ポートベロー・マーケットで購入した絵と凸面鏡は、未塗装の壁に立てかけられている。僕が育った住居ほぼそのままだった。でも、思ったほど気にならなかった。むしろ、わが家と思ってくつろげるのが皮肉なところだ。

僕は帰宅し、玄関を入った。急いでコートを脱いだ——温室のようなむっとする暑さだった。廊下のサーモスタットの設定温度をさげた。キャシーはあたたかいのが好きで、僕は涼しいのを好む——そんなわけで家の温度はふたりのちょっとした戦場だった。廊下にいてもテレビの音が聞こえた。キャシーはこのごろずいぶんテレビを見ている。この家におけるふたりの生活の、途絶えることのない雑音のBGMだ。

キャシーはリビングにいて、ソファの上でまるまっていた。エビ風味の巨大なポテトチップスの袋をひざに抱き、べとつく赤い指で中身をあさり、口に突っ込んでいる。彼女はひっきりなしにそうしたジャンクを食べている。最近太ったのも無理はない。ここ二年ほどは仕事もしていない——かなり引きこもりぎみで、鬱症状もある。かかりつけの医者は抗鬱剤を出したがったが、僕が断った。セラピストをつけ、彼女の感情について徹底的に話し合うほうがいいと主張して。僕が精神科医をさがすことも提案した。だがキャシーはどうも話すのは嫌らしい。

ときどき、キャシーが僕を変な目で見ているのに気づくことがある。何を考えているのだろう。ゲイブリエルや不倫のことを切りだす勇気を集めているのだろうか。でも彼女はひとことも言わない。ただ黙ってすわっている。かつてのアリシアのように。助けてやれれば、と思う。だけど僕の気持ちは通じないようだ。なんという皮肉だろう。すべてはキャシーを手放したくなくてしたことだった——そして、どのみち僕は彼女を失った。

ひじ掛けにすわり、しばらくキャシーを観察した。

「担当している患者が過量服薬した」僕は言った。「今は昏睡状態にある」反応はなかった。「ほかのスタッフが故意に飲ませた疑いがある。仕事仲間が」反応なし。「聞いてる？」

キャシーは小さく肩をすくめた。「何を言っていいかわからない」

「同情の言葉とか」

「だれに対して？　あなたに？」

「患者の女性だよ。しばらく前から、僕が個人的にセラピーを担当していた。アリシア・ベレンソンという名だ」

　そう言いながら彼女をうかがった。キャシーは反応しなかった。なんの感情もよぎらなかった。僕はつづけた。「有名だった。悪い意味で。何年か前には、だれもが話題にしてた。夫を殺したんだ……憶えてないかな」

「さあね、あんまり」キャシーは肩をすくめて、チャンネルを替えた。

　そしてこんなふうにして、僕らは〝芝居ごっこ〟をつづけた。

　このところ僕は、ずいぶん芝居をしているようだ――自分をふくむ多くの人に対して。だからこれを書いているのだと思う。肥大したエゴを迂回して、自分の真実に迫る試みとして。それが可能だとするならば。


　酒が必要だった。キッチンに行って、冷凍庫の瓶からウォッカを注いだ。飲むと喉がかっと焼けた。もう一杯、注いだ。

　すべてを告白した六年前のあのときのように、もう一度訪ねていったら、ルースはなんと言うだろう。だけどそれが無理なことはわかっている。自分がすっかり別人になり、より罪深い存在となり、正直になる能力を失ったことも。弱々しい老婦人の前にすわり、あんな長きにわたり僕をしっかりつなぎとめ、良識と優しさと真実だけをあたえてくれた、あの潤《うる》みがちな青い目を見つめることが、どうして僕にできよう。僕がどれだけ卑劣で、どれだけ残酷で、どれだけ邪悪かを、そしてルースがいろいろ努力してくれた甲斐がまったくなかったことを、どうして明らかにできよう。これまでに三人の人生を壊したなんてことが、言えるわけがない。僕には道徳規範がなく、後悔の念をおぼえずにとんでもない悪事におよぶことができ、唯一心配するのは自分の保身だけなんてことを、言えるわけがない。

　そうした話をすれば、ルースの目にはショックや嫌悪、もしかしたら恐怖さえうかぶかもしれないが、それ以上に見たくないのは、悲しみ、失望、そして自責の表情だ。僕がルースを失望させたというだけでなく、きっとルースは自分が僕を――僕だけでなく、談話療法そのものを――失望させてしまったと考えるにちがいないのだ。ルースほどチャンスに恵まれたセラピストはいなかった。心に傷を負ってはいたが、まだ少年と言っていいほど若く、自分でも変わりたい、よくなりたい、癒やされたいと必死だったひとりの人間を、何年にもわたり見つづけることができたのだ。それにもかかわらず、何百時間にもおよぶ心理療法を施し、話し、聞き、分析しをくり返したにもかかわらず、彼女はその青年の魂を救うことができなかった。たぶん、僕はまちがっていたのかもしれない。単純に、生まれながらにして邪悪な人間というものがいて、どんなに努力しようと、変わることはできないのかもしれない。

　呼び鈴が鳴って、物思いから引きもどされた。夜に人が訪ねてくるのはめずらしく、とくにサリーに引っ越してからはめったになかった。友人が最後にいつ来たかも思いだせないくらいだ。

「だれか来る予定だった?」僕は声を張りあげたが、答えはなかった。たぶんテレビの音で聞こえないのだろう。

　玄関に行ってドアをあけた。意外にもそこにいたのはアレン警部だった。マフラーとコートで身をくるみ、頬を赤く火照らせていた。

「こんばんは。ミスター・フェイバー」彼は言った。

「アレン警部じゃないですか。こんなところで何を?」

「ちょうどこのあたりに来たんで、ついでに寄ってみようかと。お伝えしたい進展が、二、三あったもんでね。今はまずいですか」

僕は迷った。「じつは、夕食の準備をはじめるところで——」

「長くはかかりませんよ」

アレン警部は微笑んだ。ノーという答えは選択肢になさそうだったので、僕はわきにどいて家に通した。

警部はなかに入れて嬉しそうだった。手袋をはずし、コートを脱いだ。

「外はえらく冷えてきましたよ。これだけ寒いんじゃ、きっと雪になるな」

眼鏡が白くくもり、顔からはずしてハンカチで拭いた。

「わが家は少し暑くないですか？」僕は言った。

「平気です。わたしの好みでは、あたたかすぎるということはありません」

「妻と気が合いそうだ」

それを合図にキャシーが廊下にあらわれた。怪訝そうに僕を見て警部を見た。「なんなの？」

「キャシー、こちらはアレン警部だ。さっき話した患者の捜査を担当してる」

「こんばんは、ミセス・フェイバー」

「アレン警部は僕に話があるそうだ。長くはかからない。二階に行って、風呂にでも入ってて。夕食の支度ができたら呼ぶよ」

僕は警部にうなずきかけ、キッチンへ案内した。

「さあ、お先に」

アレン警部はもう一度キャシーのことを見てから、顔をもどしてキッチンに入った。僕もあとにつづき、残されたキャシーはしばらく廊下にたたずんでいたが、少ししてのろのろ二階にあがる足音が聞こえてきた。

「何か飲みませんか？」

「ご親切に、どうも。お茶を一杯いただけるとありがたい」

警部の視線がカウンターのウォッカの瓶に流れたの

が見えた。僕は笑った。

「よければもっと強いものにしますか」

「いえいえ。お茶でけっこう」

「飲み方は？」

「濃いのがいいな。ほんのちょっとだけミルクをたらして。砂糖はいりません。制限をしてるもんで」

警部が話をしている横で、僕の意識はさまよった——この男はここで何をしているのかと、僕は不安になるべきなのか。彼の物腰はとても穏やかで、安心感をおぼえずにいるほうがむずかしい。それに、僕を陥れるものは何もないはずでは？

ケトルに湯を沸かし、ふり返って対面した。

「さて、警部。話したいこととはなんでしょう」

「おもにミスター・マーティンのことです」

「ジャン＝フェリックス？」これには驚いた。「彼がどうかしたんですか」

「アリシアの画材を引き取りにザ・グローヴに見えたんで、いっしょにあれこれ話をしたんです。興味深い男ですな、あの、ミスター・マーティンという人は。アリシアの回顧展を計画しているそうですよ。彼女を芸術家として再評価するのに、いいタイミングだと考えているようで。世間の注目なんかからすれば、たしかにそのとおりかもしれませんね」アレンは値踏みする目で僕を見た。「あなたも彼女について何か書きたいんじゃないですか。本やら何かを読みたがる向きも必ず出てくるでしょう」

「考えてもみませんでした」僕は言った。「ジャン＝フェリックスの回顧展が、具体的に僕とどう関係するんですか、警部」

「ミスター・マーティンは新しい絵にとりわけ興奮しきりでした——エリフの落書きも気にしていないようで。おかげで特別な味が出たとかなんとか——正確にどう言ったかは憶えてません。芸術のことはあまりよくわからないんで。あなたは？」

「僕もあまり」いつになったら要点を切りだすのか、それになぜ、僕はしだいに落ち着かない気分になるのか。

「とにかく」警部はつづけた。「ミスター・マーティンは絵を絶賛しました。そして、よく見てみようとして持ちあげたとき、それがあったんです」

「何がです?」

「これですよ」

警部はジャケットの内側から何かを取りだした。僕にはすぐわかった。

日記だ。

ケトルが沸騰し、けたたましい音があがった。スイッチを消し、沸いた湯をマグカップに注いだ。かき混ぜようとすると、手がかすかにふるえていた。

「ああ、よかった」僕は言った。「どこにいったかと思ってたんです」

「絵の裏にはさみ込んでありました。フレームの左上の隅に。きつく押し込まれてました」

結局アリシアはそこに隠していたのだ。僕が嫌う絵の裏に。僕が唯一見なかった場所だ。

警部はしわのついた、あせた黒い表紙をなでて微笑んだ。なかをひらいて、ページをぱらぱらめくった。

「魅力的です。この混乱具合に」

僕はうなずいた。矢印に、「変調をきたした精神がそのまま再現されている」

アレン警部は最後までページをめくっていって、そして——そして声を出して読みはじめた。

「……怯えていた——わたしの出す声を……わたしの手首をつかんで……静脈に針を刺した」

僕は一気にパニックに呑まれた。そんな文言は初耳だ。その日記は読んだことがない。それは僕が探し求めていた、罪を着せるための証拠だった——そして、それはまちがった手にわたってしまったのだ。アレンから日記を引ったくり、ページを引きちぎりたかった

——だが動けなかった。追いつめられた。つかえつかえ、僕は言った。

「その——思うんですが、僕としては……」

あまりに張り詰めた口調になり、警部は声ににじんだ恐怖を聞きつけた。

「何か？」

「いえ」

僕はもはや彼を止めることはしなかった。どんな行動を取ろうと自分に不利になる。もはや逃げ道はない。そしてなんとも奇妙なことに、僕がおぼえたのは安堵だった。

「あなたがたまたまこの近所に来たなんて、僕は信じませんよ、警部」お茶をわたして言った。

「ああ。いやあ、おっしゃるとおりです。玄関先で訪問の意図を伝えるのもなんだと思いまして。まあ要するにね、これのおかげでだいぶちがった様相が見えてきたんです」

「是非、お聞かせいただきたいですね」自分が言うのが聞こえた。「声に出して読んでいただけますか」

「そうしましょう」

僕は妙に穏やかな気持ちで窓辺の椅子にすわった。警部は咳ばらいをして読みはじめた。

「セオが出てった。今はひとり。できるだけ急いでこれを書いてる……」

僕は聞きながら、流れる雲を見あげた。とうとう雲は耐えきれなくなって雪になった。外では白いものが舞っている。窓をあけて手をのばした。ひとひらの雪をつかまえた。それが指の先でとけて消えるのをながめた。笑みがこぼれた。

僕はさらにひとひら、雪をつかまえにいった。

謝辞

このすべてが実現したのはわたしのエージェント、サム・コープランドのおかげであり、彼には本当に世話になった。また、本書の完成度を格段に高めてくれた、イギリスのベン・ウィリスとアメリカのライアン・ドハーティの両編集者にも、とりわけ深く感謝している。

わたしに賭け、多くのアイディアをくれた〈セラドン〉のジェイミー・ラーブとデブ・ファターには大変恩義を感じているし、同社のアン・トゥーミー、レイチェル・チョウ、クリスティーン・ミカティシンのすばらしいチームにも助けられた。見事な働きで本を後押ししてくれた〈オリオン〉のハリエット・バートン、ポピー・スティンプソン、エイミー・デイヴィス、そして、〈ロジャーズ・コールリッジ&ホワイト〉の聡明で精力的な海外版権班、ゾーイ・ネルソン、スティーヴン・エドワーズ、トリスタン・ケンドリックにも、特に感謝を伝えたい。

貴重な意見をくれたハル・ジェンセンとイバン・フェルナンデス・ソト、良質なセラピーがどんなふうに機能するか年月をかけてわたしに示してくれたケイト・ホワイト、〈ノースゲート〉の若者たちとスタッフと彼らが教えてくれたすべてのこと、また、家を執筆場所に貸してくれたダイアン・メダク、作家として成長させてくれたユマ・サーマンとジェイムズ・ハスラム、みなさんにお礼申し上げる。そして、エミリー・ホルト、ヴィクトリア・ホルト、ヴァネッサ・ホルト、ネディィ・アントアデズ、ジョー・アダムスには、有用な提案と励ましのすべてにありがとうと言いたい。

訳者あとがき

『サイコセラピスト』（*The Silent Patient*, 2019）はイギリスの作家、アレックス・マイクリーディーズのデビュー作である。今年の二月に発表されるや、同月のうちにアメリカのニューヨーク・タイムズ紙ベストセラー・リストのトップに名を飾り、その後もおよそ半年のあいだリストに居座りつづけるという、とんでもない快挙を成し遂げた。

画家のアリシア・ベレンソンは、ファッション写真家の夫と幸せで恵まれた結婚生活を送っていた。ところがある晩、仕事を終えて帰宅した夫の顔面に五発の銃弾を撃ち込み、それ以来、ひとことも言葉を発しなくなる。ギリシア悲劇から名を取った〈アルケスティス〉という自画像一枚だけを、自己表現として残して。

司法心理療法士のセオ・フェイバーは、自分ならアリシアの心をひらかせることができると信じ、それまでのキャリアを捨てて、アリシアが収容されている精神科施設に就職する。なぜ彼女は夫を撃ったのか、なぜ口を利かなくなったのか、〈アルケスティス〉の絵にはなんの意味があるのか。無反応を貫くアリシア相手に根気強く心理療法のセッションをつづける一方で、セオは足を使ってみずから謎の解明にのりだし、アリシアの周辺をさぐっていく。

正直なところ、この作品に関してはあまり詳しいあらすじは書きたくない。ミステリ小説を読む醍醐味のひとつは、もちろん展開を予測することにあるだろう。本作を読むにあたっては、なるべく先入観なしに迷路に入り込み、著者の意図をあてたり裏をかかれたりという楽しみを存分に味わっていただきたい。とはいえ告白すると、わたしは事前に大筋を知っていたにもかかわらず、訳していてあらためて驚かされ、ぞっとし、構成のうまさにうならされた。〝デビュー作でありながら、テンポのよさと緻密さは名手さながら〟、〝ページターナーとはまさにこのこと〟、〝サイコスリラー界にあらわれた新星〟――。本書にはそんな賛辞が寄せられているが、読めばみなさんもその文言に納得していただけるのではないだろうか。

舞台が司法精神科施設であるため、作品には実際に犯罪をおかした人物が登場する。だが、読んでいると、それ以外のみんなも胡散臭く見えてくる。はっきり言って、だれにも感情移入したいと思えない。全員が大なり小なり、悪いことや誤りをおかしている。嘘。暴力。独善。利己主義。歪んだ思考。妄信。恨み――。殺人事件そのものの真相はともかくとして、それぞれの罪がどれだけ重いものだったのか、そのどこまでが本人自身の責任だったのか、精神分析学的、哲学的に考えさせられる。一方で、おそらく、われわれ人間は全員、自己中心的で少なからず悪いというのが真実なのだろう。

作中でもふれられるとおり、その種の悪さと、実際に銃で人を殺す行為とのあいだには、大きな隔たりがある。サイコセラピストのセオによると、それは過去のなんらかの体験が遠因となっているということだが——。

ところで、精神の問題に医療・投薬以外の心的側面から携わる人をさす語はさまざまある。心理療法士《サイコセラピスト》、臨床心理士《クリニカルサイコロジスト》、また日本では新しく「公認心理師」という国家資格も誕生し、とにかく素人には差異がわかりにくい。各国それぞれに、学問領域や流派の対立、分裂の歴史があり、それがさらに事態をややこしくしている。乱暴にまとめると、資格取得の基礎となる知識が心理学系かどうか、どの流れを汲む精神分析学を土台としているか、資格の認定団体はどこなのか等により呼び名や専門性が異なってくるようだ。サイコセラピストと呼ばれるものひとつを取ってみても、たとえば欧州圏内でも自称の制限、必須の学問知識などに大きくばらつきがあり、また、心理療法の実践を精神科医に限る国もある。イギリスではサイコセラピストは国家資格ではなく、おもに民間の二、三の統括団体がそれぞれに公認資格を設定、管理しているらしい。

さて、ここで肝心の著者についてふれておこう。作品を読むと随所からギリシアに対する愛着が感じられるが、それもそのはず。著者は、母はイギリス人だがキプロスで生まれ育った。少年時代には、ビーチでアガサ・クリスティーを読みふけるという幸せな夏を過ごしたらしい。ギリシア悲劇『アルケスティス』にふれたのもそのころだ。アルケスティスは夫のために身代わりになって死に、冥府へとくだるが、ふたたび命を得て復活する。その愛と喪失――それに裏切り――の物語は、なぜか彼の心に居座り、なんらかのかたちで再表現されることをずっと待っていたという。

ほかにもいくつかの経験が作品に反映されている。マイクリーディーズはセオ同様、セラピーを受け大いに助けられ、その後、サイコセラピストになる勉強をした。いっときは〈ザ・グローヴ〉のような精神科施設でも働いていたが、残念ながらこちらは閉鎖されてしまった。

その後は映画の道へ進み、脚本家としてハリウッド映画に携わるものの、行き詰まりを感じて小説の世界に賭けてみる決心をする。そして苦心の末に生まれたのが本作だった。青年時代の執筆の試みをのぞけば、これは文字通りの処女作で、持ち込み作品がすぐに出版に結びつき、さらに版権が四十数カ国に売れたのだから、奇跡的としか言いようがない。

映像化の権利も、ハリウッドでオークションにかけられた。すると、これまで会うことのかなわなかったプロデューサーが夜中にいっせいに電話してきたそうだ。結局、オプション権はプランBエンターテインメントとアンナプルナ・ピクチャーズという実績のあるチームが獲得した。脚本は著者自身が書く予定のようで、これまでより強力な立場で作品の制作に関われるのは、本人としても大変嬉しいにちがいない。

もちろん、つぎの小説にも取りかかっている。主人公はロンドンで働くグループセラピスト。舞台はケンブリッジの学寮。女子学生の失踪、連続殺人、謎のグループ、そんなキーワードも聞こえてくる。今度もまたギリシア悲劇の要素が盛り込まれるようで、どんなひねりが見られるか楽しみなところろだ。
デビュー作で大成功をおさめた作家は、二作目以降で期待に押しつぶされることも多いが、マイクリーディーズのSNSなどからは、次作のリサーチや執筆を楽しんでいる様子がうかがえる。今後も良質な作品を、多く長く世に送りだしてくれるものと大いに期待したい。

二〇一九年八月

HAYAKAWA POCKET MYSTERY BOOKS No. 1947

坂《さか》本《もと》あおい

青山学院大学文学部卒，
英米文学翻訳家
訳書
『出口のない農場』サイモン・ベケット
『幸せなひとりぼっち』『おばあちゃんのごめんねリスト』
『ブリット＝マリーはここにいた』フレドリック・バックマン
（以上早川書房刊）他多数

この本の型は，縦18.4センチ，横10.6センチのポケット・ブック判です．

〔サイコセラピスト〕

2019年9月10日印刷　　2019年9月15日発行

著　者　アレックス・マイクリーディーズ
訳　者　坂　本　あ　お　い
発行者　早　川　浩
印刷所　星野精版印刷株式会社
表紙印刷　株式会社文化カラー印刷
製本所　株式会社川島製本所

発行所　株式会社　**早川書房**
東京都千代田区神田多町2－2
電話　03-3252-3111
振替　00160-3-47799
https://www.hayakawa-online.co.jp

（乱丁・落丁本は小社制作部宛お送り下さい
送料小社負担にてお取りかえいたします）

ISBN978-4-15-001947-1 C0297
Printed and bound in Japan

ハヤカワ・ミステリ〈話題作〉

1928 ジェーン・スティールの告白 リンジー・フェイ 川副智子訳

アメリカ探偵作家クラブ賞最優秀長篇賞ノミネート。19世紀英国を舞台に、大胆不敵で気丈なヒロインの活躍を描く傑作歴史ミステリ

1929 エヴァンズ家の娘 ヘザー・ヤング 宇佐川晶子訳

〈ストランド・マガジン批評家賞最優秀新人賞受賞作〉その家には一族の悲劇が隠されていた。過去と現在から描かれる物語の結末とは

1930 そして夜は甦る 原 尞

〈デビュー30周年記念出版〉伝説のデビュー作がポケミスで登場。書下ろし「著者あとがき」を付記し、装画を山野辺進が手がける特別版

1931 影の子 デイヴィッド・ヤング 北野寿美枝訳

〈英国推理作家協会賞ヒストリカル・ダガー賞受賞作〉東西ベルリンを隔てる〈壁〉で少女の死体が発見された。歴史ミステリの傑作

1932 虎の宴《うたげ》 リリー・ライト 真崎義博訳

アステカ皇帝の遺体を覆った美しい宝石のマスクをめぐり、混沌の地で繰り広げられる、大胆かつパワフルに展開する争奪サスペンス

ハヤカワ・ミステリ〈話題作〉

1933 あなたを愛してから

デニス・ルヘイン
加賀山卓朗訳

レイチェルは夫を撃ち殺した……実の父を捜し、真実の愛を求め続ける彼女の旅路の果てに待っていたのは？　巨匠が贈るサスペンス

1934 真夜中の太陽

ジョー・ネスボ
鈴木　恵訳

夜でも太陽が浮かぶ極北の地に一人の男がやってくる。彼には秘めた過去が――『その雪と血を』に続けて放つ、傑作ノワール第二弾

1935 元年《がん》年《ねん》春《はる》之《の》祭《まつり》

陸　秋槎
稲村文吾訳

不可能殺人、二度にわたる「読者への挑戦」気鋭の中国人作家が二千年前の前漢時代の中国を舞台に贈る、本格推理小説の新たな傑作

1936 用心棒

デイヴィッド・ゴードン
青木千鶴訳

暗黒街の顔役たちは、ストリップクラブの凄腕用心棒にテロリスト追跡を命じた！　年末ミステリ三冠『二流小説家』著者の最新長篇

1937 刑事シーハン／紺青の傷痕

オリヴィア・キアナン
北野寿美枝訳

大学講師の首吊り死体が発見された。他殺と見抜いたシーハンだったが事件は不気味な奥深さを……アイルランドに展開する警察小説

ハヤカワ・ミステリ〈話題作〉

1938
ブルーバード、ブルーバード
アッティカ・ロック
高山真由美訳

〈エドガー賞最優秀長篇賞ほか三冠受賞〉テキサスで起きた二件の殺人に黒人のレンジャーが挑む。現代アメリカの暗部をえぐる傑作

1939
拳銃使いの娘
ジョーダン・ハーパー
鈴木　恵訳

〈エドガー賞最優秀新人賞受賞〉11歳の少女はギャング組織に追われる父親とともに旅に出る。人気TVクリエイターのデビュー小説

1940
種の起源
チョン・ユジョン
カン・バンファ訳

家の中で母の死体を見つけた主人公。昨夜の記憶なし。殺したのは自分なのか。「韓国のスティーヴン・キング」によるベストセラー

1941
私のイサベル
エリーサベト・ノウレベック
奥村章子訳

二人の母と、ひとりの娘。二十年の時を越えて三人が出会うとき、恐るべき真実が明らかになる……スウェーデン発・毒親サスペンス

1942
ディオゲネス変奏曲
陳　浩基
稲村文吾訳

〈著者デビュー10周年作品〉華文ミステリの第一人者・陳浩基による自選短篇集。ミステリからSFまで、様々な味わいの17篇を収録